FABLES
POPULAIRES

PAR

Auguste - Alexandre SIMON,

Chevalier de la Légion d'Honneur, Médaillé de Ste-Hélène.
Ancien Maire de Bourdon.

SE TROUVE:

CHEZ ALLFRED CARON FILS, | CHEZ L'AUTEUR,

RUE DE BEAUVAIS, 42, | A BOURDON (SOMME),

AMIENS. | Canton de Picquigny.

1869

FABLES POPULAIRES

FABLES

POPULAIRES

PAR

AUGUSTE-ALEXANDRE SIMON,

Chevalier de la Légion d'Honneur, Médaillé de St-Hélène,
Ancien Maire de Bourdon.

SE TROUVE:

CHEZ ALLFRED CARON FILS, | CHEZ L'AUTEUR,

RUE DE BEAUVAIS, 42, | A BOURDON (SOMME),

AMIENS. | Canton de Picquigny.

1868

NOTICE.

Un mot de ma vie : ce ne sera ni long, ni bien intéressant. Je n'aurai prouvé qu'une chose c'est que l'homme, quel qu'il soit, pour conserver sa force, sa santé, sa moralité, doit donner toute son aptitude au travail et, dans ses moments de loisir, chercher à s'instruire. C'est assurer l'avenir de la jeunesse, la considération de l'âge mûr, la consolation, le délassement de nos vieux jours.

Je suis né à Ajaccio, en Corse, en 1791. Ma mère était artésienne, mon père, lorrain, sergent au 42ᵉ de ligne, mort au champ d'honneur en 1793, à l'âge de trente-deux ans, à Cagliari (Sardaigne.)

J'étais le plus jeune de cinq enfants, c'était débuter dans le malheur. Toute la France était alors frémissante d'enthousiasme pour défendre le sol de la patrie menacée par toute l'Europe coalisée contre une révolution qui ébranlait tous les trônes.

NOTICE.

Un mot de ma vie : ce ne sera ni long, ni bien intéressant. Je n'aurai prouvé qu'une chose c'est que l'homme, quel qu'il soit, pour conserver sa force, sa santé, sa moralité, doit donner toute son aptitude au travail et, dans ses moments de loisir, chercher à s'instruire. C'est assurer l'avenir de la jeunesse, la considération de l'âge mûr, la consolation, le délassement de nos vieux jours.

Je suis né à Ajaccio, en Corse, en 1791. Ma mère était artésienne, mon père, lorrain, sergent au 42ᵉ de ligne, mort au champ d'honneur en 1793, à l'âge de trente-deux ans, à Cagliari (Sardaigne.)

J'étais le plus jeune de cinq enfants, c'était débuter dans le malheur. Toute la France était alors frémissante d'enthousiasme pour défendre le sol de la patrie menacée par toute l'Europe coalisée contre une révolution qui ébranlait tous les trônes.

Un homme généreux, chirurgien-major du régiment, l'ami de mon père, pour sauver ses infortunés enfants, épousa ma mère.

L'expédition d'Egypte mettait à la voile, emportant une armée d'élite. Le 42e (dont *je faisais partie en naissant*) était au nombre des régiments destinés pour l'expédition. Mon beau-père partit pour ne plus revenir ; il mourut en donnant ses soins aux pestiférés : c'était son champ d'honneur.

Ma mère, au désespoir, venait à Paris avec ses enfants ; nous étions en 1804 ; j'avais alors treize ans. Je fus admis à l'École des Arts et Métiers de Châlons-sur-Marne.

A dix-huit ans, j'étais reçu musicien dans le corps de musique des chasseurs à pied de la vieille garde impériale.

En 1809, je faisais, en cette qualité, campagne d'Autriche.

En 1811, 1812, celle de Russie ; nous ne rentrions en France, après ce grand désastre, que 3 musiciens, sur 70.

En 1813, nous partions pour la campagne de Saxe.

En 1814, nous défendions, pied à pied, notre chère France, le désespoir dans l'âme, contre toute l'Europe coalisée !... vingt hommes contre un ; des trahisons, faisaient mettre bas les armes à cette poignée de Français, qui rentraient dans leurs foyers avec les honneurs de la guerre !...

J'avais alors vingt-quatre ans : il fallait soutenir ma mère, ma famille. L'École de Châlons m'avait donné deux professions : l'horlogerie, la musique. Je me mis à l'étau ; c'est là que je commençai mes fables, un crayon à la main, un cahier sur mes genoux, sans autre instruction que mes quatre ans à l'école de Châlons, dont la moitié de la journée était employée à l'atelier, la lime à la main, l'autre moitié dans les classes. J'ai donc bien raison de demander l'indulgence à mes lecteurs.

A vingt-cinq ans, j'obtenais, dans un concours, mon admission dans l'orchestre de l'opéra-comique en qualité de trombonne. Là encore, dans les morceaux où mon instrument n'était pas employé, je jetais, furtivement, mes pensées sur mon petit cahier.

Mes camarades d'orchestre firent des instances pour que je livrasse mes fables à l'impression.

Je cédai à leur désir, et peut-être bien aussi au mien ; j'ose dire que ce petit ouvrage fut bien accueilli.

En 1829, j'avais la douleur de perdre ma mère ; à quelque temps de là je me mariais.

Madame la comtesse de Bryas d'Hunolstein venait de perdre son mari, colonel des cuirassiers de la garde-royale. Veuve avec trois enfants en bas-âge, il lui devenait indispensable de prendre un régisseur ; elle daigna me charger de l'administration du domaine de Bryas.

Ma gestion dura dix années, après lesquelles M. le comte de Bryas, fils, ayant acquis sa majorité, désira régir lui-même ses affaires. En 1842 je vins donc me fixer à Doullens ; ce fut pour moi une année de bonheur.

Un de ces hommes d'un noble caractère, voué au bien public, dont s'honore la Picardie, dont chaque jour, chaque heure de sa vie étaient marqués par un bienfait, M. le Vicomte Blin de Bourdon, député de l'arrondissement de Doullens, m'honora de sa confiance, de son estime : je lui donnai en échange tout mon dévouement.

La France depuis longtemps éprouvait des secousses continuelles.

L'année 1815 avait ramené les Bourbons sur le trône.

L'année 1830 renversait la branche aînée.

L'année 1848 détrônait la branche cadette et proclamait la République.

En 1849, un soulèvement populaire, formidable, menaçait

de plonger la France dans une effroyable anarchie : Paris allait succomber. Un cri terrible, aux armes ! appelle les hommes de cœur au secours de la capitale. Soudain tous les départements s'ébranlent.

La garde nationale d'Amiens a l'honneur d'arriver une des premières aux barricades ; Doullens la suit de près, je me jette dans ses rangs. Le dernier refuge de l'insurrection, les barricades de la Villette sont enlevées ; Amiens, Doullens, étaient à l'avant-garde, Paris était sauvé !

Dans cette même année, si grosse d'événements, le prince Louis Napoléon, Président de la République, vint à Amiens passer la revue de la garde nationale du département de la Somme. J'eus l'honneur de lui adresser ces paroles : « Je me nomme Simon, mon Prince ; j'ai servi dans les chasseurs à pied de la vieille garde impériale ; M. Blin de Bourdon a dû vous parler de moi. — « En effet, M. Blin de Bourdon m'a parlé de vous : nous avons eu la douleur de perdre cet homme de bien ; je lui avais promis de faire droit à votre juste demande ; je vous accorde aujourd'hui la croix d'honneur en récompense de vos services militaires. » — Ce fut le plus beau jour de ma vie !

La mémoire de M. le vicomte Blin de Bourdon, si révérée par le Prince aujourd'hui Empereur, mettait le comble à ses bienfaits, à ma reconnaissance ; même au-delà de sa vie !

Son fils, si digne de porter ce beau nom, a bien voulu me conserver les sentiments de son père en continuant de me confier l'administration du domaine de Bourdon sous ma gestion depuis vingt-quatre ans. Il y a onze années que j'ai pris domicile dans cette commune, où j'ai été maire de 1861 à 1866. Je passe sous silence les motifs qui, par un sentiment d'honneur, m'ont fait solliciter et obtenir ma démission.

J'ai eu la satisfaction, je ne crains pas de le dire, d'emporter dans ma retraite, l'estime de notre éminent et si honorable

Préfet, M. Cornuau ; celle des honnêtes gens d'une commune que j'ai administrée avec la loyauté, la fermeté d'un vieux soldat, heureux et fier de faire partie de cette noble et franche Picardie, ma patrie adoptive ; si riche en hommes distingués, en dévouements patriotiques.

Maintenant, mes chers lecteurs, vous me connaissez ; lisez et jugez.

SIMON.

DÉDIGAGE.

Bourdon 1er Mars 1867.

A *Monsieur le Vicomte* BLIN DE BOURDON,
(Charles-Marie-Louis.)

MONSIEUR LE VICOMTE,

Agréez l'expression de toute ma reconnaissance pour l'honneur que vous me faites en acceptant l'hommage de ce livre de fables.

Une si éclatante faveur m'est accordée, sans doute moins au mérite de cet ouvrage, qu'à mon dévouement sans bornes à votre noble famille ; à l'estime dont m'honorait votre vertueux et révéré père qui fut Préfet d'Arras, maire d'Amiens, trente-cinq ans député du département de la Somme. Eminentes fonctions qui ont laissé un souvenir ineffaçable de son dévouement à son pays, de sa bienfaisance, son affabilité, sa courtoisie, et placé votre nom parmi les bienfaiteurs de notre Picardie, si riche en hommes éminents dans les sciences, les arts, l'industrie et l'amour de la Patrie.

J'ai l'honneur d'être avec le plus profond respect, Monsieur le Vicomte,

Votre très-humble et très-obéissant serviteur,

SIMON.

AVANT - PROPOS.

~ —— ᵗᵇⁱ◆ᵉ——

Le Roman et la Fable.

· ᶜᵇᵃ ·

Je suis spirituel, libre-penseur, charmant,
Chéri du sexe aimable :
Ainsi se louangeait l'ingénieux roman.
C'est un peu vrai, reprit la Fable.
Mais quand on vous a lu, mon cher enfant gâté,
Le lecteur croit sortir d'un songe :
Il dit de vous : quel gracieux mensonge !...
De moi, du cœur humain, voilà la vérité.
En confidence,
Vous êtes un peu trop séducteur ;
Vous fascinez l'esprit de l'inexpérience,
Moi, j'éclaire son cœur.
Je moralise la jeunesse
Et même la vieillesse
Par mes poétiques sermons.
Vous les bercez d'illusions;
Vous êtes l'enfant du mystère,
Vous êtes le fruit défendu ;
Dans ce merveilleux fruit, dès que l'on a mordu,
On veut manger la pomme entière.

Nous sommes frère et sœur; au nom de ce lien,
Ne rendez plus les cœurs passionnés, volages ;
Pour les conserver purs tous les deux, soyons sages.
Consentez-vous ?... parlez... mais vous ne dites rien.
      De mes discours vous ne faites que rire.
      D'où vient donc qu'on aime à me relire,
Et quand on vous a lu, jamais on vous relit ?
C'est qu'il faut joindre au charme de l'esprit,
            L'utile à l'agréable ;
      Ce qu'on rencontre dans la fable.

PRÉFACE

Pénétré de ce vieux dicton,
Que la nature seule a fait l'homme poëte,
Un vieux soldat se mit en tête
D'essayer si nature avait vraiment raison.
Il prend la plume,
Il écrit un volume
Sur des sujets divers,
Et s'il vous plaît, en vers.
Désir lui prit de faire imprimer son ouvrage ;
Modestes fables, hélas !
Mais le vieux soldat n'avait pas,
La fortune en partage.
Et sans elle comment aborder l'Imprimeur !
Il avait beau vanter ses vers et sa morale,
D'autre monnaie il faut que l'on étale,
Quand on veut de la presse obtenir la faveur ;
Qu'on n'a pour tout savoir qu'effleuré la grammaire ;
Qu'on a passé sa jeunesse à la guerre ;
Qu'on ne connaît que de nom le latin.
Au pied du mont Parnasse, on reste, c'est certain.

Sous cette nébuleuse étoile,
Osez donc déployer la voile,
Lorsque tant de célèbres auteurs
Par l'immortalité sont couronnés de fleurs.
Il faut une grande hardiesse,
Quand on connaît, surtout, son extrême faiblesse.
Mais un beau nom,
Honoré, révéré dans notre Picardie,
Par ses bienfaits. sa courtoisie,
Un noble cœur, BLIN DE BOURDON,
Des Fables du soldat, daigne accepter l'hommage !
Comment ne pas risquer de les mettre en voyage ?
Les voilà donc, sans trompette, ni sans tambour,
Au grand jour !
Craignons, en déployant leurs ailes,
De les voir se brûler au feu vif des chandelles,
Comme le Moucheron aux lumières du soir
Se brûle et disparaît sous l'affreux éteignoir.
C'est à vous, chers lecteurs, de donner longue vie
Aux vers du vieux soldat, s'ils ont quelque harmonie ;
Ou bien sous l'éteignoir comme le Moucheron,
Mettez ses fables et son nom.

SIMON,
Chevalier de la Légion d'Honneur.

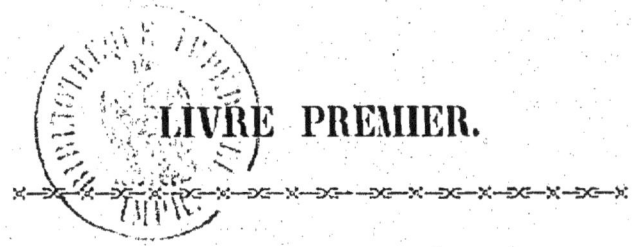

LIVRE PREMIER.

HOMMAGE

A L'INIMITABLE JEAN DE LA FONTAINE.

La fable est une Muse
Qui, depuis notre enfance, éclaire, instruit, amuse.
Ne soyons pas surpris
De la variété semée dans ses récits.
Gardons-nous d'enchaîner sa plume;
Laissons-lui toute sa liberté,
Son amour de la vérité
Quand elle met nos défauts sur l'enclume.
Elle parle au cœur des enfants,
A l'âge viril, la vieillesse;
Sa morale jamais ne blesse;
Elle est même indulgente envers les cœurs méchants.
On l'admire dans La Fontaine
Que sa Patrie a surnommé *le Bon :*
A l'immortalité, quoiqu'il advienne,
Elle attache, à jamais, ce poétique nom.

2

Fable I.

La Violette.

Chez un amateur de jardin,
On venait admirer et l'art et la nature ;
De maints bosquets divers la sombre couverture
Que formait l'odorant et flexible jasmin.
On se plaisait aussi, sous ces sombres retraites,
A la suave odeur des douces violettes,
Regrettant qu'au grand jour, cette modeste fleur
Ne se montre et s'expose,
Près de l'œillet, près de la rose,
Dont elle est l'innocente sœur.
Le maître du jardin, que ce reproche afflige,
Suit le conseil.
Voilà la pauvrette au soleil.
Qui se fane, et soudain s'incline sur sa tige.
Elle perdit, hélas! loin de l'obscurité
Le charme du mystère :
Modeste fleur, qu'allais-tu faire
Aux champs de la célébrité?

Fable II.

Le Loup.

Un loup hurlait sans cesse
Auprès de l'antre d'un lion,

Et se plaignait que la puissante espèce
    Lui mettait un baillon.
Mais je dévoilerai, disait-il, tous ses crimes !
    Défenseur des petits,
    Par moi tous les échos instruits
Diront, à qui de droit, le nombre des victimes :
Et de doubler ses cris pour venger l'innocent,
Au point que le lion voulut un jour l'occire.
Un Renard le retint, et fit entendre au sire
Qu'il fallait ménager les animaux hurlant :
On peut, sans les tuer, leur imposer silence ;
    A ce philantrope nouveau,
    Donnez tous les jours un agneau ;
Vous le verrez se taire et flatter la puissance.
    L'essai fut fait,
    Et la proie innocente,
    En tous points satisfit l'attente.
Ce moyen produira toujours le même effet.

FABLE III.

La Grenouille et la Cigale.

    Par une grande sécheresse,
Une grenouille, à sec dans ses roseaux,
    Accusait Dieu de tous ses maux,
    Et lui disait, dans sa détresse :
    Providence, qu'avons-nous fait ?
    Qui peut exciter ta colère
    Contre l'engeance grenouillère,
Et la priver de ton plus grand bienfait ?

Nous périssons, comme l'herbe flétrie,
Quand tu pourrais, par une pluie,
Rafraîchir ce riant vallon,
Et nous rendre à la vie en bénissant ton nom.
Elle se tut; mais la cigale,
D'un autre ton s'adressait au Seigneur.
Point d'eau, dit-elle, ah! quel bonheur!
La Providence se signale :
Nos chants auront touché les cieux;
Ce brillant soleil nous l'atteste,
Et, par la puissance céleste,
Il nous rend au bonheur en comblant tous nos vœux.
Elle en aurait dit davantage,
Quand soudain un épais nuage
Inonda les vallons, les bois, les alentours
Et fit cesser ce beau discours.
La cigale, alors irritée,
Maudit les dieux; quoique bien abritée.
La Grenouille, au contraire, en faisant un plongeon,
S'écria : que le ciel est bon !
Nous contenter, c'est difficile ;
L'un demande la pluie, et l'autre le beau temps :
Pour accorder nos vœux, nos divers sentiments,
Dieu même est inhabile.

FABLE IV.

Le Paon et le Rossignol.

Un paon, ravi de ses attraits,
De son esprit, de sa tournure,

Disait partout : fut-il jamais
Plus bel oiseau dans la nature ?
Dans l'Olympe, l'égal des dieux,
Favori de Junon, sa gloire m'environne,
Et si son trône est radieux,
C'est par l'éclat que je lui donne.
Dans une basse-cour, au milieu des dindons,
Des oies et des canards, gens de grande importance,
Il s'exprimait ainsi sur ses imperfections ;
Mais sur son chant il gardait le silence.
Un rossignol, en ce moment,
Par ses accords se fit entendre;
Sa voix, en peignant son tourment,
Devenait plus douce et plus tendre.
A ces accents mélodieux,
Canards, dindons, se fixant d'un air bête,
Semblaient se consulter entr'eux :
Mais le paon, aussitôt, en élevant la tête
Plus fier qu'auparavant, leur dit :
Laissons ce rossignol affecter de l'esprit :
Il a beau débiter roulade sur roulade,
J'aime bien mieux la voix canarde
Que ses insipides accords,
Aux yeux des connaisseurs, ennuyeux et discords.
Parlez-moi du dindon, voilà du chant qui charme !
Quel naturel dans son glouglou !
Sans l'oie si gracieuse, il obtiendrait la palme,
Tant sa méthode est de bon goût.
Le rossignol, alors, habile à la réplique,
Le foudroyait déjà par un début brillant ;
Mais notre basse-cour, sans vouloir qu'il s'explique,
L'interrompt, tout à coup, par un chœur discordant.
L'oiseau, si gracieux, qui chante la nature,
Devant le poulaillier s'incline et prend son vol ;

Tel un bon orateur, au cri de la clôture,
Subit le sort du rossignol.

———◦⊰⊱◦———

Fable V.

Les Chaises.

Par hasard, certain jour, la chaise d'un baron,
A l'antichambre en un coin oubliée,
D'être en un pareil lieu se crut humiliée,
Et s'en plaignait dans son jargon.
Moi, disait-elle, ici, vraiment j'en suis honteuse,
Parmi les chaises des laquais !
Pareil affront fut-il jamais ?
Doucement l'orgueilleuse,
Reprit la chaise du cocher :
Vous êtes comme nous et de bois et de paille,
Un peu plus grêle pour la taille,
Et, ma foi ! rien de plus si je sais bien juger.
A plus d'honnêteté, ma sœur, je vous invite ;
Respectez vos pareils, n'importe leur état,
Et, si vous avez plus d'éclat,
Ayez aussi plus de mérite.
Votre prospérité peut ne durer qu'un jour,
Et dans l'adversité quel sera votre asile,
Si vous humiliez d'un affront inutile
Ceux qui méritent votre amour ?
Le cocher, qui survint, fit cesser la dispute :
Il prend, sans le vouloir, la chaise du baron,
Qui, sous son poids pesant, fléchit, craque et se rompt,
Et lui fait faire la culbute.

Des huées, sans pitié, pour son affreux destin,
De la chaise, en morceaux, signalèrent la fin.
  Sur le dossier de la victime,
  Le baron lut cette maxime :
  On ne plaint pas l'adversité
De qui fut arrogant dans la prospérité.

FABLE VI.

Zéphir, la rose et le narcisse.

Zéphir, encor baigné des larmes de l'aurore,
Saluait la nature, et, de son vol léger,
Annonçait les beaux jours, partout faisait éclore
Les boutons des prairies, des bois, et du verger.
Dans un sombre bosquet, sur sa tige élancée,
Une rose a frappé ses regards attendris ;
D'une douce rougeur elle était animée,
Plus belle, s'il se peut, que ses boutons fleuris.
Le même sentiment, zéphir, est ton partage :
Tu n'oses t'exprimer ; mais bientôt tes soupirs
Dévoilent ton secret que redit le bocage,
Heureux de posséder l'objet de tes désirs.
La rose t'a compris, même amour vous entraîne ;
Un regard a suffi, c'est le premier bonheur ;
Un tendre sentiment vous unit, vous enchaîne ;
Nœud charmant, tu naquis dans le sein d'une fleur !...
Zéphir a déployé ses transparentes ailes,
La nature, en tous lieux réclame son secours :
Songe ami, dit la rose, aux amants infidèles ;
Reviens sous ce bosquet, berceau de nos amours.

Sois constant au rosier que ton souffle balance,
Le midi va bientôt décolorer mon front ;
Mais chaque aurore aussi te donne l'espérance,
Que la rose qui meurt, renaît dans son bouton.
Un doux frémissement de la feuille légère,
Un soupir expirant, le silence des bois,
Tout indique à la rose, en ce lieu solitaire,
Qu'elle a vu son ami pour la dernière fois!.....
A peine est-il parti qu'un narcisse au teint blême,
Jaloux des doux adieux, du plus tendre lien,
Ignorant le bonheur d'être aimé quand on aime,
Veut détruire un amour qui condamne le sien.
Rose aimable, dit-il, trop confiante amie,
Témoin de tes soupirs, témoin de ton erreur,
Que ma mourante voix, par les amours flétrie,
Déchire le bandeau qui te cache un trompeur.
Tu connais peu l'amant qui t'abuse et t'enflamme ;
Il est perfide, ingrat, séducteur et léger ;
En sortant de ton sein, qu'embellit une larme,
Sur les plus belles fleurs je l'ai vu voltiger.
Je l'ai vu dans les bois près de la violette ;
Dans les prés, les vallons, cherchant les moindres fleurs ;
Sur la cime des monts aller conter fleurette,
A chaque plante enfin prodiguer ses faveurs.
Puis-je rester muet quand, ce matin encore,
Parjure à ses serments, je l'ai vu près de toi,
Sur ce sein séduisant, que la pudeur colore,
Prendre un baiser, part... et manquer à sa foi!...
A ces mots il se tait, chc... int, d'un œil avide,
Son portrait réfléchi dans le cristal des eaux.
Il le voit, lui sourit, mais la source se ride,
Une feuille tombée a causé tous ses maux.
Ami, console-toi, dit aussitôt la rose,
Ton ombre reviendra fidèle à ses amours,

La feuille, innocemment, de ta douleur est cause ;
Mais, toi, la calomnie a dicté ton discours.
Je sais que le zéphir rafraîchit la nature,
Qu'il unit les rameaux, fait éclore un bouton ;
Qu'il tapisse nos bois d'un rideau de verdure,
Qu'il émaille de fleurs le modeste gazon.
Toujours nouveaux bienfaits annoncent sa présence,
Il court de fleurs en fleurs accomplir son destin ;
Mais à tout son amour rose à la préférence ;
N'est-ce pas sa fraîcheur qui règne dans mon sein ?
Reviens, aimable ami, ta présence divine,
Pour mon cœur, tu le sais, n'a plus besoin d'aveu ;
Le rosier, pour zéphir, n'aura jamais d'épine :
Je m'effeuille, fidèle... adieu zéphir, adieu !...
Félicité d'amour vient de la confiance ;
Malheur à qui détruit un bien si précieux ;
Quand il aurait pour lui preuves à l'évidence,
Il doit laisser l'erreur qui fascine les yeux.
Amis, amants, époux, en cueillant une rose,
Pensez à son amour si pur, si confiant ;
Aux perfides rapports tenez l'oreille close ;
Médisance, toujours, décèle un cœur méchant.

FABLE VII.

Le Charretier.

Un charretier menait un équipage,
Que deux chevaux traînaient péniblement ;
Ils ne manquaient d'ardeur ni de courage,
Et s'employaient également.

Le charretier, pour prix d'un si beau zèle,
Les frappait sans motifs, comme aussi par plaisir;
Qu'en avait-il besoin, la route était si belle!
L'imprudent détruisait l'espoir pour l'avenir.
Voilà que tout à coup un bourbier se présente,
La machine lancée y roule avec fracas,
Entraînant les chevaux sous sa masse pesante,
Malgré tous leurs efforts pour sortir du faux pas.

 Le charretier, semblable à la tempête,
Gronde, jure, gémit, et blasphème les Dieux :
C'est en vain qu'il s'épuise autour de la charrette,
Qui s'enfonce et se perd dans le bourbier fangeux.

 Le limonier prend alors la parole :
Maître cruel, dit-il, à quoi servent tes cris?
Du malheur, à ton tour, subis la triste école;
Nous ne pouvons plus rien, épuisés et meurtris;
Frappe quand il le faut, mais jamais par caprice;
C'est bien assez pour nous de porter le collier;
Rends son fardeau moins lourd par tes soins, ta justice,
Et tu ne craindras plus le dangereux bourbier.

 Aide autrui si tu veux qu'on t'aide ;
Pour les maux, à venir, c'est un très bon remède.

Fable VIII.

Les deux Chiens.

Un pauvre chien d'aveugle, en butte à tous les maux,
Qui n'avait, comme on dit, que la peau sur les os,
Parcourait tout Paris et presque hors d'haleine,
Succombait de besoin, de douleur et de peine.

Hélas ! le malheureux, par un dernier effort,
Aboyait tristement, et, d'un œil demi-mort,
Semblait dire aux passants; abrégez ma souffrance;
J'ai perdu mon ami, mon unique espérance...
Un épagneul charmant, Azor, c'était son nom,
Bien frisé, bien musqué, rond comme un potiron,
S'approche à pas comptés, et, d'un ton mielleux,
S'informe du tourment de notre malheureux.
Qui peut donc, lui dit-il, t'alarmer de la sorte ;
Aurais-tu mérité qu'on te mit à la porte
D'une bonne maison où tant de chiens nourris
Vivent si mollement en vrais chiens de Paris ;
Ayant leur médecin, leur laquais et leur bonne,
Occupés tous les jours, du soin de leur personne ;
Qui n'ont d'autres travaux que d'aller le matin
Prendre, au lit de Madame, un bout de traversin ;
Et, là, d'être pucés par leur bonne maîtresse,
Et donner, en retour, caresse pour caresse
Pour elle seulement : aux autres querelleurs,
N'en sont pas moins traités de mignons, petits cœurs ?
Cependant en voyant ta débile tournure,
Tes yeux morts, tes flancs creux, et ta triste figure,
Ton col sec, alongé, penché vers le ruisseau,
On te croirait enfin du quartier Guenegaud (1).
Tu n'es pas de ces chiens bâtis à mon image,
Que leur mérite appelle auprès d'un personnage ;
Qu'on caresse d'abord pour plaire à Monseigneur,
Premier pas du chemin qui mène à la faveur :
De ces chiens, en un mot, de petites maîtresses,
Souples, adroits, rusés, prodigant les caresses ;
Chiens de cour, de boudoirs, qu'on rencontre partout,
Excepté dans les lieux où l'on est sans le sou.

(1) Lieu où, en 1825, on pendit à Paris une grande quantité de
chiens errants, dans la crainte de la rage.

L'opulence est chez moi ; bien aimé de Madame,
Dans ses secrets ennuis c'est moi seul qui la charme ;
On ne refuse rien au cher petit Azor
Qui va tout employer pour adoucir ton sort.
Ton éducation, ainsi que ta tournure
En sont restées, je crois, à l'état de nature :
Tu ne parais pas né pour habiter la cour,
Je veux donc te placer dans notre basse-cour.
On vit toujours heureux quand on est dans sa sphère
Et tu trouveras là de quoi te satisfaire :
Bon chenil et bonne eau, de plus, à ton loisir,
Les canards, les dindons, viendront t'entretenir.
Vous pourrez, tous les soirs, parler de politique,
Après avoir mangé la soupe économique.
On vit libre chez nous, jamais coup de bâton,
Pourvu qu'on pense, agisse au gré de la maison :
Encore un mot pourtant, car ceci t'intéresse.
Si, par hasard, un jour tu voyais la comtesse,
A ses pieds, humblement, incline-toi soudain ;
Car ce n'est qu'en rampant que l'on fait son chemin.
— Tout beau ! Monsieur musqué, quelle philantropie !
Reprit le malheureux, calmez-vous, je vous prie ;
Je suis chien d'un aveugle, mais je m'estime autant
Qu'un pédant, ou qu'un fat, qui fait le chien couchant.
Que je trouve l'ami que ma douleur réclame,
Le bonheur aussitôt reviendra dans mon âme :
On paye un peu trop cher d'habiter chez les grands ;
Je suis loin d'envier le sort des courtisans.
Je trouve que mon sort est cent fois préférable
A tous vos beaux atours, à votre bonne table.
Du pain noir, un peu d'eau, me voilà satisfait ;
Je suis l'ami du maître et non pas le valet.
Le soin de mon ami, voilà ce qui m'occupe ;
Qui se fie au flatteur en est toujours la dupe.

Mais malgré nos discours le monde ira son train,
Le fourbe trompera, le puissant sera vain :
La fortune toujours aura la préférence,
Sur les grâces, l'esprit, la vertu, l'innocence ;
Le plus faible sera victime du plus fort,
Et, avec des écus, on n'aura jamais tort.
Il faut en convenir, voilà l'engeance humaine
Et vouloir la changer serait perdre sa peine.
En voici bien assez sur un pareil discours ;
Pour trouver mon ami, je vous quitte, je cours.
Adieu, mon bel Azor, allez près de madame ;
Sans doute elle est en pleurs, votre absence l'alarme :
Allez, petit bijou, courez vous rafraîchir,
Vous êtes tout défait, vous paraissez souffrir.
Le grand air aurait-il enrhumé votre Altesse ?
Vite un petit biscuit, du lait chaud, qu'on s'empresse.
Pour moi, je vois là-bas un gros os à ronger,
Je cours y devancer quelque chien de berger.

FABLE IX.

Les deux Abeilles.

Deux abeilles de compagnie,
Tout en bourdonnant, folâtrant
Au sein de la plante fleurie,
De son doux parfum s'enivrant,
Touchaient à la fin de l'automne ;
Sans gite et sans provision
Pour passer la froide saison,
Qui, d'avance on le sait, ne ménage personne.

Les oiseaux printaniers fuyaient pour d'autres bords ;
La moins jeune en fit part à sa folle compagne.
Occupons-nous, dit-elle, à réparer nos torts,
Et, sans perdre un instant, mettons-nous en campagne.
Pendant que le zéphir règne encore en ces lieux,
Cherchons un bon abri, travaillons sans relâche;
L'inexorable temps précipite sa marche.
Profitons des avis que nous donnent les cieux.

      — Vous radotez, ma chère Amie !
Sitôt trêve aux plaisirs ; mais vous n'y pensez pas.

     Jouissons des biens de la vie,
     Nous sommes loin des noirs frimas.

     Ainsi parlait la jeune abeille,
     Et, méprisant tous les avis,
     Aux bons conseils fit sourde oreille,
     Et s'en donna sans nuls soucis.

     L'autre fit grande diligence,
S'assura d'un abri pour elle et sa moisson,
     Et s'enferma dans sa maison,
     Avec la paix et l'abondance.
Il était plus que temps, car l'hiver furieux
Arrive au même instant : tout a changé de face.
Flore s'incline, expire, et les pleurs de ses yeux
S'arrêtent sur ses joues en longs ruisseaux de glace.
Mais tandis que du nord descendent tous les maux,
     Notre abeille prudente et sage,
     Tranquille, à l'abri de l'orage,
     Goûte le fruit de ses travaux.
     C'est alors qu'une voix plaintive,
     Vint pénétrer sous ce fortuné toit.
Elle supplie, implore; hélas ! plainte tardive,
La réponse te glace encor plus que le froid.

     — Ah ! Ah ! vous ici, ma mignonne ;
     C'est vous y prendre un peu trop tard ;

Souffrez qu'en prudente personne
Je garde le tout pour ma part :
Ma pitance suffit à peine
Pour gagner la saison des fleurs ;
Allez chercher vivres ailleurs,
Et, quant au logement, je suis trop à la gêne.
L'imprudente trop tard, d'un repentir amer,
Voit ses torts, et, transise, à la douleur succombe.
Et moi, je grave sur sa tombe,
Ce qu'a dit La Fontaine : amassons pour l'hiver.
Des erreurs de notre jeunesse,
L'automne doit nous avertir ;
En négligeant ce temps, on s'expose à périr
Sans secours, sans amis dans la froide vieillesse.

FABLE X.

L'Arbre et l'Hirondelle.

Un arbre, au sein d'une prairie,
Le pied baigné d'un clair ruisseau,
De voyager mourait d'envie,
Quoi qu'ayant à loisir air pur et bon terreau !
Fixé, s'écriait-il, aux lieux qui m'ont vu naître,
J'y dessèche, j'y meurs, voilà mon avenir :
Dieu reçoit mon premier et mon dernier soupir
Où, malgré moi, j'ai reçu l'être.
Je vois, dans mes rameaux, les oiseaux voltiger ;
L'abeille en bourdonnant, dans mon sein se repose ;
Je vois le cerf courir, et les poissons nager,
Le léger papillon folâtrer sur la rose.

Hélas ! si je pouvais, comme eux,
Aller, venir, changer de place ;
Mais non, la nature est de glace,
S'il s'agit de me rendre heureux !...
La prévoyante Providence
N'écouta point sa lamentation,
Et borna toute sa vengeance
A lui donner une leçon.
A sa voix, la tendre hirondelle
Accourt, volant de climat en climat ;
Sur l'arbre mécontent la pauvrette s'abat,
Soupirant sa peine cruelle.
« Arbre chéri du ciel, prête-moi ton secours,
J'ai perdu la troupe chérie
De mes petits, de mes amours ;
Je suis sans soutien, sans Patrie !
Errante dans tout l'univers,
Exposée aux sombres orages,
La mort m'attend dans mes voyages,
C'est le moindre de mes revers.
Que n'ai-je comme toi ce petit coin de terre,
Pour y passer mes jours dans la paix, le repos !
Mais chassons à l'instant cette douce chimère ;
L'instinct parle, je pars, souviens-toi de mes maux »
Soudain la voilà qui s'envole ;
Et l'arbre de jurer qu'on ne l'y prendra plus ;
Mais, dès le lendemain, il trahit sa parole ;
Les serments, ici-bas, sont des mots superflus.
C'est en vain que la Providence
Nous donne à l'infini conseils, sages leçons ;
Jamais contents, nous murmurons
Au sein même de l'abondance.

FABLE XI.

L'Arbre et le Berger.

Sur l'écorce d'un jeune ormeau
Un jeune et tendre pastoureau
Traçait le nom de sa bergère ;
Et sa serpette, hélas! ne le ménageait guère :
Il y allait d'un train, d'un train de passion ;
Vous jugez du dégât d'après l'expression.
Le pauvre patient, glacé par l'épouvante,
            S'écrie : Au nom de ton amante,
            Epargne-moi, berger cruel !
Pourquoi me déchirer sous ton couteau mortel ?
            Contente-toi de mon ombrage,
            Lorsque tu viens sous mon feuillage
            Parler, soupirer ton amour,
            Payé d'un si tendre retour.
Confident, tu le sais, de ta flamme secrète,
            Mon amitié tendre et discrète
            Mérite un traitement plus doux ;
            Ah! par pitié, suspends tes coups.
— Comment, dit le berger, quand ma bonté t'honore
            Du nom de celle que j'adore,
De reproches sanglants tu déchires mon cœur
            Pour la plus légère douleur;
C'est ainsi que tu sers qui jusqu'à toi s'abaisse
Et le cas que tu fais du nom de ma maîtresse ;
            Reçois le prix de ton discours;
            Pars aux enfers et pour toujours.
Là-dessus il l'abat sans nulle autre sentence,
            Que pensez-vous de sa vengeance ?

3

Je pense que, semblable aux grands,
Le berger, dans ses sentiments,
N'agit que selon son caprice,
Sans s'occuper de la justice.

FABLE XII.

Les deux Taupes.

Deux taupes employaient différemment la vie,
L'une au travail, l'autre à l'étourderie.
La travailleuse, avec habileté,
Savait mettre à profit les beaux jours de l'été,
Alerte, active, excellente ouvrière,
Au travail toujours la première.
Aussi santé, bonheur, plaisir
L'attendaient-ils dans l'avenir.
L'autre, pédante et sans courage,
Négligeait tout dans son ménage,
Et disait aux amis qui parlaient des frimas :
Moi, travailler ; fi donc ! c'est bon pour des goujats.
J'ai de l'esprit, du tact, de la finesse ;
Avec tous ces talents je nargue la détresse.
Vous me rompez la tête avec vos grands sermons
Terminés du refrain ; travaillons, travaillons.
Quoi ! je m'abaisserais jusqu'à gratter la terre ?...
Je suis taupe, il est vrai, mais j'ai l'âme trop fière :
Et d'ailleurs, si l'hiver devenait par trop froid,
De ma voisine alors j'honorerais le toit.
Le temps, dans sa course rapide,
Remplaçait les beaux jours par la saison humide :
Sur la terre bientôt, plus rien à grignoter.

La taupe active alors, ne pouvant plus trotter,
    Creuse à deux pieds sous terre
        Sa taupinière,
    A l'abri des autans;
Bénit Dieu, s'y blottit jusqu'au prochain printems.
L'autre vient aussitôt au trou de sa voisine
Demander place au gîte et part à la cuisine ;
Sur l'hospitalité fit un très-beau discours
    Pour implorer quelques secours.
Volontiers, lui dit-on, mais montrez votre patte ;
Par ce trou que voici, voyons, que je la tâte,
Car le toucher chez nous est plus fin que les yeux.
— La voici. — Je la tiens ; que de poils dans le creux !
    Quels longs ergots! pas la moindre crevasse,
    Douce et polie autant que glace ;
Patte ainsi ménagée a dû se promener
    Et peut aussi continuer.
    Allez, mignone, bon voyage.
    Une autre fois soyez plus sage ;
    Tout, dans ce monde, n'a qu'un temps ;
Pour jouir en hiver, amassons au printemps.
La taupe avait raison; malheur à qui ne gratte
Dans la bonne saison pour la saison ingrate,
    Sur ce sujet si j'aime à revenir,
C'est qu'on ne saurait trop prêcher pour l'avenir
Ni trop multiplier la piquante morale
Que la fourmi, jadis, fit à dame cigale.

Fable XIII.

Les Pinceaux.

Dans l'atelier d'un peintre habile
Le pinceau d'un peintre ignorant
(Peintre d'enseignes de la ville)
Fut trouvé, par hasard, parmi ceux du savant.
Pareille compagnie excita l'insolence
Des pinceaux délicats, piqués de cette offense :
    C'était à qui renchérirait
    Sur la tournure et le portrait
    Du pauvre intrus, et la satire
En dit mille fois plus que l'on n'en pourrait dire.
Pour le chasser, enfin, il n'y eut qu'une voix.
« Que vient-il faire ici ce peintre de boutique,
Tout barbouillé d'essence et de craie et de brique ?
Viendrait-il par hasard pour briguer nos emplois ?
A la porte, ou plutôt le saut par la fenêtre
Pour l'apprendre à salir l'atelier du grand maître !
— Doucement, répartit l'objet de ce courroux,
De vos talents, Messieurs, je ne suis point jaloux,
Ni même de l'honneur de votre compagnie
Et surtout du bon ton de votre courtoisie.
Nos deux patrons, c'est vrai, diffèrent de destins,
Leurs talents ne sauraient être mis en balance ;
Mais entre vous et moi quelle est la différence ?
    C'est d'être en différentes mains ;
Ma livrée, en tous points, est semblable à la vôtre,
    Tuyau de plume et poil au bout,
    Et domestiques, voilà tout,
Vous d'un savant et moi d'un triste apôtre.

Rabaissez tant soit peu le ton que vous prenez,
Et ne dirait-on pas que c'est vous qui peignez ?
Si, pour parler du peintre, on vous prône, on vous cite,
    Ce n'est pas pour votre mérite ;
Vous êtes l'instrument que quelqu'un fait mouvoir ;
    Sans ce quelqu'un, quel est votre savoir ?...
De grâce, répondez, ou souffrez que je dise :
    L'orgueil, ce péché capital,
    Place au-dessous de l'animal
Celui qui s'abandonne à pareille sottise ;
    Il est le seul, privé de ces moments,
Où, malgré ses défauts, quelquefois on sait plaire ;
Mais l'orgueil ne saurait changer de caractère ;
Il n'engendra jamais que des cœurs arrogants.
Ce défaut se transmet; véritable héritage,
    On le voit passer d'âge en âge ;
    Et, chez les grands, un nom fameux,
Cent ans après, d'un sot a fait un orgueilleux.
    Sur ce sujet intarissable
    On en dirait, Dieu sait combien ;
    Cela ne servirait à rien :
    L'orgueil est un mal incurable.

FABLE XIV.

Le rêve de l'Enfant.

Un jeune enfant dit un jour à sa mère :
Tu ne sais pas, maman, j'ai rêvé, cette nuit,
Qu'un gâteau de six pieds tombait droit sur mon lit ;
Je mis, pour le manger, presque ma nuit entière.

Tu penses qu'à la fin je crevais dans ma peau :
N'importe, j'avalai le gâteau.
Quand tout-à-coup, sous les traits d'une femme,
Un spectre m'apparaît, livide, affreux, infâme ;
Il étendait les bras comme pour me saisir ;
Ses yeux me faisaient tressaillir ;
Et sa bouche énorme, béante,
Me glaçait d'horreur, d'épouvante.
Sans me dire un seul mot, il me montre un miroir ;
Je jette un cri perçant à ce spectacle horrible ;
En m'y voyant, je crois le voir,
Mêmes yeux, mêmes traits et sa bouche terrible.
Plus je veux l'éviter, plus il frappe mes yeux ;
Et, quoique réveillé, je vois ce spectre affreux.
Rassure-moi, maman, d'une semblable crise.
—Ne crains rien, mon cher fils, tout songe est une erreur,
Viens dans mes bras oublier ta frayeur ;
Ton rêve t'a montré la laide gourmandise.
Ce sont là les traits, mon enfant,
Sous lesquels on peint un gourmand.
Tous les autres défauts ont semblable visage ;
Pour te conserver beau, sois modeste, sois sage,
Sobre, bon, vigilant, soumis, laborieux ;
Et le même miroir, présenté sous tes yeux,
Sous mille traits charmants peindra la ressemblance.
Rappelle-toi, mon fils, ce rêve de l'enfance ;
Sois fier à l'avenir, mais en réalité,
De porter tes regards sur ce miroir sincère,
Aimable à la vertu, mais aux défauts sévère :
C'est le miroir de vérité.

FABLE XV.

La Souris et la Souricière.

Infernale machine, ici tu perds ton temps,
Disait une souris près d'une souricière,
En convoitant des yeux les mets appétissants ;
Tu ne saurais duper qu'une tête légère.
    L'expérience a trop appris
        A fuir ton amorce trompeuse,
        De tes appas je fais mépris ;
J'ai dans mon trou de quoi me rendre heureuse.
De sa vertu ravie, elle part aussitôt ;
Mais le gourmand démon lui fait tourner la tête ;
    Laisser, dit-elle, un si bon rôt !
Je lui ferais pourtant une fameuse fête ;
        Mais le danger est-il si grand
        Qu'avec tant soit peu de malice
        On ne déjoue, adroitement,
        Le fin et cruel artifice ?
Essayons seulement pour nous en divertir :
Dieu nous garde, surtout, d'y porter notre patte !
        Rien n'est si près du repentir,
Que de livrer notre âme au démon qui la flatte.
La raison condamnait l'essai pernicieux ;
        Les sens disaient tout le contraire.
En folâtrant, souvent on vient au sérieux ;
        C'est ce que fit notre commère ;
Et, prise au trébuchet, elle y trouva la mort,
Bien instruite des maux qui suivraient son envie.
Ne la condamnons point, sa faiblesse et son sort
        Peignent le cours de notre vie.

FABLE XVI.

Rosine et Périchon.

Rosine et Périchon,
A l'œil malin, au pied mignon,
Et pardessus cent autres choses,
Fraîches enfin comme des roses,
Elevaient deux jeunes ormeaux,
Présent d'amour que leurs doux pastoureaux
Avaient planté dans leur parterre,
Et sous le plus profond mystère.
A les bien élever on mit les plus grands soins ;
Mais, par un sort fatal, les deux petits mutins
Poussaient à droite, ou bien à gauche,
Et du tronc au sommet chaque branche était croche.
Rosine, sans perdre un instant,
Combat le mal encor naissant,
Eclisse en tous sens son élève,
Lorsque dans ses rameaux vient circuler la sève.
Chaque jour on la voit visiter l'arbrisseau,
Et chaque jour, aussi, disparaîrait un défaut.
Elle attaque le mal jusque dans sa racine ;
L'arbre croit, s'embellit sous la main de Rosine.
La tendre Périchon néglige et perd du temps,
Elle remet toujours de printemps en printemps
Pour corriger les défauts de l'enfance ;
Mais l'arbre, en vieillissant, prend de la consistance :
Ce n'est plus cet ormeau si faible et si petit ;
Dans ses défauts il s'endurcit.
Il résiste aux efforts, aux coups de la tempête ;
Dans ses rameaux noueux le vent cède et l'arrête.

Il est temps se dit Périchon,
L'arbre fait face à l'aquilon.
Le moment est venu, mettons-nous à l'ouvrage.
Mais celui qui brave l'orage,
Se rit de ses faibles efforts.
Perichon voit trop tard ses torts.
Elle gémit, elle soupire ;
L'ingrat ormeau ne fait qu'en rire,
Et tout bossu, tortu, bancal,
Jamais, sur terre, il n'eut d'égal.
Voilà le résultat qui naît de la faiblesse ;
Si nos défauts naissants ne sont point combattus,
On détruit, dans nos cœurs, le germe des vertus,
Dont les fruits sont si doux au temps de la vieillesse.

FABLE XVII.

La Mouche.

Dans un appartement une mouche se glisse
Et s'attache au plafond ;
Cette nappe de blanc est pour elle un délice ;
La coquette se plait, s'admire sur ce fond.
D'après l'histoire naturelle,
Le blanc est pour l'insecte noir,
Ce qu'est pour une belle,
L'attrait de son miroir.
Il s'y complait, en fait sa couche,
N'a que pour lui des yeux ;
Aussi notre brunette mouche
Était au comble de ses vœux.

Mais que le bien que l'on possède,
A peu longtemps d'attraits !
On désire, on obtient, et l'instant qui succède,
Nous trouve indifférents à nos plus vifs souhaits.
On ne saurait jouir d'une constance égale,
On quitte un bien parfait pour des plaisirs nouveaux ;
Ce plafond, neige hier, aujourd'hui d'un blanc sale,
Est délaissé pour les rideaux.
Et des rideaux, notre mouche légère,
Sur la pendule, albâtre éblouissant,
Vient se jetter...... Halte-là, téméraire !
Lui dit le globe (1) transparent :
Eh quoi ! tu n'es point satisfaite ?
Tant d'autres biens sont ta propriété ;
Cesse donc sur mes flancs de te rompre la tête,
Lorsque tu peux jouir dans la sécurité.
Ah ! du moins, tu m'entends ; si j'échappe à ta vue,
J'oppose un frein à ton désir.
Fuis la tentation, l'heure est bientôt venue,
Pour monter la pendule on va la découvrir.
Prends garde, il y va de ta vie,
Si, sourde à mon discours,
On t'enferme sous moi, l'objet de ton envie
N'est découvert que tous les quinze jours.
De la raison vaine parole !
L'horloger vient ; plus prompte que l'éclair,
La mouche part, sur l'albâtre se colle ;
Recouverte aussitôt, la voilà manquant d'air.
Inquiète, effrayée,
Elle veut prendre son essor,
Sur le verre elle frappe, et, du choc renvoyée,
Tombe, repart soudain, frappe et retombe encor.
Sur le plafond, son œil alors s'attache ;

(1) Le verre qui couvre la pendule.

Voilà, dit-elle, un bien, hélas ! trop regretté !
Qu'il est beau, qu'il est blanc, il n'a pas une tache !
Et j'en pouvais jouir en toute liberté.
Ah ! destin, qu'ai-je fait ? halte-là, téméraire ;
    C'est le destin qui te répond :
Rappelle-toi ces mots prononcés par le verre
Bien que ta consience en savait aussi long,
A toi, comme aux humains, elle est partout visible,
Sous la forme du verre elle éclaira ton cœur ;
Mais, malgré ses efforts, le vice irrésistible
    A causé ton malheur.
  Résigne-toi, vois ton heure dernière,
    Devant l'éternité va te justifier,
Et moi, sur les humains, soufflant ta poussière,
Pour rappeler ton sort je vais le publier.

FABLE XVIII.

Le Diamant.

Un diamant, en épingle monté,
    Ornement de quelque beauté,
Qui le perdit, hélas ! non sans soupirs, sans doute,
    Se trouva sur la route,
    D'un savant en célébrité,
    Qui, quoiqu'il le méprise,
Ne l'attache pas moins sitôt à sa chemise.
Pour le bijoux quel avenir flatteur !
    Un membre de l'Académie,
    Un fameux orateur,
Doit le conduire au temple du génie.

C'est là, se disait-il, qu'il sera glorieux
  D'enlever les suffrages,
  Sur moi seul de fixer les yeux,
Où les muses ont droit aux honneurs, aux hommages.
  A la cour je suis confondu
  Parmi cent mille autres parures;
Qui me porte, souvent, n'a que moi pour vertu,
Et s'en met, Dieu merci, sur toutes les coutures.
  Ici, du moins, je suis placé
  Honorablement, je m'en vante;
  J'étais las de ma vie errante
Et des mains où, pour prix, j'ai si souvent passé.
  Si l'on savait parfois l'usage
  Qu'on fait de nous,
  On ne serait pas si jaloux
  De nous voir sur certain corsage.
  La médisance allait son train;
  Nous en aurions su bien d'autre,
  Du bon apôtre;
Mais à l'Académie on arrivait enfin.
  C'était un jour de séance publique,
  Où l'auditeur se pique,
  De se venir asseoir,
Pour applaudir, honorer le savoir.
Notre homme au diamant à la tribune aborde;
  Je ne dirai pas son discours;
Il ravit, il étonne, et, par maints brillants tours,
De la mâle éloquence il fait vibrer la corde.
  L'intérêt va croissant;
  L'épingle en vain lance mille étincelles;
  On admire, ou ne voit que celles
Que fait jaillir l'esprit de l'érudit savant,
Sur qui l'on fait pleuvoir couronnes d'immortelles.
  Et, sans être aperçu,

Le diamant sortit, comme il était venu.
  On pense bien qu'il revit le grand monde,
    La cour, l'intrigue et la beau,é,
    Quoique là son espèce abonde,
Il s'y plut, du mérite il était dégouté.
J'ai voulu démontrer, on me comprend d'avance,
Que le plus vif éclat nous vient de la science.

FABLE XIX.

Le Sage et la Mode.

On dit qu'un certain jour la mode en sa folie,
Chez un sage, un Caton, tout à coup vient s'offrir,
Agaçante, parée, invitant au plaisir,
Se prodiguant le fard pour paraître jolie.
Inconnue, apprends-moi qui t'amène en ces lieux,
Dit le sage étonné d'une telle aventure ;
Jamais mon humble toit ne vit tant de parure;
Es-tu quelque génie envoyé par les dieux ?
      Je viens, répondit la coquette,
    Te proposer de changer ton destin ;
    Du vrai bonheur tu me parais si loin !
    Pour t'y fixer écoute ma recette :
      Pare d'abord ton extérieur;
Qu'à tes habits grossiers succède l'élégance,
    Et quoique pauvre, affiche l'opulence.
Donne à tes actions l'aplomb, l'air de grandeur ;
Ce que vulgairement on appelle solide,
      Ne doit nullement t'occuper ;
      Le principal est de briller;
Voilà le sentiment qui doit être ton guide.

Parle de tes laquais, de ton train de maison,
Ajoute quelquefois des titres de noblesse ;
Un *de* masque très-bien certaine petitesse,
Pour qui sait, à propos, en décorer son nom.
En suivant mes avis tu seras à la mode,
Honoré, sans vertu, bonne table chez toi ;
Qui plus est, sans argent ; dis-moi, de bonne foi,
S'il est plus beau destin, et surtout plus commode ?
Le sage à ce discours aussitôt repartit :
Sans argent, fortuné, j'ai peine à vous comprendre,
Je voudrais bien savoir comment il faut s'y prendre.....
Pauvre sot, dit la mode, à quoi sert le crédit ?
  Suis le courant, marche à ma guise ;
Bel habit de nos jours arrondit le gousset ;
Emprunte et ne rends point, voilà tout le secret
  De qui souvent est sans chemise.
Mais ici je m'amuse et je perds mon latin.
Je ne lis rien de bon sur ton triste visage ;
Dans un humble réduit, vis obscur, vis en sage ;
L'honneur te ruinera, suis en sot son chemin.
Pour s'enrichir, c'est vrai, trop d'honneur incommode,
Qui veut trop y tenir s'aperçoit promptement
Qu'il faut pour acquérir, ou devenir puissant,
  Que l'honneur se mette à la mode.

FABLE XX.

Les deux Coqs.

Un coq sentant un peu le vieux,
Mais encor vert, et portant bien sa crête,

Brûlait d'amour pour gentille poulette,
　　Mais n'osait déclarer ses feux.
Ayant bien ruminé le cas en sa cervelle,
　　Parbleu! dit-il, notre jeune voisin,
Confrère vertueux, un véritable saint,
Pourrait bien de mes feux dire un mot à la belle.
Et, sans plus réfléchir, il court chez celui-ci,
　　En quatre mots lui peint sa peine,
Son amour, ses tourments, le sujet qui l'amène;
L'espoir, le doux espoir qu'il place en son ami.
　　Le jeune coq, d'un air novice,
　　Accepte, observant toutefois
Qu'il n'entend rien à ces sortes d'emplois
Qui demandent du tact et certain artifice.
Après quelques débats, on tombe enfin d'accord,
On s'embrasse trois fois pour sceller l'harmonie,
　　Et, la confiance établie,
Sur la foi du traité notre vieux coq s'endort.
Formalités, baisers de peu de consistance;
Car le jeune étourdi, près de l'objet d'amour,
　　Brûlant, amoureux à son tour,
Oublie, en un instant, le traité d'alliance.
　　Soyons notre seul confident,
En amour, intérêt, en politique, en guerre.
On gagne plus qu'on perd à garder le mystère;
Ne se fier qu'à soi, voilà le plus prudent.

Fable XXI.

Les deux Aiguilles de montre.

Deux aiguilles de montre, à l'heure, à la minute,
    Du temps réglaient le cours,
    Quand la plus étrange dispute
    Faillit les brouiller pour toujours.
    Non, s'écria la minutière,
Je ne veux plus marcher, je suis lasse à la fin
De courir, d'arpenter douze fois le chemin
Que fait, en un seul jour, une fois ma commère ;
Et que m'en revient-il ? pas la moindre faveur ;
    C'est sur mon dos qu'est tout l'ouvrage,
    Et pour achever on m'outrage
    Du même nom que ma stupide sœur.
Merci du compliment, dit la lente marcheuse ;
    Tout beau, ma mie, appaisez ce courroux ;
Pour mépriser les gens vous êtes merveilleuse ;
Mais pour l'utilité, par pitié taisez-vous.
Otez-moi du cadran, marchez ; seule de grâce,
Avec vos douze tours en est-on plus instruit,
    Donzelle au bel esprit,
Soit que vous galopiez, ou ne bougiez de place ?
Vous savez que sans vous, quoique lente à marcher,
    Je fais assez bien ma besogne,
Et que vous n'êtes-là que pour me seconder,
    Ne vous en déplaise, mignonne.
    Sans vanité suivez votre chemin ;
Assez de sots, sans vous, se font gens d'importance :
N'augmentez pas le nombre, il est par trop immense ;
Sottise et vanité se tiennent par la main.

On vous l'a dit cent fois; mais rien ne vous arrête,
Et c'est en vain que je répète :
   Les faiseurs d'embarras,
   Vous le savez, commère,
  Quoiqu'ils en disent, ne sont pas
   Les plus utiles sur la terre.

FABLE XXII.

La Puce.

Une puce, échappée aux recherches du soir,
Passa toute la nuit près de l'aimable Hortense,
Et, sans perdre de temps, au sein de l'abondance,
  On s'arrondit jusqu'à n'en plus pouvoir.
  Au petit jour il fallait lâcher prise;
    Sage prudence conseillait,
    Pendant qu'Hortense sommeillait,
  De se tapir dans un pli de chemise.
Vraiment non, dit l'insecte, il est encor trop tôt ;
    Et, quoique plein outre mesure,
   Il pique au sang; la cruelle blessure
  Va jusqu'au cœur ; on s'éveille en sursaut.
Le prendre, l'écraser d'une horrible manière,
   Ce fut l'espace d'un moment.
    Se contenter du nécessaire
    Est aussi sage que prudent.

Fable XXIII.

Le Libraire.

Certain libraire,
Croyant bien faire
Fit relier soigneusement
Tous ses meilleurs ouvrages,
Non pour honorer le talent,
Mais dans l'espoir de plus grands avantages.
Mérite et bel habit, que d'appas séducteurs
Pour attirer les acheteurs !
Aussi en vint-il par douzaine ;
Mais le luxe, aux savants, fit un mauvais effet,
Par la raison qu'ils n'ont pas bourse pleine.
Le savoir, à leurs yeux, voilà le seul attrait.
Ils allèrent ailleurs, pour moitié de la somme,
Chercher le même auteur sous plus modeste forme.
Le prix déplut aux sots par une autre raison :
Qu'importent, disaient-ils, vos œuvres de génie ;
Les livres sont très beaux ; ils nous font grande envie,
Il nous en faut, mais c'est par ton.
Donnez-nous bon marché, brillante reliure ;
Le livre est toujours bon s'il a de la tournure.
On pense bien que le vendeur,
Eclairé par l'expérience,
De l'habit du savant revêtit l'ignorance,
Et fut bientôt le libraire en faveur.
Pour débiter piteuse marchandise,
Mettons un bel habit pour cacher la chemise ;
Le savoir trouvera toujours des amateurs.

C'est temps perdu de farder la jeunesse ;
Laissons ce soin à la vieillesse,
Et surtout aux mauvais auteurs.

FABLE XXIV.

Le Chat et le Pourceau.

Un chat bien sec, un vrai squelette,
Qui, les trois quarts de l'an, faisait maigre ou la diète,
Non qu'il fût paresseux ; toujours à son devoir,
Il courait les greniers la nuit, matin et soir.
Un jour qu'il se contait sa peine,
Pour en alléger le fardeau,
Il réveilla seigneur pourceau,
Faisant, sur son fumier, la douce méridienne.
Qui vient, dit-il, en poussant un soupir,
M'empêcher de dormir?
C'est toi, raton ; tu te plains, mon cher frère;
C'est ici que tu viens étaler ta misère :
Pour te servir que pouvons-nous, hélas !
Dieu sait notre mépris pour les biens d'ici-bas :
Vivant, pour son amour, des restes qu'on nous donne,
Nous bénissons la main qui nous en fait l'aumône.
Privés de tout sur ce fumier,
Nous passons notre vie à nous mortifier...
Pauvres gens, dit le chat, votre sort m'intéresse :
Je me plaignais; fi donc! j'en rougis maintenant;
Mon affreuse maigreur mentait certainement
Quand elle en appelait à votre couenne épaisse :
Tous mes membres tremblants qu'agite le besoin,
Auraient tort de gémir devant votre embonpoint;

Et votre oisiveté qui doucement sommeille,
Est bien d'un autre prix que combats et que veilles
Pour ajouter encore à votre sort affreux,
Combien sur ce fumier vous êtes malheureux!
      C'est là que, vivant d'abstinence,
Le groin dans l'ordure, aliment du pourceau,
Par le jeûne arrondis, crevant dans votre peau,
Vous pliez sous le poids de votre énorme panse.
Moi, je sers le patron le jour comme la nuit :
      Son dernier rat je l'ai détruit.
Je ne mérite pas comme vous la pâtée;
J'expire de besoin, voilà ma destinée !...
Eh mais, dit le pourceau, raton me parait mort :
Sans plus s'en informer le voilà qui s'endort.
Je vous reconnais là, dans mainte et mainte classe,
Hommes qui des humains ne portez que la face ;
Rayonnants de santé, vous paraissez souffrir,
Si quelque malheureux vous adresse un soupir ;
Et l'on croirait vraiment, à votre humeur chagrine,
Que le rosier, pour vous, ne produit que l'épine ;
Que ce teint si fleuri, cette rotondité,
Sont des indices sûrs de votre austérité.
Au suprême degré vous possédez l'adresse
De prendre un air benin, de larmoyer sans cesse;
De payer le malheur en paroles de miel,
Et, le col allongé, les yeux fixés au ciel,
De lui tendre deux mains, quand il vous tend la sienne.
Enfin, pour dernier trait de charité chrétienne,
Aux soupirs douloureux d'un pauvre suppliant,
Votre cœur attendri s'endort paisiblement.

FABLE XXV.

Le Chêne et la Fourmi.

A l'abri des frimas, dans son noir souterrain,
Dame fourmi, la pourvoyeuse,
Bénissant son heureux destin,
Croyait passer gaîment la saison rigoureuse ;
Mais un terrible orage inonda les vallons,
Et, du moindre ruisseau formant une rivière,
Submergea tout, fourmi, douces illusions,
Ne lui laissant que la misère.
Dieu la sauva de la fureur des eaux :
La voilà sur la plage avec son industrie,
Le seul abri contre les maux ;
Loin de son toit, de sa patrie.
Allons, dit-elle, il faut subir son sort ;
Sans nous décourager creusons sous ce vieux chêne ;
Fourmi, sans travailler, n'attendra pas la mort.
Dieu m'éprouve, et sans doute, il bénira ma peine.
Arrête, répartit en frémissant d'effroi,
Celui qui jusqu'au ciel balance son feuillage :
Point d'asile à l'insecte au pied du chêne-roi ;
Va porter loin d'ici ton destructeur ouvrage.
Hélas ! dit la fourmi, lorsque d'un malheureux
Il en coûte si peu pour calmer la souffrance,
Soyez-moi bon et généreux ;
Le bien est si facile à la toute puissance.
Un peu de terre me suffit ;
Un rien, voilà ma nourriture ;
Pour un insecte si petit

Soyez hospitalier, c'est la loi de nature.

    Songez qu'il est un tribunal

Où la seule vertu donnera la noblesse;

Le chêne et la fourmi seront d'un rang égal

    Devant la suprême sagesse.

Le chêne à ce discours, blessé dans son orgueil,

Agite ses rameaux pour dernière réponse;

La fourmi, sous ses coups, eût trouvé son cercueil,

Si Dieu n'eût placé là la tige d'une ronce..

Providence, toujours, prodigue ses leçons,

Pour avertir les grands qu'elle a l'œil sur la terre;

C'est elle qui conduit, à travers les buissons,

    La fourmi, dans une fourmilière.

Elle conte, à ses sœurs, son malheureux destin;

Son récit, dans les cœurs, allume la vengeance;

Voyez de toute part sillonner le terrain;

Pour venger la fourmi, tout un peuple s'élance :

    Fléau qui répand la terreur,

Sous un sable mourant, il détruit, il entraîne

    L'innocente et modeste fleur,

    Pour arriver à l'objet de sa haine.

Sous ses pas meurtriers l'arbre est bientôt atteint;

Sans respect pour son rang, pour son antique ombrage.

Il soulève la terre, il pénètre en son sein;

La victime s'abat sous son aveugle rage.

    Hélas ! dans le même tombeau,

    On voit la ronce protectrice;

    Sa mort manquerait au tableau;

La vengeance, toujours, conduit à l'injustice.

Le chêne est abattu, détruisons la forêt,

    S'est écriée la bande noire;

    Tout arbre eût commis le forfait,

    Que vient de punir la victoire.

    Bientôt, d'un million d'ennemis,

Chaque plante attaquée, au cœur, dans ses racines,
Comme on voit, sous la faulx, s'entasser les épis,
Ne laisse, sur le sol, que meurtres, que ruines....
    L'hiver, alors, accourt de toutes parts,
Plus rien pour arrêter la grêle et la tempête.
Vainqueur, tu détruisis ton secours, tes remparts;
Sur les vents, vois la mort qui menace ta tête.
Tout est fini pour toi; le terrible ouragan,
    Comme le sable te disperse;
Je te plaignais d'abord; mais tu devins méchant;
    J'applaudis à qui te renverse.
Et je conclus de là, que grands et que petits
    Doivent s'aider comme des frères ;
Le chêne doit nourrir, protéger les fourmis,
    Ou redouter les fourmilières.

Fable XXVI.

Les Souffleurs.

Au temps où l'orgue prit naissance,
Trois hommes, dit l'histoire, en guise de soufflet,
    De leurs poumons fournissaient au buffet,
    En soufflant tous trois à outrance ;
    Mais un quatrième souffleur
Permettait qu'à son tour chacun d'eux se repose.

* J'ai composé cette fable, à l'occasion du projet du directeur du
théâtre de l'Opéra-Comique, à Paris, de supprimer, par économie, un
des quatre trombonnes attachés à l'orchestre. Trois trombonnes,
étant tous les jours de service, ils auraient été privés de jouir de leurs
repos tous les quatre jours, mesure qui n'eût été applicable qu'à eux
seuls, leurs collègues jouissant de leur droit de congé.
    Cette fable a gagné son procès.

Souffler trois jours, sur quatre, est assez forte dose ;
Un seul pour respirer n'est pas trop en honneur.
Aussi, par ce moyen, l'orgue allait à merveille ;
L'organiste, enchanté, charmait les assistants,
Et, du grave à l'aigu, tous les sons bien ronflants
Arrivaient jusqu'au cœur en ravissant l'oreille.
L'intérêt s'en mêla ; l'intérêt gâte tout ;
  Et même il pousse à l'injustice.
 Quatre souffleurs sont trop pour le service,
  Trois en viendront à bout.
Le trio me suffit, qu'est-il besoin de quatre ?
  Se dit l'organiste un beau jour.
Voilà donc un souffleur supprimé sans retour.
Et trois, toujours bouffis, sans jamais en rabattre.
  Tout semblait aller pour le mieux,
 Quand certain jour, soufflant une tempête,
  Le vent des ouragans s'arrête
  A l'endroit le plus furieux.
 Le pédaliste avait manqué d'haleine ;
Le lendemain ce fut le tour du chant ;
  Enfin l'autre, en soufflant,
  Se rompit une veine.
  Dieu prit bien son repos ;
  Donc il en faut aux hommes,
  Et, tous tant que nous sommes,
Pour arriver au but, divisons les fardeaux.

Fable XXVII.

Le Tournesol et la Camomille.

Un tournesol suivait l'astre du jour ;
Du lever au coucher, le roi de la nature
Toujours dans ses rayons voyait même figure,
A la part des bienfaits, sans cesse au premier tour.
Près de la plante à la tête mobile,
Un petit pied de camomille
Sollicitait le plus faible rayon,
Que lui cachait, toujours, la fleur au large front.
Ta coupe est bien assez dorée,
Disait l'utile et l'humble fleur,
Permets qu'un regard de faveur
Vienne adoucir ma misère ignorée.
Laisse-moi voir un peu ce soleil du printemps :
Ah ! si des malheureux il connaissait le nombre,
Privé de ses bienfaits et languissant dans l'ombre,
Hélas ! nous n'aurions pas à gémir si longtemps !
Mais on dérobe à sa lumière
Ces innombrables fleurs qui rampent sur la terre;
Et, ne pouvant du ciel descendre jusqu'à nous,
Ses rayons bienfaisants passent d'abord par vous.
Dieu sait ce qu'il nous reste après votre partage !!
Tous les soleils cachés dans l'infini des cieux
Embraseraient en vain vos fronts ambitieux,
Qu'on gèlerait encor sous votre ardent feuillage.
La camomille, à ce discours,
Se tut, hélas ! et pour toujours.
Le soleil n'en sut rien ; que de faits il ignore !
Car celui-ci n'est rien encore.

Fable XXVIII.

Le repas des grands animaux.

Je ne sais trop à quel anniversaire,
Chez les grands animaux on donnait un diner ;
Grands animaux, s'entend ; je veux ici parler
Des hôtes des forêts à la dent meurtrière.
Pour fournir au repas de ces maîtres gloutons,
Il en coûte toujours à la petite espèce.
      Dans leurs plaisirs, ou leur tristesse,
      Gare aux moutons !
Je n'entreprendrai pas de détailler la fête,
Où le carnage seul se chargea des honneurs ;
      On fit ici, tout comme ailleurs :
On but, et l'on mangea jusqu'à perdre la tête.
      La conversation roula
      Sur celui-ci, sur celui-là.
Les caquets épuisés, survint la politique ;
On discourut sur tout, royauté, république :
Du cher petit gibier comme on plaignit le sort !
Il est bien malheureux, s'écriait une hyène !
Passez-moi, cher voisin, ce lièvre qui vous gêne ;
Je veux, pour l'avaler, faire un dernier effort.
N'est-il pas vrai, dit-elle, en lui croquant l'échine,
Que le sort des petits, bon voisin, vous chagrine ?
Pour moi je suis émue au récit de leurs maux.
L'appétit me revient, voyons donc ces perdreaux ;
Dieu ! qu'ils sont succulents ! mais je songe en ma tête,
Si nous proposions, pour eux, une collecte ?
C'est penser sagement, reprit maître renard,

Rempli jusqu'au gosier de poule et de canard.
Puis, élevant la voix pour obtenir silence,
Il invoqua d'en haut la suprême assistance ;
Et, du ciel descendant jusqu'au lieu du festin,
Il n'est pas jusqu'à l'ours dont il ne fit un saint.
    Ayant jugé l'instant propice :
L'humanité, dit-il, demande un sacrifice ;
Le peuple malheureux vers vous étend les bras ;
L'abandonnerez-vous ?... plutôt mille trépas !
Pour les infortunés qu'on ordonne la quête,
Rugirent les convives, et la quête se fit,
      Et produisit,
Pour celui qui payait tous les frais de la fête,
    Les ergots et le bec
    D'un dindonneau bien sec.

FABLE XXIX.

Le Chien et le Renard.

Au détour d'un buisson, maître renard, rodeur,
Rencontre, nez à nez, Médor, la sentinelle,
    Toujours au guet, toujours fidèle,
Inquiet, affairé, tout de mauvaise humeur,
Qu'est-il donc arrivé, dit la maligne bête ?
    Réponds, Médor, est-ce le loup,
    Qui sur ton troupeau, tout à coup,
    Aurait ravi la plus belle chevrette ?
Je crains peu, dit Médor, le loup reconnu tel ;
Il vit de son métier, me combat face à face ;
Les loups les plus gloutons ne sont pas loups de race :
    Ils n'en ont que le naturel.

Je cours chez le fermier, mon maître débonnaire,
Lui montrer sur mon dos les traces du bâton ;
Me plaindre de Gros-Jean qui pille sa maison,
Boit son vin, bat ses gens, courtise la fermière.
Et ne va pas plus loin, reprend maître renard ;
   Tu perds la tête sur mon âme :
  Laisse Gros-Jean, le fermier et sa femme ;
C'est un très bon conseil, tu le verras plus tard.
   Contre les loups de cette espèce,
    Il est trop de dangers,
    Les loups sont les bergers ;
En agissant contre eux, tu fais belle prouesse.
Retourne à ton chenil, renonce à ton projet ;
   Qui veut trop bien servir son maître,
S'il est mal entouré, peut passer pour un traître,
Et payer, de sa peau, ce qui manque au budget.
Sur Jean ferme les yeux, caresse la fermière,
Au maître on citera ton noble dévouement ;
Tu vivras à l'abri de tout événement ;
De bien plus grands que toi font ainsi leur affaire
   A ces conseils Médor tourna le dos,
    Et noblement reprit sa route.
L'intendant du patron le reçoit et l'écoute,
Et, prévenu du fait, lui fait rompre les os.
Je reconnais, hélas ! du renard la maxime,
   Dit Médor, tout rompu ;
Il avait bien raison, ici bas la vertu
   Nous conduit souvent à l'abîme.
Suivons patiemment la route du malheur,
Puisqu'il faut s'avilir pour devenir prospère ;
J'aime encor cent fois plus mon collier de misère,
Que trahir, tour-à-tour, et mon maître et l'honneur.

Fable XXX.

Le vieux singe.

Un vieux singe avait la manie
De se croire toujours au printemps de la vie:
Jusque là, point de mal:
Mais le vieux animal,
Avait l'amour en tête,
A tout venant contait fleurette:
Poursuivait la Guenon, lançait malins propos;
Quand, un funeste jour, comme certaine cruche,
De la cime d'un arbre, il chancelle, il trébuche,
Tombe de branche en branche, et se brise les os,
Quand le soleil s'incline,
Quand il descend derrière la colline,
Quand ses rayons ne jettent plus de feu,
Au beau jour qui finit, il faut qu'on dise adieu.
Quand la vieillesse,
A remplacé le feu de la jeunesse,
L'homme, sur son déclin,
De la seule vertu doit suivre le chemin.
Sur le front du vieillard que la sagesse assise
Aux faiblesses des sens ne donne jamais prise:
Que l'amour des vertus soit son unique amour,
Quand la nuit va, bientôt, couvrir son dernier jour.
Qu'en paix, auprès de lui, la timide innocence
Trouve un asile sûr dans son expérience,
Et non pas le portrait du singe corrupteur,
Qui mérita si bien son funeste malheur.

FABLE XXXI.

Lisette et les papillons.

Lisette, au sein de la prairie,
Loin de sa mère et des sermons,
Courait après les papillons,
Ivre de joie et de folie.
Mais les petits lutins fuyaient de fleurs en fleurs;
Folâtraient, s'échappaient sous les doigts de Lisette,
Et la pauvrette
Versait des pleurs,
Puis souriait à l'espérance,
Et crac, en prenait un; quel trésor pour l'enfance!
Tu seras mon ami, disait l'aimable enfant:
Sur mon bouquet, dans le sein de ces roses,
Fraîches écloses,
Va butiner; mais surtout sois constant.
Je te promets les fleurs les plus nouvelles;
De ma main j'irai les cueillir,
Pour mon petit ami toujours nouveau plaisir;
Rétablis la fraîcheur de tes charmantes ailes.
Doux sentiments d'aimer, vous m'étiez inconnus!
Mon choix, fidèle à ma tendresse,
Rendra caresse pour caresse,
Me chérira, ne me quittera plus.
Le papillon, léger, frivole,
Avait mis à profit les instants du discours,
Et, pour d'autres amours,
Etend les ailes, puis s'envole.

Voilà ma petite leçon ;
Retiens-la bien, jeune fillette,
Et ne fais pas comme Lisette ;
Refuse ton amour au léger papillon.

Fable XXXII.

Le Tigre et le Mouton.

Un tigre, assez bonne personne,
        Par moments,
    Car où l'on voit griffes et dents,
La bonté sent toujours les bords de la Garonne.
        Un mouton y fut pris :
Ces innocents moutons ont si peu de malice ;
        Un mot des grands, ils s'en croyent amis,
Quand ils sont le jouet d'un passager caprice.
        Celui-ci donc, innocemment,
        Comme il broutait l'herbe fleurie,
        Rencontre, au sein de la prairie,
Un tigre, dans les fleurs étendu mollement.
        La mort est moins épouvantable
            Que l'aspect du bourreau,
Adieu, dit le mouton, d'une voix lamentable ;
        Soleil, printemps, amour, troupeau,
Tout est perdu pour moi ; jusques à l'espérance !...
Le tigre en fut ému, sentit battre son cœur ;
Peut-être, dira-t-on, avait-il pleine panse,
Et le supposer tel, serait encore flatteur ;

Et pourtant on va dire,
Que c'est là la raison,
Qui fait que le mouton
Respire.
Vous croyez donc, censeur, qu'on ne peut rencontrer,
Chez les grands des forêts, humanité, justice ;
Et qu'il faut, ou sinon, que le petit fléchisse?
Sans doute je le crois, à moins de les flatter ;
Je puis faire un récit fidèle
De la tragique fin de ce pauvre animal,
Né sans esprit et sans cervelle,
Et qui pour la bonté, je crois, n'a point d'égal.
Tremblant, le col tendu sous la dent meurtrière,
Il attend le trépas, déjà mort à demi ;
Mais le tigre, aussitôt, l'appelle son ami,
Rassure-toi, dit-il, ton triste état m'éclaire.
Ah ! Ah ! monsieur le Loup, fourbe Renard,
Flatteurs que je déteste,
Vous me disiez chéri sous la voûte céleste,
Et voilà l'innocent mourant à mon regard !
Sur tous mes torts, Mouton, parle sans défiance,
Symbole, image de douceur ;
A tes sages leçons je me soumets d'avance,
Car tu ne fus jamais trompeur.
Ce discours produisit un effet tout magique,
Chassa la peur de l'âme du mouton,
Lui donna de l'orgueil, certaine ambition ;
Non pas l'essentiel, un peu de politique :
Et tout bonnement il béla,
Sur les tigres cruels, ce qu'il savait de pire,
Les nombreux innocents que leur rage immola,
Y joignant même encor, ce qu'il avait ouï dire.
Là finit son discours :
Le tigre vous l'abat sous sa griffe cruelle !

Pauvre mouton, ton sang ruisselle ;
Tes yeux se ferment pour toujours.
De tes débris, que le tigre rejette,
Sous ses yeux, notez bien, un Loup fit son repas.
Ceux-ci ne perdent pas la tête,
C'est encore un tableau des choses d'ici bas.
Sous la table des grands, débris de toute espèce ;
Mais pour les ramasser il faut que l'on s'abaisse.
Le flatteur vit toujours des restes du flatté,
Aux dépens de celui qui dit la vérité.
Sur ces pauvres flatteurs on a dit pis que pendre ;
Mais il faut bien pourtant qu'on aime à les entendre,
Puisqu'ils sont de tous temps, de toutes les saisons,
Et qu'ils aident les grands à manger les moutons.
Sans complaisants flatteurs que ferait une altesse,
Buvant, mangeant, dormant, livrée à la paresse,
Et ces dolents Seigneurs sur la plume étendus,
Si l'on ne leur disait, que défauts sont vertus?
Flatteurs, chers en flattant, essayez la sentence ;
Vous connaîtrez, à vos dépens, la différence.
Tu l'éprouvas, mouton, du moins à l'avenir,
Si tu crains de flatter, tu peux sans t'avilir,
Coucher la vérité sur un lit tout de rose ;
Ce n'est ainsi, crois-moi, qu'on obtient quelque chose.

Fable XXXIII.

Le Maître d'étude.

En tête d'un pensionnat
Cheminait un maître d'étude,
Quand tout à coup, par lassitude,
Tout juste, dans ses mains, un pauvre oiseau s'abat.
Toute la bande collégienne
Rompt ses rangs, et, quoiqu'il advienne,
Pour obtenir l'oiseau,
Livre à son maître un véritable assaut.
Mais celui-ci réprima la licence :
La liberté pour tous, montrons-nous généreux,
Rendons au prisonnier ce bien si précieux
Que lui donna la Providence.
Il dit, ouvre la main, rend à l'air, au bonheur,
La légère linotte,
Qui débute, en partant, par lâcher une crotte,
Sur le nez de son bienfaiteur.
Chaque écolier, à cette étrange vue,
Dit la sienne, et bientôt,
On plante là le maître, on le siffle, on le hue,
En s'éloignant au grand galop.
Allez, courez, jeunesse, après l'expérience,
Leur dit le maître en s'essuyant ;
Plus tard même sort vous attend.
Le trop de liberté conduit à la licence.
Quand on lui donne un pied, elle en prend un million.
Liberté, liberté, quand te comprendra-t-on ?

Fable XXXIV.

Le Conducteur.

Un conducteur de diligence
Instruisait au métier un vigoureux garçon,
Qui, les rênes en main, écoutait la leçon
    Les avis de l'expérience.
On était en voyage, et le long du chemin
    L'instruction allait son train.
Le langage primo, car aux bêtes de somme
Il faut savoir parler, tout aussi bien qu'à l'homme,
Afin que l'animal, même le plus bâté,
Par un mot bien choisi se croie en liberté.
    Pour terminer l'apprentissage,
    Sur le dos du pauvre attelage
        Le maître et le valet
    Font tour-à-tour claquer leur fouet.
Soudain, le limonier, sans dire prenez garde,
    Leur administre une ruade,
    Qui les renverse presque morts;
    Et certes il n'eut pas tort.
    Par la douceur, la patience,
    On obtient plus d'obéissance
    Que par les mauvais traitements,
    Qui font prendre le mors aux dents.
Quand nous voulons donner à la jeunesse
    L'art de bien gouverner,
    Nous devons lui donner
L'amour de la douceur, l'amour de la sagesse.

FABLE XXXV.

L'Enfant et l'Abeille.

Le petit Paul, léger, lutin,
    Las du cerceau, de la bille et la balle,
Poursuivait le cricri, la bruyante cigale,
    En folâtrant dans un jardin.
    Et Dieu sait, pour se satisfaire,
    Si l'aimable Flore en souffrit :
Que de dégâts causés par le bandit !
    C'était pitié dans le parterre.
    Voilà que du sein d'une fleur
    Sort une abeille épouvantée ;
    Paf, d'un seul coup elle est jetée
    Aux pieds du petit destructeur.
    Ah ! ah ! dit-il, méchante bête,
    Que je ne puis voir sans frémir ;
    Sans plus tarder tu vas mourir ;
    Fais ta prière, ma pauvrette.
Bien jugé, dit l'abeille, ingrat que je nourris :
    De mes travaux voilà la récompense ;
    Du suc des fleurs je t'offre la substance,
    Et la mort en devient le prix :
    Qu'ai-je donc fait pour mériter ta haine ?
    Oh ! vraiment rien, dit le petit gaillard :
    Mais l'autre jour j'ai rencontré ton dard,
En respirant des fleurs l'aimable et douce haleine.
Tu peux garder ton miel, puisque ta cruauté
    Au bout d'un dard me le présente :

Péris, tu n'es qu'une méchante,
Et c'est encor trop peu pour ta déloyauté.
Soudain il fait des cabrioles,
Ne pensant plus en poursuivant ses jeux,
Qu'il a peint au parfait ces hommes mielleux
Qui, par leurs actions, trahissent leurs paroles.

Fable XXXVI.

Les deux Girouettes.

Un prince, seul dans son jardin,
Loin des soucis du diadème,
Libre un instant, tout à lui-même,
Les yeux sur son palais rêvait sur son destin.
C'est là, se disait-il que l'on me rend hommage,
Inaccessibles murs aux plaintes du malheur;
Faux amis, luxe, orgueil, s'ouvrent seuls un passage
A travers de votre épaisseur.
Tel je vois sous mes yeux tourner deux girouettes,
Même au plus doux zéphir
Je vois mes courtisans autour de moi fléchir,
Comme elles, inconstants, quand soufflent les tempêtes,
Fixant alors le faible objet,
Qui dans tout sens chemine,
Le vent change entraînant une seule machine;
La seconde tient bon, roide comme un piquet.
Qu'est-ce donc, dit le Prince, et quelle étrange chose
Dans ma comparaison m'oblige à rester court?
Il appelle, on accourt,
On grimpe sur le toit s'assurer de la cause.

Un peu d'huile a suffi, le vent tourne, et bientôt
On voit tourner notre commère,
Qui, libre alors sur son pivot,
Reprend sa nature première.
Courtisan, voilà ton miroir;
Lorsque ton dévouement s'arrête,
L'or, à son gré, te fait tourner la tête,
Du côté du pouvoir.

Fable XXXVII.

L'Avare.

Exténué par l'avarice,
Avec de l'or succombant au besoin,
Un vieux Crésus ne pouvait aller loin;
Son col sec, allongé, fléchissait sous le vice.
Il avait, dès longtemps, supprimé son docteur,
Comme dispendieux et nuisible à la vie;
Un vieux buffet poudreux formait sa pharmacie,
Plein de médicaments, dont il était l'auteur.
A force de jeûner, nature enfin succombe :
Notre homme aux trois quarts mort,
Pour ménager son coffre-fort,
Avant son temps descendait dans la tombe.
Un fameux charlatan faisait alors grand bruit;
On le citait partout pour ses nombreuses cures;
Il déridait vieilles figures;
Bref, il guérissait tout, pour avoir plutôt dit.
Mandé chez le Crésus, tout joyeux il arrive,
Tâte le pouls, grimace horriblement.

— Hélas ! mon pauvre argent,
Dit l'avare attentif et d'une voix plaintive.
Ayez pitié, docteur, je suis si malheureux ! ! !
— Votre santé d'abord, reprit notre Esculape;
    Dans un instant la mort vous frappe,
  Si je n'applique un baume merveilleux ,
   Avec lequel je réponds de votre personne.
   Dans une heure il serait trop tard;
Et, pour vous bien traiter, sans en rabattre un liard,
Comptez trois mille francs, ou je vous abandonne.
—Trois mille francs, bon Dieu ! mais vous m'assassinez!
   Deux tiers de moins. — Pas une obole ;
   Dépêchez-vous, le temps s'envole ;
La mort ou la santé, c'est au choix, décidez :
  Mon baume est prêt, l'instant fatal approche.
— Mais, docteur...— De l'or ! voilà mon dernier mot.
—Moitié ? — Non, chut! — Eh bien ! puisqu'il le faut...
   — Il est trop tard ! j'entends la cloche.
   Il le quitte, et le moribond,
   Frappé d'une terreur soudaine,
Sent la mort, dans ses sens, passer de veine en veine
Chaque fois que l'airain vibre et produit le son.
   Il demanda, comme faveur dernière,
   Pour ménager son cher argent,
Point de cierges, ni prêtres à son enterrement.
Cela dit, pour toujours il ferma la paupière.
   Quel beau jour pour les héritiers
Au partage du pot contenant les deniers !

FABLE XXXVIII.

L'Ours.

Un ours, piqué contre un cheval,
Fit mander un renard pour lui conter sa haine ;
Finaud connaissait le brutal,
Il accourut tout d'une haleine.
— Ami, dit l'ours, on ose m'outrager ;
Contre mon ennemi ma griffe est inutile,
Il fuit d'un pas agile ;
Je t'ai choisi pour me venger.
Tu connais l'art de la satire ;
Ecris, compose le portrait
De l'arrogant cheval ; qu'il soit peint trait pour trait ;
Pars, et reviens sitôt, tout au long me le lire.
Voilà le renard griffonnant,
Jamais content de son ouvrage,
Commençant et recommençant
Pour dénigrer son personnage.
Force, beauté, bouillante ardeur,
Propre au labour, propre à la guerre ;
De ces vertus faire un portrait contraire
Embarrassait notre flatteur.
L'ours voulait un récit pour servir sa vengeance,
Donc en tous points calomnieux ;
Mais alors du cheval on perdait l'alliance,
Et fin renard voulait plaire à tous deux.
Un moyen tout à coup s'offrit à son génie :
Parbleu ! dit-il, j'ai bien peu de cerveau
D'en être encore à chercher mon tableau :

On ne se reconnaît que dans la flatterie.

Or, peignons l'ours, et, quoique lourd, grossier,
Sournois, féroce et sans noblesse,
Ses défauts, en changeant d'adresse,
Passeront pour ceux du coursier.
Notre effronté, sur ce plan qu'il arrête,
Écrit, débite son discours :
— Vérité, disait l'ours ; c'est bien ça, lourde bête,
Propre à rien, sans vertu. — Bravo ! poursuis toujours.
— Œil sans feu, laid museau, voix grognarde et sans grâce ;
Enfin, ce mal léché, ce stupide animal,
C'est le... — à moi, dit l'ours, — c'est le cheval.
— Viens, cher ami, que je t'embrasse ;
On ne peut mieux, peint au parfait.
Ajoutons qu'il est faux, rancuneux et colère ;
Qu'en lisant cet écrit dans toute la forêt,
On fuit, épouvanté, son affreux caractère.
De sa griffe, à ces mots, l'écrit est revêtu ;
Loin de nuire au cheval, sa grâce et sa vaillance,
Acquirent à jamais plus méritée puissance.
Méchant qui calomnie ennoblit la vertu.
Dans le portrait hideux on ne put reconnaître
Le plus parfait des animaux :
Chez autrui nous voyons tous nos propres défauts ;
Pour ours, les ours ne sauraient se connaître.
On se démasque trop souvent
Pour ne savoir se taire.
Vice a besoin de garder le mystère ;
Il se cache, on l'oublie, au grand jour il se vend.
Le cheval au front haut, la crinière ondoyante,
Hennit, frappe la terre ; on accourt à sa voix.
L'ombre de l'ours paraît ; d'horreur et d'épouvante,
Tout fuit au fond des bois.

Fable XXXIX.

La Page d'écriture.

Auguste, encore enfant, barbouillait du papier ;
　　Sur l'écriture très-novice,
　Il en était à son premier cahier
　　Comme à son premier exercice ;
　　Quand tout à coup impatienté,
　　Sa plume il brise sur sa page :
　　　Un énorme pâté
Atteste tout au long qu'Auguste n'est pas sage.
Il s'était cru tout seul, sa mère l'observait :
　　Mon fils, ce n'est pas bien, dit-elle,
　　Tu viens de m'offrir le portrait
D'un colérique enfant, à son devoir rebelle.
— C'est ma plume, maman, qui s'obstine à marcher,
　　A mes désirs dans tous les sens contraire ;
Je tire à droite, à gauche elle me fait pencher,
　　C'est le sujet de ma colère.
— As-tu toujours, ami, marché droit ton chemin ?
　　Bien que conduit avec sagesse ;
Plus souvent qu'à ton tour tu fus un peu mutin ;
Fallait-il t'écraser, pour dresser ta jeunesse ?
　　Sois moins sévère, mon enfant ;
　　Bientôt la sage expérience
　　Blâmera ton emportement,
Lorsqu'à l'habileté tu joindras la prudence.

Tu menais mal ta plume, elle a dû résister ;
Plus qu'elle, ami, raison t'éclaire.
Or, si de tes devoirs on voulait t'écarter,
Résiste, et souviens-toi des leçons de ta mère.

FABLE XI.

Les deux Boules.

Deux boules cheminaient :
Puisque nous avons vu deux pots qui voyageaient,
Et que même souvent on cite,
Dont l'un était en fer et l'autre en terre cuite,
Par la même raison, mes boules en chemin
Peuvent aussi rouler au gré de leur destin.
Les voici toutes deux gravissant une côte :
Par leur corps arrondi, la pente rude et haute
Devait plutôt les faire reculer ;
Mais que ne peut l'espoir, l'ardeur de s'élever !
Après bien des efforts, après peine sur peine,
On arrive au milieu, coupé par une plaine,
Où l'on pouvait rouler sur un plan de niveau,
Librement, sans danger, ni trop bas, ni trop haut.
Je reste ici, ma sœur, dit l'une à sa compagne ;
Écorchée en tout sens, je vois trop ce qu'on gagne
A vouloir s'élever plus haut que l'on ne peut :
Je suis bien, j'y demeure, et voyage qui veut.
Tu ris, reprend la boule qui l'écoute
Tu veux rester à moitié route,
Sur ce terrain croupir ?
C'est là-haut qu'il nous faut courir.

Et, prenant son élan, de rechef elle roule,
Méprisant les avis de la prudente boule;
Manœuvre habilement sur le mont rocailleux,
Se pousse vers le but, objet de tous ses vœux;
Du plus petit caillou s'étaie avec adresse,
Saisit, pour abréger, les chemins de traverse,
Pour gagner le sommet, tous les moyens sont bons;
On traverse, en rampant, les ronces, les chardons.

Mais, tout à coup, la pente plus rapide
N'offre qu'un roc à pic, inaccessible, aride.
Cherchant à le gravir, la boule en fait le tour;
Vainement, sans espoir, elle songe au retour:
Sur le profond abîme, immobile, frissonne;
A l'aspect du danger la force l'abandonne;
Elle hésite;... elle part comptant sur quelque appui;
Mais quand on dégringole en est-il aujourd'hui?
Sur les mêmes cailloux qui l'avaient étayée,
Elle roule et bondit en éclats renvoyée.
Ses débris vont au loin attester son malheur,
Mais non pas réprimer l'ambitieuse ardeur;
On se rit d'elle en bas, et, malgré sa détresse,
Des boules sur le mont se succèdent sans cesse,
Et, dépassant la plaine, endroit délicieux,
Vont grossir aux enfers les rangs ambitieux.
Que de mal, de tourments pour atteindre la cime,
Pour arriver au point le plus près de l'abîme,
Le plus près des malheurs, des peines, des soucis,
Environné d'écueils, surtout de faux amis,
Qui vous poussent en haut, puis, quand vient la culbute,
Vous prêtent leur appui pour hâter votre chute!
    Bref, à mi-côte il faut rester,
    Quand on peut y monter.

FABLE XLI.

Le Tigre, le Renard, le Castor.

Couchés sur un tapis de mousse et de verdure,
     Un tigre, un renard, un castor,
Causaient, le ventre plein, premier point de l'accord,
     Sur les bienfaits de la nature.
Le premier se vantait de sa force et son rang,
     Et méprisait toute animale espèce,
Au-dessous d'un degré de sa haute noblesse,
Prisant bien moins encor l'esprit et le talent.
Le renard d'applaudir, et, pour toute réplique,
     De s'écrier: monseigneur a raison ;
Après force et naissance, adroite politique,
     A quoi donc le reste est-il bon ?
— A vous repaître, et pour sa récompense,
     Dit le castor, supporter vos mépris.
De qui donne son sang pour nourrir l'indolence,
     Voilà le prix.
Le tigre avait levé sa patte sanguinaire
     Sur l'imprudent castor,
     Quand tout à coup le son du cor
Annonce des chasseurs la troupe meurtrière.
Où fuir, de toute part un danger imminent ;
Devant soi les chasseurs et leurs armes cruelles ;
     Derrière, un furieux torrent
Mugit, frappe le roc de ses ondes mortelles.
Je puis, dit le castor, vous sauver tous les deux ;
Je ne me compte point, la nature féconde
Voulut me protéger sur la terre et sur l'onde ;

Sous ces flots irrités je puis fuir, si je veux.
Mais vous abandonner ! que plutôt je périsse !
J'ai le double talent d'architecte et maçon :
Cours aux chasseurs, renard, redouble de malice;
Pars, trompe et reviens, tu trouveras un pont.
Le renard obéit, castor est à l'ouvrage :
　　Le tigre seul, tout-à-l'heure si vain,
　　　Demi mort, attend son destin,
　　L'œil fixé sur l'autre rivage.
Sa force et son orgueil sont contraints de plier ;
Inquiet, suppliant, il presse l'industrie
De l'animal chétif qu'il vient d'humilier,
　　　Grand, à son tour, par son génie.
La planche de salut touche enfin l'autre bord.

　　Il était temps, chasseurs, chiens, tout arrive ;
Mais le tigre, déjà, bondit sur l'autre rive ;
Et renard de retour passe, échappe à la mort.
　　　Avec le pont qu'il précipite,
　　　Castor se cache sous les flots,
　　　Mettant le comble à ses travaux
En coupant, aux chasseurs, tout moyen de poursuite.
　　Tigres, voilà ce que peut le talent ;
　　　L'adversité fait sa puissance ;
A la vertu, qui joint industrie et science,
　　　Peut prendre place au premier rang.
Et toi, flatteur renard, c'est grâce à ta rubrique
Que, sur le pont, le tigre a pu s'enfuir ;
　　　C'est ainsi qu'il faut le servir,
Et non pas à flatter son honneur tyrannique.
　　Tu n'en tiens compte, et ton malin esprit,
　　　Sourd aux conseils que je t'adresse,
　　　Revient à sa scélératesse
　　　Dans le suivant récit.

Fable XLII.

Le Lion, le Chien et le Renard.

~«»~

Auprès de l'antre d'un lion,
Un chien, sous sa protection,
Vivait en paix des restes de la chasse,
Et, Dieu merci, sa cuisine était grasse :
En retour il faisait le guet ;
Au moindre bruit dans la forêt,
Il courait à la découverte,
La nuit, le jour, sans cesse alerte.
Il servait de son mieux son maître, son seigneur,
Et de corps et d'esprit, de dévouement, de cœur.
Mais un renard survint, adieu bonne harmonie
Où s'introduit la flatterie.
Le fin museau connaissait le métier ;
Il en voulait aux chiens gardiens du poulaillier ;
Se tout approprier, et bravant la critique,
C'était son but, sa politique.
Vous avez, disait-il au roi de la forêt,
Dans votre chien, un excellent sujet ;
Bon serviteur, que j'estime et que j'aime ;
Qui vous sert par amour de vous et *de lui-même* ;
Sans médire, Seigneur, tout son zèle dépend
Des bienfaits que sur lui votre bonté répand.
Le lion l'arrêta par un regard sévère ;
Mais généreux par caractère,
Il le revit plus tard, et même il l'écouta.
En douceur, sur le chien, renard en débita ;

Il connaissait à fond l'art de la médisance,
Combien le cœur des grands s'ouvre à la méfiance :
    Avec le temps et de l'habileté,
Il fit un fourbe ; un faux de la fidélité.
        Le lion finit par tout croire,
Son zélé serviteur devint sa bête noire ;
Et lorsque, par hasard, il happait un morceau,
C'était quand le renard étouffait dans sa peau.
Plus le chien déclinait dans l'esprit de son maître,
Plus renard près du chien d'amour faisait paraître ;
L'appelait son ami, l'embrassait tendrement,
L'assurait, à jamais, de son attachement.
        Bref, tout alla de telle sorte,
Que le lion, un jour, mit le chien à la porte.
    Dans tout état on voit des intrigants,
        Et des premiers aux derniers rangs,
Victime d'intérêts, d'ambition, du vice,
On est toujours en butte aux traits de leur malice.
Maîtres et serviteurs tour-à-tour sont trompés ;
Au profit des renards les petits sont frappés :
Enfin si quelque jour le rusé vous caresse,
    Méfiez-vous, c'est un piège qu'il dresse.

FABLE XLIII.

Louise.

Louise, un jour, dans les bras de sa mère
    Vint se jeter tout sanglotant.
    — Hélas ! qu'as-tu, ma pauvre enfant,
    Et quel sujet te désespère ?

Bonne maman, je péris de chagrin,
Si, sur le champ, je n'apprends la musique,
La poésie, un peu de politique,
    L'anglais, la danse et le dessin.
Sans ces talents je serai méprisée :
Ah ! maman, j'en appelle à ton excellent cœur,
    Délivre-moi d'un tel malheur ;
J'ai trop souffert de servir de risée.
Hortense, Agathe, étaient seules hier.
Je le savais, et j'accourus vers elles.
    Le croirais-tu ? ces demoiselles
Me firent un accueil et dédaigneux et fier.
    On dessinait ; comme à mon ordinaire,
J'arrache les crayons, je ris, j'appelle aux jeux ;
Mais Agathe, aussitôt, d'un ton injurieux,
Me traite avec hauteur de méchante ouvrière :
Hortense d'applaudir, la fierté sur le front,
    Et d'ajouter, d'un ton épigrammiste :
    Pardonnons-lui, ce n'est point une artiste ;
Etrangère à nos arts, en sait-elle plus long ?
    Vois, bonne Agathe, elle sanglote.
Et pour me consoler, on court au clavecin ;
    Ah ! maman, quel affreux destin !
    S'il me faut toujours rester sotte
    — Ma Louise, sèche tes pleurs.
    Si c'est là l'objet de ta peine :
    Vois où la vanité nous mène :
À trahir l'amitié, ses charmes, ses douceurs.
Tu n'as point, il est vrai, comme Agathe et Hortense,
    Des arts l'éclat et le vernis ;
Ton cœur est pur, aimant, laborieux, soumis,
Et la vertu, déjà, sourit à ton enfance :
Avec ces qualités on ne doit pas rougir
    Du simple état que l'on professe ;

    6

Avec elles le cœur s'élève à la noblesse,
Et, sans elles, jamais il ne sut s'ennoblir.
Cultive en grandissant ce qu'annonce l'aurore;
    Fruit doux naîtra de belle fleur ;
Qui remplit ses devoirs, qui possède un bon cœur,
Sans le secours des arts peut bien charmer encore.
J'en conviens, chère enfant, nom d'artiste éblouit ;
    Mais que de sots s'en font mérite!
Tient-on bien gauchement crayon, guitare, et vite
Artiste l'on se croit, artiste l'on se dit.
    Il faut oublier ton outrage ;
Laissons aux fortunés les arts à cultiver.
Il est un autre nom qu'il te faut mériter,
    Celui de femme de ménage.
Embellis mes vieux ans et les jours d'un époux ;
    Sois bonne mère de famille,
    Et tu verras alors, ma fille,
De te plaire et t'aimer tout le monde jaloux.

FABLE XLIV.

La Tache.

Qui n'appelle et qui ne désire
    De la fortune les faveurs,
    Soit en argent, soit en honneurs ?
C'est du grand au petit, le but où l'on aspire.
    Aline, en gardant son troupeau,
Des maîtres aux valets faisait la différence,
    Et murmurait contre la Providence,
Qui ne mit dans ses mains que son pauvre fuseau.

La fortune l'entend, et vers elle détache
Un de ses favoris, dont le simple toucher
Suffit pour enrichir qui s'en laisse approcher;
     Mais son toucher fait une tache.
Aux vœux de la fortune obéissant et prompt,
Près d'Aline il arrive, expose son message.
Elle écoute, elle hésite; Aline, ah ! quel dommage !
Reçoit, en rougissant, un baiser sur le front...
L'innocente pudeur, hélas ! plus ne colore
Ce siége des vertus, si modeste et si pur ;
La fortune a flétri par son contact impur
L'incarnat qu'un regard, qu'un mot faisait éclore.
Mais Aline a de l'or; sous cet attrait nouveau
Oubliant de son front la souillure éternelle,
Au village elle accourt ; renommée, avant elle,
Avait déjà tout dit, coloré le tableau.
Sur la tache les yeux restent fixés sans cesse,
Où travail et sueur pour prix n'ont que du pain ;
On montre au doigt le front qui, pauvre le matin,
Le soir vient étaler le luxe et la richesse.
De ta honte, bergère, on te fait souvenir ;
     Malgré tes abondantes larmes,
Tu ne peux effacer l'affront fait à tes charmes ;
L'humble toit te rejette, Aline, il faut partir.
     A ta douleur, pauvre novice,
     Il est pourtant un remède certain :
     Cours à la ville, on est moins inhumain ;
Manteau de la fortune y cache plus d'un vice.
On ne s'informe pas, sous les lambris dorés,
Du chemin qu'on a pris quand la fortune arrive.
A la porte des grands répondez au qui vive :
J'ai de l'or, je suis riche, et soudain, vous entrez.
Deux battants sont ouverts ; votre magnificence
     Vous tient lieu de vertus ;

Devant ce front taché, courbettes et saluts ;
C'est l'usage partout, et c'est la mode en France.

⁓⁓⁓

FABLE XLV.

La Faim canine.

Certaine année, aux autres différente,
    A ce qu'on dit,
Donnait aux animaux une faim dévorante,
    Et, chose surprenante,
    Les grands seuls avaient appétit.
Quand je dis appétit, c'était la faim canine,
Pour le menu gibier, véritable fléau ;
On vous le dévorait sans apprêts de cuisine ;
    Qu'il ait mauvaise ou bonne mine,
    Tout y passait, tout payait de sa peau.
    Il n'était grotte assez profonde,
    Pour échapper à la griffe, à la dent,
    Et le départ pour l'autre monde
    Allait toujours croissant.
Le conseil des petits s'assemble et délibère :
    Adressons-nous au roi lion ;
    N'est-il pas notre père ?
Sitôt dit, sitôt fait, on l'aborde, on l'éclaire,
On lui met sous les yeux l'absurde invention.
Voilà, dit le lion, une étrange nouvelle ;
Vous croquer par besoin est bien assez fatal,
    Sans que la gent, à la griffe cruelle
Pour se justifier et croquer de plus belle,
D'un mensonger fléau n'imagine le mal.

Je veux, sur tout ceci, que mon conseil m'éclaire ;
Des grands il est formé, mais je les ai choisis ;
      Allez, payez mes bons amis,
Comptez sur le lion, votre roi, votre père.
Mais que peut un bon roi pour ses pauvres sujets,
    Si le conseil que sa bonté convoque,
Pour venger les croqués est celui qui les croque ?
C'est dire économie à qui puise aux budgets.
Tout passe en beaux discours, des soupirs on s'en moque.
      Pour éclairer sa Majesté,
        On vit entr'autre dignitaire,
        Loup vorace et panthère ;
        Pour organe de vérité,
        Maître renard le secrétaire.
        Ce fut au sein de ce conseil,
      Que le lion, sévère autant que juste,
Parla du traitement cruel, perfide, injuste,
        Qu'on exerçait au nom du ciel.
D'où vient, s'écriait-il, que, premier de l'empire,
        Je n'éprouve point les tourments
De ce fléau, qui frappe tous les grands ?
Répondez .... le conseil de ne savoir que dire.
      C'est que le ciel, reprit maître Renard,
Mit votre majesté dans une autre balance.
      Né roi, le fier lion s'élance,
D'un limon fait exprès, que Dieu pétrit à part
De celui tout impur qui nous donna naissance.
Ce début fut couvert d'un murmure flatteur ;
La face du lion en devint moins terrible ;
Le reste du discours le rendit insensible
        Aux plaintes du malheur;
Et la canine faim redoubla de fureur.
Qu'on vive en monarchie, ou bien en république,
Les grands ont toujours faim, n'importe la fabrique,

Soit d'argent, soit d'honneurs, de popularité ;
L'un ruine les petits, par forme monarchique,
Et l'autre, au nom de liberté.

———~~~———

FABLE XLVI.

Les Mouches.

D'où vient, dirent un jour les mouches assemblées,
Que nous mourons de faim quand viennent les hivers,
Tandis qu'autour de nous tant de peuples divers
Attendent le printemps à l'abri des gelées ?...
   Vers Jupiter, à ce discours,
     Leur bourdonnante masse
Vient demander qu'une autre loi remplace
Celle qui des frimas règle et prescrit le cours.
Le pauvre Jupiter s'en bouchait les oreilles :
Je ne puis, leur dit-il, changer l'ordre des cieux ;
     Mais pour vous traiter mieux,
Je vous soumets aux lois que suivent les abeilles.
    Je n'en vois point parmi vos rangs ;
Comme elles, bâtissez, pourvoyez vos retraites,
Et vous pourrez alors, au sein des violettes,
Au retour des zéphirs, saluer le printemps.
    Transports bruyants, vive allégresse.
   Dans le cœur du peuple léger ;
C'était nos lois qu'il nous fallait changer.
D'autres lois, disait-il, nous rendront la sagesse.
   Les voilà donc sous un code nouveau,
    Butinant la rose épineuse,
    Et, dans sa coupe mielleuse,
Se berçant d'avenir sur son faible rameau.

Jusque là tout était délices,
Félicité, plaisir.
Cependant il fallut s'occuper de bâtir,
Pour déposer les sucs, des mielleux calices.
Mais aux rayons d'un soleil bienfaisant,
Mouche, aussitôt, revint à sa nature,
Et, sur les animaux, sa cruelle piqûre,
Lui fit quitter les fleurs pour se gorger de sang.
Pour les méchants on a beau faire
Nouvelles lois selon leurs vœux,
On ne saurait les rendre heureux,
A moins de leur changer nature et caractère.

Fable XLVII.

Le Lévrier et le Lapin.

Un lévrier, lancé sur un lapin,
Aussi prompt que l'éclair, le suit, l'atteint, l'arrête.
Morte à demi, la pauvre bête
Cherche par ce discours à reculer sa fin.
Oh ! toi, le favori de l'homme,
Dans ses plaisirs, dans ses travaux ;
Gardien de sa maison, de ses champs, ses troupeaux ;
De tes vertus qui peut donner la somme ?
N'en ternis point l'éclat, sauve un infortuné ;
Toi si puissant près du maître qui t'aime,
Qui se fie à ton zèle, aussi bien qu'à lui-même,
Il te pardonnera de m'avoir épargné.
Ami, reprit le chien, ton inexpérience
T'abuse étrangement sur l'homme et mon pouvoir.

Naître esclave, y mourir, voilà tout mon espoir,
    Et le bâton ma récompense.
Si d'un homme important, à l'antichambre admis,
Tu pouvais, comme moi, voir circuler la masse
De ces solliciteurs, prélats, ducs et marquis,
Tu jugerais, alors, ce qui reste à ma race.
Intérêt personnel, ou sotte vanité,
    Tout l'homme est là; s'il secourt la misère,
      C'est bien moins par humanité
      Que pour se rendre populaire.
Il en eût dit plus long; un coup de sifflet part,
Jean lapin est saisi; le lévrier fidèle
Vers son maître l'emporte, et, pour prix de son zèle,
Le bâton l'avertit qu'il arrive trop tard.
    Il faut de près juger l'humaine engeance,
      Dit le lapin dans le carnier ;
Des vertus de renom il faut se méfier.
L'homme était à mes yeux l'être par excellence ;
Depuis que j'en ai fait plus ample connaissance,
Je vois qu'il n'est en tout qu'un méchant grimacier.

FABLE XLVIII.

La Carte de visite et le Placet.

Chez le portier d'un candidat du ministère,
Protestant tous les jours que c'était le contraire,
    Une carte, un placet,
    Pour l'audience, attendaient un valet.
La carte de visite au titre d'excellence
Regardait en pitié la touchante éloquence

Du placet du soldat, qui demandait du pain
A l'homme renommé, plus orgueilleux qu'humain.
Sur ce corps, disait-il, couvert de cicatrices,
Le fer de l'ennemi traça mes longs services ;
Trente ans sous les drapeaux, trente ans dans les combats ;
Et ma poitrine attend l'orgueil des vieux soldats !!
Ma jeunesse a versé son sang pour la patrie ;
Maintenant que la source en est presque tarie,
Pour la première fois je viens solliciter.
Ce qu'aux vieux serviteurs on devrait éviter.
Il signait à ces mots et donnait son adresse :
    Mais son placet, d'éminence, où d'altesse
        N'était point revêtu.
Triste apostille, hélas! que bon droit et vertu!
      Mieux vaudrait avoir en partage,
    Moins de mérite, et nom célèbre en marge ;
Aussi, sans être lu, l'écrit de sans-quartier
       Revint chez le portier
Qui, se doutant du sort de la vieille moustache,
Renvoye le placet, sur lequel il attache
La carte qu'il avait conservée à dessein,
Et le soldat, alors, fut satisfait soudain.
    Amour du bien, si précieux, si rare,
      De tes douceurs qu'il est avare,
    L'ambitieux que ne peut émouvoir
Tout autre sentiment que la soif du pouvoir !
Si par quelques bienfaits on croit qu'il s'en écarte,
On le doit moins au cœur qu'à l'effet de la carte ;
      En vous servant, c'est lui qu'il sert ;
Cœur dur, ambitieux, tout est mis à couvert.
Etayez-vous toujours de quelqu'un en puissance ;
      Je parle par expérience.
Fussiez-vous revenu des débris de Moscou,
Réclamez sans appui, vous vous cassez le cou,

Et vous trouvez encore, ici, plus froide glace
Qu'en Russie, où l'honneur trouva du moins sa place.

FABLE XLIX.

La Pierrette et le Rossignol.

Une pierrete, un jour, prit sa volée
Et dans les bois l'écervelée
Vint folâtrer loin du logis;
Un rossignol en fut épris.
Désir de plaire, amour, printemps, sombre bocage,
Le tendre rossignol vous peint dans son ramage !
Gai, naïf, langoureux, et brillant tour-à-tour,
Il captive et séduit les oiseaux d'alentour.
Aux accords enchanteurs de son gosier flexible
Pierrette est insensible,
Et le seul cœur qu'on brûle de charmer,
N'a point encor compris qu'il s'agit de l'aimer.
Dans tous les tons le rossignol soupire ;
Pour prononcer un mot fallait-il tant en dire?
C'est trop d'esprit pour le modeste oiseau
Qui se rit du chanteur et s'enfuit au hameau,
Se pamer de plaisir au rustique ramage
Du gosier rauque et faux des moineaux du village.
Les sons les plus harmonieux,
Sont ceux qui vont au cœur : le reste est ennuyeux.
En amour, comme en politique,
Il faut, selon les gens, composer sa musique.

FABLE L.

Elvire.

Elvire avait un petit chien,
Bien chéri, bien drôlet, jeune autant que peu sage ;
Mais pour le retenir, peur de quelque ravage,
Un ruban de faveur attachait le vaurien.
      Faible rempart, ma pauvre Elvire,
         Que ce léger ruban,
         Lui disait sa maman ;
Le petit chien grandit, et ses moyens de nuire.
Vois ses cros pointiller, le feu de son regard ;
Il lui tarde déjà de briser sa barrière ;
Quadruple ses liens, suis l'avis de ta mère ;
         Demain peut-être il serait tard.
      Elvire, en pleurs, demandait grâce
         Pour son petit toutou,
            Quand tout à coup
            Le ruban casse.
Adieu poupée, adieu jusqu'au dernier chiffon !
      Notre échappé, d'une ardeur sans pareille,
         Saute à pieds joints dans la corbeille,
         Et joint l'exemple à la leçon.
Sans trop aller chercher pour qui, pour quoi, pour qu'est-ce,
         Je dis qu'il faut tenir en laisse,
Avec d'autres rubans que rubans de faveurs,
         Les petits tapageurs.
La liberté sans frein marche à sa décadence ;
Elle meurt asservie, elle tue en licence.
Tel un fleuve est fécond enfermé dans son lit ;
Qu'il en sorte, aussitôt il ravage et détruit.

Fable LI.

La Mouche et l'Araignée.

Aux fils d'une araignée une mouche se prend.
Crac, sur elle aussitôt la fileuse descend,
L'enveloppe, et cherchant passage dans la veine,
Y fait passer la mort par sa fétide haleine.
Lente mort, tu permis au faible insecte ailé
D'implorer l'ennemi qui, sur son dos collé,
Le conduit au trépas par la plus longue route,
En s'abreuvant du sang qu'il tarit goutte à goutte.
Mais à la plainte enfin qui ne peut émouvoir,
        Vient succéder le désespoir.
Oh! destin, dit la mouche, à toi quand tu m'appelles,
Transforme, hélas! mon corps, mes transparentes ailes,
En ce gros corps hideux qui me glace d'effroi.
Que je renaisse aragne; exauce, exauce-moi,
Afin qu'en combattant ces races exécrables,
Je me venge encor mieux en tenant mes semblables!...
Elle meurt à ces mots : maître destin accourt,
        Et, pour couper au court,
Il souffle dans un trou sa voix mystérieuse,
Et le trou se remplit d'une araignée affreuse.
Immobile, elle attend, fuit devant le plus fort;
        Mais au faible donne la mort,
Oubliant ses serments et sa forme première.
Malheur au moucheron pris par la filandière,
        Qui nous apprend,
        Ce qu'est petit s'il devient grand !

Fable LII.

La Taupe.

Une taupe vivait au sein d'une prairie
Dans l'abondance et le plaisir;
Elle avait là, tout à loisir,
Tout ce qui peut charmer la vie.
Sous ses ergots aigus, aux plus légers efforts,
S'ouvrait la bienfaisante terre;
Tel le sein d'une tendre mère
A ses enfants chéris prodigue ses trésors.
L'homme comblé de biens est-il content, plus sage ?
Convenons-en, la taupe est son image.
On se lassa de son bonheur,
Et, sur la montagne voisine,
Voilà la taupe qui chemine,
Croyant en s'élevant, rencontrer bien meilleur.
Je passe du trajet mainte et mainte aventure ;
La voyageuse arrive en haut.
Le premier jour tout sembla beau ;
La terre seulement lui parut un peu dure.
Un peu dure est modeste, il fallait s'écorcher
En tel lieu qu'on pose les pattes.
Petit, demeure en bas quand tu vis où tu graffes ;
N'imite pas la taupe et ne va pas chercher
Sur la cime des monts l'épine et le rocher,
Quand tu vois le bonheur fixé dans tes pénates.

Fable LIII.

L'Éponge.

Une famille de poissons,
Dans un vase enfermée, au sein de l'abondance,
  Vivait en paix, du moins en apparence
A l'abri des filets, des cruels hameçons.
Une éponge les voit; de leur sort envieuse,
  Elle demande à partager leurs jeux;
    Offre en retour son corps tout raboteux,
Vrai modèle, en petit, de la roche mousseuse;
Souvenirs, pour poissons, doux et délicieux,
Ils réveillent au cœur l'amour de la patrie,
      Rappellent ses charmants contours,
Les roseaux, les rochers, la liberté chérie,
      Perdus, hélas! et pour toujours.
Et sans réflexion, ils reçoivent l'éponge,
Qui, légère d'abord, se prête à leur plaisir:
Mais bientôt ses flancs creux venant à se remplir,
La voilà, par degrés, qui jusqu'au au fond se plonge.
Là, de l'eau qu'elle aspire en toute liberté,
De grosse comme un œuf, elle devient citrouille,
      S'arrondissant de la dépouille
      De l'hospitalité.
  Les poissons, saisis d'épouvante,
    En masse unissent leurs efforts
      Pour la pousser dehors;
Mais vainement, elle était trop pesante.
Les malheureux expirent de besoin,

Le corps à sec et le feu dans la gorge,
        Près de l'éponge qui regorge,
Nous déroulant encor un pli du cœur humain.
    Éponge humaine, on m'entend, rien qui vaille :
Malheur à la famille où la soif l'introduit !
Sous son avidité tout est bientôt réduit,
        Comme le poisson sur la paille.

FABLE LIV.

La Fourmi et l'Araignée.

Une fourmi, la chose est arrivée,
        S'en vint auprès d'une araignée,
Lui proposer d'amasser toutes deux,
Pour que l'hiver leur soit moins rigoureux.
    Très-volontiers reprit l'aragne,
Que mon trou cet hiver soit pays de cocagne :
Disposez de mon toit, j'abandonne à vos soins
        De pourvoir à tous nos besoins.
    Sur mon filet je vais doubler de zèle ;
Vous, allez par les champs, et revenez, ma belle,
        Ranger le tout avec ordre, avec art ;
Et puis, en bonnes sœurs, chacune aura sa part
        - De la commune chasse ;
A loisir, bien blottie et par quel temps qu'il fasse.
Pour changer en certains de si jolis projets,
Voilà notre fourmi parcourant les guérets,
Traînant avec effort mainte et mainte pitance,
Et doublant , chaque jour, de soins, de vigilance,
Tandis que ta fileuse, et, sans se déranger,

Attend, sur son réseau léger,
Qu'il plaise à Dieu d'envoyer sous ses pattes
Quelques mouches bien délicates.
Et, ses vœux exaucés,
Elle ne met au trou que leurs corps bien sucés.
L'hiver ne tarda guère ;
Il fallut s'enfermer ; mais bientôt la misère
Se fit sentir.
Le travail d'une seule à deux ne put fournir.
Qu'est ceci? dit l'aragne,
Quand elle eut épuisé les mets de sa compagne :
De mes provisions
Il ne nous reste plus que quelques ailerons !
Que sont donc devenues
Ces mouches si dodues ?
Répondez sans retard?—Et mais, c'est vous, ma sœur,
Qui, s'il vous en souvient, suçâtes le meilleur
Avant de les mettre en réserve.
De manquer à ma foi que le ciel me préserve ;
Assidue au travail, j'ai passé tout l'été ;
Les défauts n'ont accès que chez l'oisiveté.
Votre accusation n'est point à son adresse ;
Il me faudrait avant, accuser de paresse
Et me... Elle parlait encor,
Que l'aragne déjà, par le droit du plus fort,
Lui prouvait que fourmi n'avait point été sage
De se mettre en ménage,
Avec autre que son égal ;
Ces alliances-là finissent toujours mal.
On vous promet monts et merveilles,
Vous donnez votre temps, vos sueurs et vos veilles,
Et si vous réclamez, à bon droit, Dieu merci,
Patte d'aragne vous occit.

FABLE LV.

Les chiffres.

Les chiffres, certain jour, par imitation,
Firent aussi leur révolution ;
Qui fut prompte et complète ;
L'ordre fut renversé de la queue à la tête ;
Si bien que le zéro, de tout temps le dernier,
Par le renversement fut placé le premier.
Mais de ce premier rang que son orgueil occupe,
Il fut bientôt la dupe.
Tout zéro qu'il était, il avait autrefois,
Noblement rempli ses emplois,
En donnant, on sait comme,
Des millions de valeurs à la plus faible somme.
Mais maintenant à la tête placé,
Zéro reste zéro dans ce poste avancé.
Ayant fait volte face,
Il regagna bientôt sa primitive place.
Le profit, se dit-il, est toujours pour les gros ;
Ils nous poussent devant et nous restons zéros :
Témoin qu'au dernier rang j'aide à composer mille.
Si je passe au premier, je deviens inutile :
Ce qui n'a jamais lieu pour le *neuf* mon voisin
Qui, placé devant moi, dix fois grossit son gain.
Zéro, mon cher confrère,
Que ce récit t'éclaire.

7

FABLE LVI.

Le Papillon.

Papa, papa, regarde voltiger
Ce joli papillon, si mignon, si léger !
    Mais l'imprudent, le téméraire,
Le vois-tu s'approcher, effleurer la lumière ?
    Juste ciel ! il va s'y brûler :
        Chasse-le, je t'en prie,
Ou bien souffle plutôt, il y va de ma vie.
    Et le bon père de souffler.
    Mon fils, dit-il, que cette nuit obscure
      Imprime dans ton souvenir,
Où nous conduit, toujours, le penchant au plaisir,
    Quand on s'y livre sans mesure.
Le Papillon, par la chaleur instruit,
      N'a pas été plus sage ;
    Des libertins tu vois l'image ;
Victimes de l'objet qui charme et qui séduit,
Ils n'ont pour résister ni force, ni courage.
    Joignant l'exemple à la leçon,
Il rallume à l'instant, et le petit garçon
      Voit l'insecte, qu'il pleure,
Consumé sur le suif, sa dernière demeure
Jeune enfant, souviens-toi de son affreux destin ;
    On n'a pas toujours un bon père
Dont la douce vertu nous instruit, nous éclaire,
    Et nous montre le bon chemin.

FABLE LVII.

Gros Jean et petit Jean.

Où va petit Jean si matin ?
Je vais creuser la terre,
Y déposer ce petit grain,
Qui, par l'aide Dieu, germe, grandit, prospère.
Sur ce terrain, là-bas, que je veux défricher, .
Je vais, par mes sueurs, pour le rendre fertile,
Oter la ronce et le rocher,
Afin qu'à mes neveux il soit un jour utile.
Je vais sous ce soleil, au fort de son éclat,
Rejoindre mes enfants, dès l'aurore à l'ouvrage,
Les instruire aux travaux, aux devoirs du soldat,
Si la patrie un jour réclamait leur courage.
Si vous voulez savoir ma dernière action,
Entrez sous le toit de mes pères ; ·
A Dieu pour mon pays j'adresse mes prières ;
J'appelle à mon foyer sa bénédiction.
C'est très bien, dit gros Jean, moi je cours au plus vite
Au corps législatif pour voter les budgets,
Et des lois les projets
Pour régler ta conduite.
C'est vrai, gros Jean, sans loi point de société ;
Tâchez de nous les faire bonnes :
Sur le front de la liberté,
De Dieu, l'honneur, la paix, placez les trois couronnes ;
L'histoire vous honorera,
Et petit Jean vous bénira.

LIVRE II.

Fable I.

Avertissement d'un Cultivateur.

Classes d'adultes sont utiles :
Mais ne craignons-nous pas que nos adultes enfants
Perdent le goût des champs,
Prennent celui des villes?
Il faut, contre un danger, se tenir en éveil ;
C'est un cultivateur qui donne ce conseil.
Laissons à Pierre, à Jean le goût de la charrue;
Notre ennemi, c'est l'orgueil, il nous tue.
L'abandon de nos champs peut bien venir de là;
Législateurs, méditez bien cela.
Bien lire,
Bien écrire,
Calculer, c'est assez pour fille et pour garçon.
Ne passons point ce but, les champs nous nourriront.
Pour traire il ne faut pas une fille savante.
Encor moins élégante;
Ni qu'aux yeux de mon garçon Pierrot,
Je passe pour un sot.
Cultivons, honorons la science, .
Selon notre profession :

Ce doit être le but de l'éducation :
On obtient du bon fruit avec bonne semence.
    Encourageons jeunes, vieux villageois;
Le sol le plus ingrat devient alors fertile.
Cultivateurs aux champs, bûcherons dans les bois,
Nous ne les verrons plus courir de ville en ville;
A Pierrot la charrue et non la plume en main,
Si nous voulons un jour ne pas mourir de faim.

FABLE II.

Les Souris.

Une chatte, au grenier, venait de mettre bas ;
    Chatte au poil gris, chatte au poil ras,
    Espèce à la souris fatale,
Qui, par mille tourments, sous sa griffe infernale,
    La conduit au trépas.
Mais pendant qu'elle court pour nourrir sa nichée,
Et que l'amour ailleurs occupe son matou,
La peuplade souris qui se trouvait cachée
    Quitte son trou,
Et, de vivres pourvue, y rentre effarouchée,
    En s'écriant, qu'allons-nous devenir?
Qui voudra désormais s'exposer à sortir,
    Lorsque la bande scélérate
Aura sucé le lait de la cruelle chatte
Qui seule suffisait pour nous anéantir?...
Une vieille souris releva leur courage ;
Révérer la vieillesse était alors l'usage.

Mes chères sœurs, dit-elle, écoutez mes avis,
Ou c'en est fait de nous s'ils ne sont pas suivis ;
    L'expérience est mon partage.
J'ai perdu, par le temps, griffes, crocs et mes yeux ;
Il ne me reste rien de ces biens précieux
Que nos futurs bourreaux vont posséder terribles ;
Leurs griffes vont pousser et leurs yeux invisibles,
Vont s'ouvrir et lancer des regards pleins de feux ;
Pendant qu'ils sont encor aveugles, sans défense,
    Sans pitié pour leur innocence,
    Prévenons leur férocité ;
Donnons-leur, au berceau, de ma caducité
    L'exacte ressemblance.
    On applaudit à ce discours.
Pendant que pour tes chats, pauvre chatte, tu cours,
    On t'a rendu guerre pour guerre ;
Tes petits, mutilés, ont perdu la lumière,
Qui, dans leurs yeux sanglants, s'éteint et pour toujours.
    Tout ceci nous conduit à dire :
    Ne donnons jamais aux méchants
    Le temps, les moyens de nous nuire ;
Avant qu'ils n'aient acquis trop de force ou d'empire,
    Arrachons-leur griffes et dents.

FABLE III.

La Mouche.

Certaine mouche vagabonde,
Qui ne connaissait que la fleur,
Se fatigua de son bonheur,
Et voulut parcourir le monde.
    Aile au vent la voilà ;
Adieu les champs ! notre infidèle,
    Légère de corps, de cervelle,
    Dans une ville s'envola.
    Loin de la rose purpurine,
    Près d'un café, la libertine,
    Séduite par maintes odeurs,
    Plus enivrantes que les fleurs,
    Et par d'éclatantes lumières,
    Entre et parcourt le bord des verres.
    De l'eau sucrée, oh ! rien de plus,
    Dit en secret notre étourdie :
De l'eau, bientôt, on passe à l'eau-de-vie,
    Du nécessaire, aux superflus....
        Et, de fil en aiguille,
        De faux pas en faux pas,
Dans un punch enflammé qui s'échauffe et pétille,
Notre insecte enivré rencontre le trépas.
    On voit la corde que je touche ;
    Plus d'un fils de bonne maison,
— Je te laisse à penser, lecteur, si j'ai raison, —
    Se reconnaîtra dans la mouche.

FABLE IV.

L'Agneau, la Poule, le Lapin.

Une Poule criarde à rompre la cervelle,
 Grande diseuse de nouvelle,
 Rencontre un Lapin, un agneau,
Et leur dit : cette fois, écoutez du nouveau.
 Plus, désormais, de forme monarchique ;
Aujourd'hui nous avons un lion républiquc ;
Si vous comprenez mieux un roi républicain,
Qui des rois ses aïeux prend un autre chemin ;
 Et l'on va même jusqu'à dire
Que les petits seront tous les enfants du Sire !...
 Nous allons voir les loups
 Compatissants et doux :
Nous serons tous égaux, grande et petite bête ;
 Plus de tyrans à notre tête.
 Témoin, hier, maître Renard,
 Qui, d'ordinaire si cafard,
 Et d'humeur si peu plébéienne,
Me traita, poliment, de chère Citoyenne.
 Et moi, reprit l'agneau,
 J'ai vu le loup, dans mon troupeau,
 Lui que l'on dit si sanguinaire,
 Lécher les pattes de ma mère.
Ont-ils encore, interrompt le lapin,
Griffes et crocs, renard son museau fin ?
Sans doute, dit la poule, et cela t'inquiète ?
 — Oh ! non ; mais en ce cas, Poulette,
 Comptez sur l'âge d'or.
 Bonjour, il court encor.

FABLE V.

Les Couleurs.

Vive le noir, vive le gris,
Vive le blanc, le tricolore !
Mille autres cris encore
S'échappaient d'un trou de souris.
Un jeune chat, novice,
De tout ce bruit augurait mal :
Vont-elles, disait-il, choisir un animal,
Qui de nos crocs les affranchisse ?
Adieu pour lors nos excellents repas,
Nos tours de politique et d'adroite grimace,
Pour attraper la populace,
Tributaire des chats.
Imbécile, reprit un vieux chat diplomate,
Pourquoi donc tes frayeurs ?
Laisse-les disputer sur le goût des couleurs;
Elles n'en passeront pas moins sous notre patte.
Et quoi ! tu n'as point vu d'abord
Que c'est de nous que l'on s'occupe ;
Comme de nos couleurs on est plus ou moins dupe ;
On voudrait en changer, croyant changer de sort.
De là disputes de nuance;
Mais le chat reste chat sous noire ou blanche peau :
L'homme est notre modèle; en changeant de drapeau
Les petits, pour cela, sont-ils moins en souffrance ?
C'est leur image dans ce trou ;
Chaque parti pour sa couleur s'agite ;
A qui l'emportera nous montrerons bien vite,
Sous couleur de son choix, la griffe du matou.

FABLE VI.

Le Jardinier.

Un ormeau prêtait son ombrage
Au jeune fils d'un grand seigneur ;
Mais l'arbre, tous les ans, perdait de son feuillage,
Et, loin de prospérer, périssait de langueur.
L'enfant, au jardinier, vint un jour porter plainte :
Mon cher Jean, lui dit-il, je suis bien malheureux ;
L'arbre que je chéris dessèche sous mes yeux ;
De le voir bientôt mort j'ai la plus vive crainte.
Rien ne lui manque ici pourtant ;
Bon terrain, du soleil rien qui le contrarie ;
Bien enclos, abrité de la fureur du vent,
Toutes les douceurs de la vie !
Jean répliqua : je ne vois qu'un moyen ;
Voyez là-bas sur la colline,
Où le grand vent domine,
Il faut là planter l'arbre, il est ici trop bien.
Cela dit, on transplante.
Ce n'est plus le zéphir qui règne dans ces lieux ;
Un vent impétueux
Agite l'orme et le tourmente.
La mollesse et l'oisiveté
Du tronc de l'arbre désertèrent,
Et les bourrasques ramenèrent
Rameaux touffus, force et santé.
On pense bien que Jean, fort de l'expérience,
Fit ressortir tous les défauts,
Et tous les maux
Qu'engendre l'indolence.

Et puis il ajouta que l'orage grandit
    Qui sait lui tenir tête.
Comme cet arbre, enfant, résiste à la tempête ;
    Tu parviendras, Jean le prédit.
Enfin pour terminer par un trait de science :
Chaque arbre, ajouta-t-il, a des goûts différents ;
L'un se plaît dans le calme, et l'autre aux quatre vents.
Assignons le terrain propice à chaque essence ;
D'être à sa place, ou non, tu vois la différence :
Ceci s'applique à tout, aux arbres et aux gens.

Fable VII.

Le Filet.

Pour attraper les papillons,
    Clairette,
    Jeune fillette,
D'un filet délicat forme, un jour, les maillons.
    Mais voyez la malice !
Pour éblouir les petits voltigeurs,
Elle orne son filet de diverses couleurs,
Afin de mieux séduire et cacher l'artifice.
    La voilà donc à travers champs ;
    Où les soupirs de Flore
    Font éclore,
    Mille boutons naissants,
    Qui, sous l'aile amoureuse
Des petits moissonneurs que nous nommons essaim,
    Innocemment ouvrent leur sein,
Et s'effeuillent, hélas ! sur leur tige mousseuse.

Des papillons c'était là le séjour,
Libres de voltiger de calice, en calice,
De la rose à l'œillet, de l'œillet au narcisse,
S'enivrant de parfums, de bonheur et d'amour.
La nouveauté rend infidèle ;
Aux attraits du nouveau le cœur bat de plaisir;
Fût-ce même un filet, qui le sait embellir,
N'a plus à s'occuper qu'à tirer la ficelle.
Croyant dans celui-ci trouver le paradis,
Tout le peuple volage,
Du sein des fleurs aussitôt déménage,
Et bientôt tout fut pris.
Pour éclairer les hommes,
J'allais en dire long sur mes sots prisonniers.
C'eût été temps perdu; car, tous tant que nous sommes,
On nous prend tous les jours à pièges plus grossiers.

FABLE VIII.

L'Ane.

A la porte d'une caserne,
Thomas, amateur du bouchon,
Venait d'attacher son ânon
Qu'il oubliait dans la taverne.
Et le baudet de braire ; il avait ventre creux.
Les soldats d'accourir, et, le croyant en joie,
Pour apaiser ses cris font jouer la courroie
Sur l'échine du malheureux.
Puis chacun à son tour s'en servit de monture,
Jusqu'au moindre conscrit qui le fit galoper.

La pauvre bête allait crever,
Quand le bruit du tambour fit cesser sa torture ;
Un peu plus tard c'était là son tombeau.
Il se plaignait de sa détresse,
Quand du tambour, examinant la caisse,
D'un âne, son confrère, il reconnait la peau. (1)
Vivons, s'écria-t-il ; quoi ! par delà la vie,
Voilà ce qui m'attend !.,.
Comptez donc sur le changement,
Vous nourris ici-bas de chardons et d'ortie.

FABLE IX.

Le Rossignol et le Pierrot.

Que fais-tu donc là, rossignol,
Sur ces joncs, au milieu d'une mare fangeuse,
Toi, dont la voix mélodieuse
Suspend, pour l'écouter, l'épervier dans son vol ?
— Mon cher ami pierrot, je charme la grenouille ;
Les arts sont ici moins dupés
Qu'où règnent les oiseaux hupés
Où l'intrigant, trop souvent, nous dépouille.
Et puis, vois donc mon habit gris :
Pour parvenir, triste espérance,
Plume qui n'a qu'une nuance
Ne va pas loin dans ce pays.
Sur les bords de ce marécage
Je trouve quelques vermisseaux.

(1) Les caisses de tambour de régiment sont couvertes d'une peau d'âne.

J'ai chanté vainement sous nos riants berceaux
D'où la nécessité veut que je déménage.
        Tout n'est pas rose où nous vivons ;
            Toi, dans ta grange,
Tu vis, tu fais l'amour sans que rien te dérange ;
    Mais nous, pour vivre, il faut que nous chantions
Pour l'aigle, le vautour, l'épervier et maint autre ;
Pour la cour, en un mot, où l'intrigant flatteur,
Serpent qui siffle et rampe, attire la faveur
Sous l'écaille dorée où vit le bon apôtre :
        Plus que nous il est écouté.
            Les grands n'ont des oreilles
        Que pour qui chante leurs merveilles,
Et de leur bec crochu la douceur, l'équité.
Le talent meurt de faim quand il n'est pas servile ;
        Pas le moindre grain de millet
Que dore le soleil du beau mois de juillet ;
Pour plaire, il faut flatter ; c'est l'art le plus utile.
    L'artiste ailé de se plaindre avait tort :
    Libre, il pouvait partout trouver sa vie.
Il a voulu, je crois, sous son allégorie,
Des artistes humains peindre le triste sort.
        Écoutant sous quelque charmille,
Il aura reconnu, disciple d'Apollon,
        Un premier prix de violon
        Faisant danser à la Courtille. (1)
            De là prenant son vol,
On dit que dans les airs le soir l'écho répète
            La triste chansonnette
                Du rossignol.

(1) Barrière de Paris où la basse classe va danser.

FABLE X.

Fortuné.

Le petit Fortuné, sur le bord d'un ruisseau,
S'amusait à voir couler l'eau
Pour se reposer des gambades ,
Des doux moments passés avec ses camarades,
Quand il vit un poisson.
Adieu repos; notre petit garçon,
Désir au cœur, feu dans la tête,
Suit de l'œil l'animal de retraite en retraite ;
Ne perd pas un seul mouvement
Que l'onde réfléchit en un sillon d'argent.
Rien ne peut l'arrêter, cailloux, cruelle épine ;
Si l'objet trompe l'œil, son esprit le devine :
Tel un souple serpent, sous vingt replis divers,
Suit tous les mouvements de l'habitant des airs.
Tout à coup, c'en est fait, Fortuné perd la piste ;
Il venait de heurter l'adroit pêcheur Baptiste,
Qui, voyant s'enfoncer la ligne et le bouchon,
D'un seul coup de poignet accroche le poisson.
Le bon Baptiste, bien on pense,
Fut supplié ; prières de l'enfance .
Vont droit au cœur,
Même en sollicitant le poisson d'un pêcheur.
Baptiste le donna, mais non pas sans morale :
« Que ce jour, cher enfant, pour plus tard te signale
» Le danger de courir
» Inconsidérément où pousse le plaisir :

» Tu pouvais trébucher, et sous l'onde traîtresse
» Aller ensevelir ton aveugle jeunesse.
» Et la mère!... imprudent! ingrat à son amour,
  » Hâte au plus vite ton retour. »
  Fortuné, d'un pas de gazelle,
  Part, arrive, et dans une écuelle
  Où l'eau touchait au bord,
Avait rendu la vie au poisson demi-mort,
Et de divers cailloux, grotesque architecture,
Il avait d'un rocher contrefait la nature.
Enfin, rien ne manquait, plaisirs, utilité,
Excepté cependant un peu de liberté.
Le poisson, laissé seul, sans perdre une minute,
D'un saut, sur le parquet, vient terminer sa chute,
Et là, comme un ressort qui ploie et se roidit,
Il bondit brusquement, retombe et rebondit;
Puis, étouffé par l'air qu'avec peine il aspire,
Privé d'eau, sur le sol le malheureux expire.
Liberté, l'on s'aveugle en voulant t'obtenir.
Enfants, mets à profit ceci pour l'avenir ;
Que cette fable, ami, quelquefois te rappelle
Le poisson du ruisseau, le poisson de l'écuelle.

FABLE XI.

Emile et la Fortune.

  Sur les genoux de la Fortune,
   Emile, assis un jour,
  Emile aussi beau que l'Amour,
  Et de plus sans malice aucune,

Souriait en mangeant la grappe de raisin
    Que lui présentait l'inconstante
Qui, pour l'encourager, d'une mine obligeante,
Lui disait : pique, enfant, grapille à pleine main.
      Emile, bien on pense,
      S'en donna de telle façon,
      Que le pauvre garçon,
Comme un petit baril, avait rempli sa panse.
La fortune, d'en rire, et de le provoquer :
Pique, mon chérubin, pique, lui disait-elle ;
Courage, allons encor, la grappe est toujours belle.
C'est assez, lui dit-il, je ne veux plus piquer.
      La fortune volage
      Plante là notre enfant,
Le caresse, l'embrasse et dit en s'éloignant :
De tous mes favoris voilà bien le plus sage.
      Qui mord à ma grappe une fois,
      Ne s'en tient pas au nécessaire ;
Dans son avidité, son ardeur grapillaire,
Dût-il en étouffer, il mange jusqu'au bois,
Et, bien souvent encor, se mord le bout des doigts.

FABLE XII.

Le Hêtre et le Saule.

Un plant de hêtre, un fil sorti de terre,
    Auprès d'un saule s'élevait ;
Celui-ci, chaque jour, en grandeur dépassait
    Le hêtre son confrère.

Plus fier il n'était point ;
Si quelque orage
Agitait ses rameaux, déchirait son feuillage,
Il pensait moins à lui qu'à son petit voisin.
La nature arrêta se précoce croissance ;
Il fut bientôt atteint et bientôt dépassé ;
De printemps en printemps par la sève poussé,
Le hêtre jusqu'au ciel éleva sa puissance.
Mais pour atteindre sa hauteur,
Ne point courber la tête,
Pour résister à la tempête ,
Ses racines, au loin, vont porter la terreur.
Tout souffre autour de lui, tout languit, tout se fane ;
Privés d'air, de soleil, sous leurs rameaux pendants,
On vit se dessécher les précoces bois blancs ;
De là vient que tomba l'écorce du platane ;
Que du saule naquit l'espèce du pleureur.
Image de regrets, incliné vers la terre,
Il semble, hélas ! pleurer sur l'urne funéraire,
Où nous l'avons placé pour peindre la douleur.
Il dit en gémissant, et pour toute vengeance :
« Hêtre, rappelle-toi ce qu'autrefois tu fus :
» Je meurs sous tes rameaux touffus
» Que j'avais protégés au temps de notre enfance !... »
Grand voisinage est dangereux ;
Vis avec tes pareils, si tu veux vivre heureux.

Fable XIII.

Le Charretier.

Sur le haut d'une côte arrive une charrette
    Hors d'haleine étaient les chevaux.
Une auberge était là, le charretier s'arrête,
Avale un petit verre, et se plaint de ses maux.
Que faut-il, dit la fille, à ce pauvre attelage,
    Etouffé, tout en nage ?
— Mes chevaux ? vous riez, de rien ils n'ont besoin ;
    Une autre fois le picotin.
    Du charretier faites l'affaire ;
De vous récompenser il ne s'occupe guère,
    Quand il arrive au plus haut point.

Fable XIV.

Le Charlatan.

Un charlatan, pour vendre ses pommades,
    Et des badeaux former sa cour,
    A son service avait pris un tambour,
Un paillasse, chargé des bons mots, des parades.
Son tambour, du métier, bientôt se dégoûta ;
Et, par un jour de foire, un matin déserta.
Que fit le charlatan ? je vous le donne en mille.

Par les longues oreilles il saisit un lapin,
Le place sur la caisse et l'animal, soudain,
Vous fait une roulement comme un tambour habile.
Les badeaux d'accourir, car on voit, tous les jours,
    Prendre le bruit pour la science.
Ceci nous montre encor que nous devons, toujours,
    Encourager l'intelligence.
Pour remplir tel emploi vous me proposez Jean,
Adroit, laborieux ; mais est-il acceptable ?
    Qu'en savez-vous ? essayez-en ;
Vous pourriez rencontrer le lapin de la fable.

Fable XV.

La Fileuse.

Une pauvre fille filait
    Le produit de sa chanvrière ;
    C'est à dire, hélas ! que la misère
    Avec elle logeait.
Tourne, maudit fuseau, disait notre fileuse,
    Tu n'apportes que pauvreté :
Si je filais de l'or, que je serais heureuse !
    Le vœu fut écouté.
Voilà l'or, tout-à-coup, remplaçant la filasse,
    Et notre fille, au comble du bonheur,
    Rendant au ciel grâce sur grâce,
    Et filant de tout cœur.
Le soir du premier jour elle était déjà riche,
    Elle pouvait en rester là ;
    Mais l'ambition s'en mêla,
    Partout l'ambition se niche.

Plus de repos, le jour, la nuit encor ;
La bobine remplie, une autre aussitôt pleine ;
Si grande fut l'ardeur, si grande fut la peine,
Que la fileuse, un jour, y rencontra la mort.
Des trois quarts des humains c'est, je pense, le sort.

FABLE XVI.

Le vieux Chêne.

Un vieux chêne, aux branches touffues,
Dont la tête touchait aux nues,
Prêtait son ombrage aux passants,
Et recevait maints compliments.
C'était le roi des chênes :
Ses rameaux abritaient des oiseaux par centaines
Qui, tour à tour,
Louaient sa majesté, sa hauteur, son contour,
Sa grande voûte de verdure,
Et le nommaient, enfin, le roi de la nature.
Un orage survint ;
La grêle et le tonnerre,
De la cime du centenaire,
Eurent bientôt trouvé la fin.
Or, plus d'abri, plus la moindre visite !
Des amis dépouillés les amis s'en vont vite,
Lui dit, en s'envolant,
Une pie au caquet méchant :
Et, tout en ricanant, de sa voix qui chevrotte,
La méchante, en partant, vous lui lâche une crotte.
Dans le malheur, nos bons amis
Sont nos plus méchants ennemis.

Fable XVII

Le coup de bec.

Hommage au jeune fils de M. Cornuau, préfet de la Somme.

Un petit garçon nommé Jean,
Aussi joli qu'aimable enfant
Aimait ce qu'on aime à son âge,
Le jeu, les bonbons, les gâteaux :
Il aimait encor davantage
Elever des petits oiseaux.
Or, il en avait un, son bijou, son idole ;
Joli, je n'en sais rien :
On est toujours joli pour qui nous aime bien,
Croyez-m'en sur parole.
Notre enfant avait-il quelque brin de biscuit,
Sa voix d'ange, aussitôt, appelait son petit ;
Et l'oiseau d'accourir pour prendre sur sa bouche
Comme au sein d'une fleur vient butiner la mouche.
On en était à ces marques d'amour,
Quand, certain jour,
Au beau milieu d'une embrassade
L'oiseau déchire au sang son petit camarade.
Aux cris poussés par la douleur,
Bientôt accourt la tendre mère,
Près de nous toujours la première
Pour nous presser contre son cœur.
Ta blessure n'est rien, mon cher fils, lui dit-elle ;
Viens te consoler dans mes bras ;

Mais que toujours, ami, ton oiseau te rappelle
    Le danger d'aimer les ingrats.
Aujourd'hui ton bobo n'est qu'une égratignure;
A choisir tes amis, plus tard sois circonspect.
Rien n'est plus dangereux qu'un méchant coup de bec;
Lorsque tu seras grand, redoute sa blessure.

FABLE XVIII.

Le Bouvreuil et le Chat.

    Rien n'est plus doux que l'amitié,
    Elle est le charme de la vie.
       Sans sa mine jolie,
    On ne vivrait que de moitié.
     Un Bouvreuil, c'est tout dire,
    Pour l'intelligence et la voix,
Vivait en cage; en cage l'on soupire
Après la liberté, les champs, les fleurs, les bois.
     A ses souvenirs de tendresse,
     Ses doux gazouillements d'amour,
   Notre Bouvreuil ajoutait, chaque jour.
Les aimables leçons de sa jeune maitresse.
A son petit oiseau qui n'ouvrirait son cœur?
     Ce cœur naïf, plein d'innocence,
     D'amour, de désir, d'espérance,
     Disait: t'aimer est mon bonheur.
T'aimer est mon bonheur,.... répétait la voix tendre
De l'oiseau bien aimé; mots si doux, si bien dits,
     Si bien chantés, si bien sentis
     Qu'il semblait les comprendre.

Pour le récompenser, on le laissait sortir.
Faiblesse extrême!
Trop souvent, quand on aime,
Faiblesse, hélas! conduit au repentir!....
Un jour, je tremble de le dire,
Un jour de liberté,
Sans égard pour ses chants, son esprit, sa beauté,
Un chat l'attrape et le déchire.
Le méchant ne respecte rien;
Le mal est sa science;
Il répond aux soupirs, aux pleurs de l'innocence:
Nuire est son bien.

FABLE XIX.

Le Lionceau et le Chien.

Un chien servait une lionne;
Le lion était mort; un jeune lionceau,
A peine sorti du berceau,
Était l'espoir de la couronne.
Jugez du soin que l'on en prit.
On le voulait aimé, comme le fut son père;
Ce que voulait encor sa mère,
C'est qu'il eût un cœur droit, loyal, et de l'esprit.
A le bien élever le chien mit sa science;
S'il le conduisait dans les bois,
Il l'arrêtait toujours, quand une triste voix
Disait à l'écho sa souffrance.
Écoutez, écoutez ces plaintes et ces pleurs!

Les petits ont bonne mémoire;
De votre père c'est l'histoire :
Il aimait tant à soulager les cœurs !
En vous voyant, ils voient son image,
Et jusqu'à leur moindre soupir
Vous apporte un doux souvenir ;
Est-il un plus bel héritage ?
Le lionceau goûtait le prix de ses leçons,
Aimait son chien fidèle,
Mangeait à sa gamelle ;
Les petits lionceaux sont presque toujours bons.
Mais lorsque pousse la crinière,
Avec elle l'orgueil et mille autres péchés,
Les bons chiens sont chassés,
Comme le fut celui qu'avait choisi la mère.
Après cela, bons chiens, prêchez.

FABLE XX.

Le vieux mur.

Un mur tombait en ruines;
Ses parois ne tenaient qu'aux pousses des épines,
Et, sur le sol, le temps
Comptait par ses débris le nombre de ses ans.
Ce vieux mur n'est-il pas notre parfaite image ?

Les épines aussi viennent nous avertir
Qu'il est bientôt temps de partir,
Bientôt temps d'être sage...
Mais reprenons notre récit.
Sous une pierre chancelante,
Dont la chute était imminente,
Une hirondelle fit son nid.
Raison le défendait ; mais elle avait beau dire,
La tendresse et l'amour,
S'en venaient tour à tour
La contredire.
Qui peut arrêter le désir ?...
On bâtit, on maçonne,
Au mur on abandonne
Nid, amour, avenir !
La bâtisse est bientôt achevée, arrondie ;
Le duvet mis, les œufs pondus,
Eclos, tous les petits venus,
Palpitants au logis, d'espérance et de vie.
Tour à tour les époux
Réchauffent leurs amours, vont chercher la pitance,
L'insecte, que dans l'air créa la Providence.
Fatigues, soins, dangers, peines, tout leur est doux !
Tendresse maternelle,
Qui ne reconnaît là
Les biens dont le ciel nous combla,
Lorsqu'il nous plaça sous ton aile !...
Déjà l'on gazouillait ;
Seul on prenait dans le bec de la mère ;
Le bonheur n'était plus ce qu'on nomme chimère :
Demain on s'envolait !...
Demain... que de fois ce langage
A trompé l'attente ici-bas ;
Pauvres petits oiseaux, hélas !

Vous n'aviez pas prévu l'orage :
Et ce demain, si désiré si beau,
Sous la pierre tombée, devient votre tombeau.
L'homme avec sa sagesse
Est-il plus sage ? prononcez.
Arrive-t-il à l'extrême vieillesse,
Il dit encore, demain... Sommes-nous insensés !...

FABLE XXI.

Le Bossu.

Un bossu des plus grêles,
Bossu par derrière et devant,
Contait fleurette aux demoiselles,
Qui s'en moquaient, en l'écoutant ;
Si difficiles sont les belles !
Il avait beau se garnir de coton :
La plus innocente fillette
Voyait le but de la toilette
Du malencontreux cupidon.
D'ailleurs, n'avait-il pas son menton de galoche,
Son nez comme une pioche,
Ses yeux ardents,
Avides, flamboyants ;
Ses bras longs et fluets, touchant presque par terre ;
Ses cuisses dans les reins, sans mollets, sans derrière ?

Comment cacher cet attirail ?
Pour les amours, funeste épouvantail.
Mais les bossus, dit-on, sont remplis de malice.
Voyez du nôtre l'artifice.
Il court chez un doreur,
Met à nu ses deux bosses.
Dorez, dit-il, ces deux formes atroces :
L'or ici-bas cache tant de laideur !
Dorez, ne craignez rien, qu'elles soient bien brillantes ;
Transformez-les en pommes d'or :
Bientôt, j'en suis certain, maintes femmes charmantes
Viendront caresser ce trésor.
Alors ne cherchant plus à cacher sa nature,
Encor moins ses autres défauts,
Il laisse à découvert sa poitrine et son dos
Eclatants de dorure,
Dans le monde, aussitôt, notre bossu s'en va ;
Ce qu'il avait prévu ne se fit pas attendre.
Plus d'une belle devint tendre,
Et, plus beau qu'Adonis, bientôt on le trouva...
. . . .
Nous avons assisté, jeune fille, à ta noce ;
Un laid bossu reçut ta foi ;
Mais sans dorure, ah ! dis-le moi,
Aurais-tu donné dans la bosse ?

Fable XXII.

L'Enfant et le Papillon.

Un imprudent petit garçon
Courait après un Papillon,
Et déjà ses mains enfantines
Le saisissaient, quand un buisson d'épines
Offre un azile au malheureux.
Ah! je te tiens, dit notre enfant joyeux;
Et, sans plus réfléchir, en aveugle il s'engage
Dans un million de dards que cachait le feuillage.
L'imprudent sur ses pas en vain veut revenir :
Et quand le Papillon au danger vient de fuir,
L'enfant, le pauvre enfant succombe à la souffrance!
L'homme, hélas! trop souvent, imite notre enfance;
Quand il croit toucher le bonheur,
C'est l'épine qu'il touche et l'amère douleur!

Fable XXIII.

Les Lapins.

On dit, tâchons d'y croire,
On nous le donne comme histoire,
Que deux familles de lapins
Vivaient en excellents voisins.

Dans le terrier, chaque ménage :
Avait son à part : c'était sage :
On se voyait bien peu souvent,
C'était encor plus sage ; et bien certainement,
Quand on se visitait, grande était la tendresse ;
En visite, voisins ne sont pas à confesse.
　　　Ceci fait naître le désir
A l'un des deux voisins d'aller chez l'autre ouïr.
Devant moi, disait-il, son amour est si tendre ;
Et que sera-ce-donc en secret de l'entendre,
Lorsque de nous son cœur sans contrainte dira
　　　　Tout ce qu'il pensera ?
　　　Les lapins ont peu de cervelle ;
En avons-nous plus qu'eux ? Homme, à toi j'en appelle ;
Ne perds-tu pas le sens, dis-moi la vérité,
　　　Quand on flatte ta vanité ?
Revenons au lapin ; son oreille se colle
Sur le trou pratiqué, par lui, dans la cloison
Qui doit transmettre au cœur la secrète parole
Du bien que dit de lui la voisine maison.
　　On en était tout juste sur son compte.
Avez-vous jamais vu, disait l'autre lapin,
Un plus sot animal que notre cher voisin ?
　　　Pour notre race quelle honte !
　　　Est-il lapin plus ennuyeux ?
　　　Est-il plus imbéciles yeux ?
Avez-vous remarqué ses deux longues oreilles ?
Le plus sot des baudets n'en a pas de pareilles ;
Et si, pour s'en moquer on lui fait compliment,
Le nigaud le reçoit pour bon jeu, bon argent.
　　　Sur mes épaules je le porte,
Et ! ma foi, quelque jour je le jette à la porte.
　　　Mais que ne dit-on point encor
　　Sur ses petits, ce cher et doux trésor !

Et comme on déchira par lambeaux sa femelle !
La langue du voisin fut hélas si cruelle,
  Que notre indiscret écouteur
  Huit jours après en mourait de douleur.
   Voilà le plus triste épisode :
Le lapin fut un sot de se laisser mourir.
Que ne s'écriait-il, en poussant un soupir :
   J'avais des amis à la mode !

FABLE XXIV.

La Vie.

Dis-moi, maman, ce que c'est que la vie.
  Grand papa m'en parle souvent ;
  Ce qu'il m'en dit est effrayant !...
Je vais, mon fils, contenter ton envie ;
La vie, un certain jour, près d'un lac vint s'asseoir,
  Pour reprendre un instant haleine.
   Mais elle y fut à peine,
  Qu'un ruisseau, plus clair qu'un miroir,
S'échappait de ce lac pour courir dans la plaine.
  Faible d'abord, le petit filet d'eau,
Écartait doucement l'herbe sur son passage
Pour se creuser un nid de mousse et de feuillage,
Et couler mollement dans ce charmant berceau.
Plus tard, un sable fin se formait sous ses ondes ;
   Sur ses bords naissaient mille fleurs ;
   Dans ses eaux se créaient des mondes.
L'air embaumait, pour lui, des plus douces odeurs.

Mais plus il s'éloignait de sa paisible source,
  Plus ses flots devenaient fougueux;
S'entrechoquaient, précipitaient leur course
  Sur un fond rocailleux.
Ce n'était plus ce ruisseau si paisible,
Brisé sur les cailloux, poussé par l'ouragan
  Sur une pente irrésistible.
Il mugit sur le roc... C'est un fougueux torrent!
  Emporté comme une avalanche,
  Dans l'air, en flocons, il bondit,
Sur le sable, épuisé, tombe en écume blanche,
Disparaît dans la mer, et là, tout est fini!...
  Ce lac, mon fils, c'est le sein de ta mère;
  Dans les fleurs tu vois ton berceau :
  Dans le torrent déchiré sur la pierre,
L'âge des passions; dans la mer, le tombeau!
Tu quitteras un jour les fleurs de la prairie;
Mais vers ta source, ami, reviens, reviens souvent;
  Cette source est mon cœur aimant :
Viens-y puiser, mon fils, le bonheur de la vie.

FABLE XXV.

Le Renard et le Dindon.

  Un vieux renard usé,
  Retiré des affaires,
  Méchant, haineux, rusé,
  Comme sont ses confrères,
  Loin du monde vivait,
  Médisait, écrivait.

On le disait habile
A déverser la bile
Sur les plus innocents,
Comme font les méchants.
Trop souvent la vieillesse
De la mauvaise humeur double encor la rudesse.
Mais comme un écrivain doit répondre, dit-on,
De ses écrits devant dame justice,
Il s'était lié, par malice,
Avec un gros dindon.
Celui-ci, comme un sot, sans consulter l'affaire,
Signait toujours la Dindonnière.
Qu'arriva-t-il ? voyez le cœur pervers :
Maître renard se fit poète,
Et, par un coup de tête,
Diffama le lion dans une pièce en vers.
Le dindon la signa, bêtement, sans comprendre
Que ces malheureux vers pouvaient le faire pendre.
Il ne fut pas pendu pourtant ;
Mais le pauvre innocent,
Par-devant la justice
Paya du vieux renard l'infernale malice ;
Et, condamné pour diffamation,
Il fut plumé, de tête au croupion.
Prêtez donc votre signature :
Le vieux renard n'eut pas la moindre égratignure.
Les conseilleurs
Ne sont pas les payeurs.

FABLE XXVI.

Causerie de basse-cour.

Une vache, un mouton, un baudet, un cheval,
  Se racontaient cette grande nouvelle :
    Nous venons de l'échapper belle,
Dit le baudet ; j'ai lu le fait dans un journal.
    Savez-vous que notre misère,
      Grâce à notre vétérinaire,
      Fit ouvrir les yeux sur nos maux ?
Un conseil fut créé pour sauver les bestiaux.
Quatre membres éclairaient le Comice agricole ;
De la société je crois que c'est le nom.
Faut-il vous les nommer ? — Par mon bat-beurre, non,
Dit la vache, aussitôt, de sa grave parole :
      Qu'il nous suffise de savoir
Que ces membres, toujours, ont bien fait leur devoir.
Mais, reprit le baudet, vous ignorez, commère,
Qu'on voulait en rayer notre vétérinaire !
Le mouton, à son tour, vint placer quelques mots :
    — Pour nous couper la laine sur le dos,
Pour raisonner engrais, bêtes, agriculture,
On voulait faire un choix dans la magistrature.
      Vraiment, dit le cheval,
      Ceci tourne au comique.
Je reconnais bien-là le cachet infernal
      De la méchante politique.
Le Comice a bien fait de garder son bureau ;
Car, s'il eut devancé le temps des mascarades,
Sur lui de mes deux pieds lançant maintes ruades,
      Je l'aurais mis dans le tombeau.

Le baudet dit encor : tout baudets que nous sommes,
Il nous est bien permis de blâmer certains hommes.
Avec leur politique ils gâtent tout, vraiment.
On nous a conservé notre vétérinaire
Qui demeure, à bon droit, du bureau, secrétaire,
Un bon cultivateur pour notre président.
   Nous vous remercions, comice,
De ce vote de tact, et surtout de justice.
   Notre baudet avait raison ;
On dit qu'il ajouta cette péroraison :
» Laissons le magistrat dans son poste honorable,
   » Le vétérinaire à l'étable,
» La plume aux Sevigné qui charment notre cœur,
   » La charrue au cultivateur,
» La comtesse au salon : elle est là dans sa sphère.
» Dans notre basse-cour ce n'est plus son affaire.
» Laissons le jardinage aux mains du jardinier.
» On l'a dit mille fois, à chacun son métier. »

FABLE XXVII.

La Locomotive et le Cheval.

Un cheval fier, altier, plein de force et d'ardeur,
Près d'un chemin de fer marchait, suivait la trace.
C'est là, se disait-il, que naguère l'espace
Etait franchi par nous…., à d'autres cet honneur.
C'est fini : désormais la vapeur nous remplace.
Soudain, à l'horizon, apparaît un point noir ;
Plus rapide que l'air, il tourbillonne, avance ;
L'éclair n'est pas plus prompt à franchir la distance ;

C'est le feu, la vapeur, tout cède à son pouvoir !
Le cheval, frémissant, à ses côtés s'élance.
Lâche, s'écria-t-il, ranime tes fourneaux ;
Je viens te disputer le prix de la vitesse ;
Vois la vapeur aussi sortir de mes naseaux ;
Le feu de mes regards, ma force et ma noblesse.
Dans la plaine suis-moi ; viens, sors de ton champ clos .
Il dit, et déjà loin disparaît la machine ;
Sans pouvoir arrêter, ni détourner son cours,
Sur la ligne de fer elle roule toujours.
Qui d'elle, ou du cheval, lecteur, est la routine ?
J'avais lu quelque part que c'était le cheval
Qu'une fable immolait sous la locomotive ;
La routine, jamais, jamais, quoiqu'il arrive,
Ne saurait s'appliquer au plus noble animal.

FABLE XXVIII.

Les Plumes.

Écrivez des journaux, écrivez de volumes,
S'écriait, certain jour, un gros marchand de plumes ;
J'en livre à tout venant, n'importe la couleur :
Pour braves, sots, savants, et même gens sans cœur.
Celles des sots partirent au plus vite ;
La cargaison fut même trop petite.
Pour celles des savants, il n'en fut pas ainsi ;
Leur nombre est si petit
Vinrent les hommes politiques ;
Il en fallut alors de toutes les fabriques.
Chacun fit sa provision :

Plume d'aigle, de coq et même de dindon,
Tout y passa. — J'en voudrais une sans nuance,
Dit un grand écrivain de chétive apparence.
    Pour lui donner la couleur à mon choix
Qui conduit aux honneurs, aux lucratifs emplois,
      Pour le pouvoir je veux écrire ;
    Mais s'il changeait, je voudrais pouvoir dire :
Haro sur ceux d'hier, vive le lendemain !
On dit que c'est ainsi que l'on fait son chemin.
Bleu, blanc, rouge, oh ! fi donc ; je veux être incolore,
Et pourtant je voudrais paraître tricolore,
      Puisque ces trois couleurs,
      Conduisent aux faveurs.
Le marchand, pour répondre à ce désir étrange,
    Montre une plume à nuance qui change
    Et la présente à l'écrivain ravi,
      Qui s'en servit
      Et fit fortune.
Cette plume connue en fit vendre plus d'une.
    Nous vivons dans un temps,
    Où plumes à tous vents
    Trouvent bien des chalands.

FABLE XXIX.

Les Animaux en République.

Les petits animaux, bas peuple, pour mieux dire,
    Firent un jour leur révolution ;
    Détrônèrent le roi lion,
    Et tous les nobles de l'empire.

Bref tout fut renversé.
Un vieux renard rusé,
Un ultra monarchique,
S'avisa de crier: vive la république!
Et dans un tour de main,
Dans les bois, l'eau, les airs, tout fut républicain.
Mais tout n'est pas fini quand on crée le désordre.
Il faut bientôt rappeler l'ordre ;
Vous avez beau crier, vive la liberté,
Egalité, fraternité!
Il nous arrive le contraire,
Si tout veut commander dans cette grande affaire.
Voici donc ce qu'on arrêta :
Le peuple entier dut à l'instant élire
Des députés dans tout l'empire,
Pour gouverner l'état.
L'ambition alors dans tous les cœurs s'éveille :
Je suis républicain, s'écriait un mouton ;
Je le suis plus que toi, reprenait un dindon ;
Tu sors du lendemain, moi je sors de la veille.
Vois ma crête écarlate et mon rouge jabot ;
Voilà du pur quatre-vingt-treize.
Avec ta laine blanche, ami, ne t'en déplaise,
On ne veut plus de ton drapeau.
Mais tandis que le peuple à clabauder s'amuse,
Le tigre ne perd pas de temps ;
Dans l'ombre il aiguise ses dents
Et se fait nommer par la ruse.
Le loup de lui dit tant de bien,
Que les agneaux dans leurs comices
Le nommèrent d'emblée, et, par ses artifices,
Il eut encor la voix du chien.
Quant au renard, le rien qui vaille,
Dans un discours sur la fraternité,

Fut si touchant, qu'à l'unanimité
Il fut élu par la volaille.
Bref tout devint comme devant ;
A la place d'un gouvernant,
On en créa bientôt un mille :
En fut-on plus heureux, et l'état plus tranquille ?
Vous en savez quelque chose, moutons,
Et vous aussi poulets, dindons.
Quant au tigre il hurla : gare à celui qui bouge !
Je le croque à l'instant, eût-il la crête rouge.
Ainsi se termina la révolution
Et de ma fable la leçon.

——⟶⟶✠⟵⟵——

Fable XXX.

Le pouvoir.

∼⟶∽

Que veux-tu, dit le ciel, à certaine prière :
— Je désire obtenir du pouvoir, des amis.
« Nous ne pouvons te satisfaire ;
» Le pouvoir, trop souvent, n'a que des ennemis.
» Ne te charge donc plus de semblable requête :
» Nombreux sont les amis dans la prospérité ;
» Mais bientôt ils font place nette,
» Quand la main qui donnait, subit l'adversité »
Bien rarement, il faut qu'on le confesse,
L'homme suit les conseils que donne la sagesse ;
Quoi qu'entouré d'ambitieux,
Du pouvoir il est envieux.
Chagrins, malheurs, exil, épine,
Il brave tout, quand l'ambition le domine.

Sourd à la voix du ciel,
Il savoure, à longs traits, des passions de fiel.
Eût-il au front un diadème,
Il veut encor, jusqu'au dernier soupir,
Grandir ;
Même au-delà !.... L'homme est toujours le même.

FABLE XXXI.

Les sauterelles.

Un symbole de liberté,
Un arbre à la fleur de son âge,
Par la main des hommes planté,
Dans les airs, fièrement, agitait son feuillage.
Soudain à l'horison,
Un nuage, imprévu, s'avance :
Le ciel est obscurci sous ce noir tourbillon,
Qui porte dans ses flancs un bruit sinistre, immense.
Ce n'est point du tonnerre et la foudre et l'éclat ;
Ce n'est point l'ouragan et ses terribles grèles,
C'est pis que tout cela !
C'est le fléau des sauterelles !
La terre en est couverte, et l'homme épouvanté
Voit ses moissons, ses fleurs, périr sous ces voraces !
Son arbre de la liberté
Disparaît, sans laisser l'indice de ses traces !...
Que conclure de là ?
Qu'on se préserve du tonnerre,
De la grèle et des vents qui désolent la terre,
Mais des méchants, jamais ! retenez bien cela.

Fable ·XXXII.

Distribution des prix.

Un lion prit la noble envie
D'honorer la valeur
Par un grand prix d'honneur,
Pour la plus belle vie.
La nouvelle, bientôt, s'en répand en tous lieux :
On accourt, on se place
Dans un immense espace,
Sous la voute des cieux.
Sur l'ordre du lion, on ouvre la séance :
Les concurrents étaient un lionceau,
Un loup, un renard, un agneau.
Le lionceau, d'abord s'avance.
Il marche d'un pas fier, rugit comme le roi,
Hérisse sa crinière et de ses deux prunelles
Jaillissent des étincelles.
La force et la valeur, s'écria-t-il, c'est moi !
Qui prétend disputer le prix de la victoire ?
Et quel autre que le lion
Oserait présenter son front
Sous la couronne de la gloire ?
Le roi lion sourit ; soudain toute sa cour
Applaudit et s'écrie :
Couronne au lionceau, c'est la plus belle vie !
Le loup, sans s'émouvoir, se présente à son tour
Encor couvert de sang, tout souillé de carnage :
Voilà, dit-il, mes titres au courage !...

Pour vous, lions; pour vous tous, courtisans,
Ma griffe a déchiré ; j'ai broyé sous mes dents
Ce peuple de petits, qui contre vous conspire ;
Qui voudrait renverser, anéantir l'empire ;
    Par la terreur je l'ai dompté :
Le grand prix, plus que moi, qui l'aurait mérité ?
Un frisson glacial parcourut l'Assemblée,
    Et la foule un instant troublée,
Du loup, avec horreur détournait le regard ;
    Quand s'avança maître renard.
      « Pardonnez à ma grande hardiesse,
      D'oser paraître devant vous,
      Après les lions et les loups.
    Je sens trop ; hélas ! ma faiblesse,
Je vais me retirer. — Non, non, parlez, parlez.
    — Vous connaissez ma race :
Vous surtout, chers petits, dont la première place,
Fut toujours dans mon cœur, écoutez, écoutez.
    Hélas ! pour vous, nature
    Ingrate fut toujours :
À l'homme, aux animaux, vous servez de pâture ;
Ah ! laissez-moi pleurer sur de si cruels jours !....
Que n'ai-je point tenté pour alléger vos peines ?
    Pauvre menu gibier,
Je donnerais pour vous tout le sang de mes veines,
    Surtout pour vous, cher poulailler. »
Ce discours du dindon rendit l'âme si triste,
Qu'il se mit à pleurer,.... Grand nigaud, dit un chien :
Avec son nez pointu, cet animal de bien,
Des lièvres, des lapins, met les loups sur la piste.
    Si tu veux être occis,
    Donne ta voix à l'hypocrite.
Bientôt, sans vous plumer, toi, les tiens, au plus vite
Vous serez dévorés, et sans être rôtis......

L'agneau parut, sa voix douce et naïve,
Rendit, tout aussitôt, l'assemblée attentive.
N'attendez pas, dit-il, en s'adressant au roi,
    Un long discours de moi.
  Naître et souffrir, voilà toute ma vie !
  Encor hier, sur nos nombreux troupeaux,
Les loups se sont jetés, avec leurs louveteaux.
    Ma mère, hélas ! me fut ravie !
  Et quel mal leur avions-nous fait ?
    Ma pauvre mère était si bonne !
Elle aurait mérité cette belle couronne ;
Son cœur était si pur, si chaste, si parfait !
    Et sa bonté que rien n'égale,
      Me disait en mourant :
    Prions, agneau, pour le méchant ;
      C'était là sa morale.
    Je ne suis qu'un chétif agneau ;
Je ne saurais prétendre au grand prix d'excellence ;
    Je n'ai pour moi que l'innocence,
      Et la voix d'un tombeau.
  On vous trompe, lion ; jamais une parole,
    Aux pieds de votre majesté,
    Ne vous porte la vérité ;
Et pendant qu'on vous flatte, hélas ! on nous immole,
    On nous dévore par millions.
    Le peuple loup est si vorace,
    Que si l'on souffre son audace,
Il pourrait bien aussi dévorer les lions.....
    A ces mots le roi se réveille.
Il s'était endormi ; soudain maître Renard,
    Lui dit quelques mots à l'oreille.....
    Alors on vit le léopard
    Proclamer le prix de vaillance
      Au lionceau ;

Au renard celui d'éloquence ;
Mention d'honneur au loup ; de bêtise à l'Agneau.
Avec nous quelle ressemblance !

FABLE XXXIII.

Le Soleil et la Violette.

Au retour du printemps, un pied de violette
Sous un brillant soleil entr'ouvrait un bouton.
Il faisait encor froid ; notre aimable fleurette
Remerciait le ciel du bienfaisant rayon.
    Mais voilà qu'un léger nuage
    Vient ternir ce premier bonheur.
    J'allais me plaindre, dit la fleur ;
        C'eût été bien peu sage.
        Lorsque le roi des cieux
        Voit pâlir sa lumière
        Sous cette vapeur légère,
Mes plaintes, mes soupirs seraient injurieux.
    Je dois tant à la Providence !
Cet air pur, mon parfum, mon calice de miel,
    Plus de bonheur que ce soleil
Qui se voit éclipsé dans sa toute puissance.
    Elle dit, et déjà la brise du matin
A chassé les vapeurs ; le soleil se découvre ;
Le bouton de la fleur s'épanouit et s'ouvre,
    Et le nuage est déjà loin.
    Dieu veille à tout ; sa justice est égale
    Pour le soleil, comme pour l'humble fleur.
Partout sont les soucis, partout est le bonheur :
    Voilà ma leçon de morale.

Fable XXXIV.

La Violette et l'Ortie.

Il me souvient que ma grand'mère
Me racontait un jour,
Pour les fleurs son amour :
Son récit me touchait ; elle m'était si chère !
Elle avait bien alors au moins quatre-vingts ans :
Sans lunettes elle pouvait lire ;
A travers son sourire,
On découvrait encore presque toutes ses dents.
Et dans son cœur que de jeunesse !
Pas un seul repentir,
Et, pour tout souvenir,
Des leçons de sagesse.
Elle marchait, droit comme un i,
Sans bâtons, sans béquilles,
Ah ! qu'elle était gentille !
Je voudrais bien vieillir ainsi.
Mais revenons au sujet qui m'occupe ;
J'aimais de ma grand'mère à suivre, hélas ! les pas ;
Elle s'appuyait sur mon bras,
Et moi, comme un en enfant, je lui tenais la jupe.
Pas une fleur ne m'échappait ;
Le bouton d'or, la marguerite,
La plus simple, la plus petite,
Toutes entraient dans mon bouquet.
Ma grand'maman était ravie ;
Ces fleurs lui rappelaient les jours
Qu'on regrette toujours,

Ces premiers soupirs de la vie.....
Et j'écoutais les contes ravissants
Que le passé couvre d'un saint mystère.
Ils étaient si bien dits par ma bonne grand'mère !
Il me semblait la voir dans ses jours de printemps.
Mais, oh ! bonheur; une modeste violette,
Pendant ces doux récits, à mes yeux vient s'offrir ;
Je me baisse pour la cueillir ;
Grand'maman aussitôt m'arrête.
— Qu'allais-tu faire enfant,
Pauvre jeune étourdi !
Tu n'avais donc pas vu, près d'elle, cette ortie ?
C'est le symbole du méchant.
La violette est ton image ;
L'ortie est celle du trompeur ;
Ah ! préserve ton jeune cœur
De son cruel feuillage.
Et, plus doux que le miel,
Ma bonne grand'maman, qu'en souvenir j'honore,
Me donne un doux baiser, là, que je sens encore !
Dieu me l'a prise, hélas ! grand'maman est au ciel.
Et pour elle je prie.....!
Chaque fois que ma main cueille aux champs une fleur,
Je sens battre mon cœur
Comme si grand'maman revenait à la vie.

Fable XXXV.

La Chenille.

Une chenille, avec précaution,
  Glissait à travers les épines
  Qui défendaient les roses purpurines
Contre l'avidité de son ambition.
Elle se reposait sur les feuilles naissantes,
  S'y blotissait, dormait dans ce berceau ;
  Puis au réveil, sous ses dents dévorantes,
Déchirait, sans pitié, ce feuillage si beau.
Lentement à la cime elle arrivait repue,
Jusqu'au bouton de rose, objet de ses désirs,
  De ce bouton que l'aurore salue,
Qui se balance et s'ouvre au souffle des zéphirs.
Dans le sein de la fleur que la pudeur colore,
La chenille, déjà, glisse amoureusement,
  Quand une hirondelle, en passant,
  La coupe en deux et la dévore.
Ainsi vous finissez, hommes ambitieux :
La rose est le pouvoir où l'orgueil vous entraîne ;
  Vous, la chenille à face humaine,
L'hirondelle, toujours, la justice des cieux.

Fable XXXVI.

Le Papillon.

Un papillon, changé tel de chenille,
D'ambitieux rampant était devenu fou :
La fleur la plus gentille,
Même la laide, étaient toutes deux de son goût.
De l'avenir, sans se rompre la tête,
A d'autres il laissait les soucis;
Du sein des fleurs, faisait son paradis,
Toujours était en fête.
Blessé par une épine, il en mourut, dit-on,
Sur une fleur à peine éclose;
Cette fleur était une rose,
Le matin encore en bouton.
Qui n'a dit : s'il fallait recommencer ma vie,
Combien je ferais mieux que la première fois ?
Le papillon avait pourtant le choix ;
Il a choisi l'étourderie :
Et sur la même fleur où chenille il mourut,
Il est venu mourir, mais par une autre route.
Mon cher lecteur, écoute :
Si tu veux bien mourir, pratique la vertu.

Fable XXXVII.

Les Loups.

Sur un troupeau parqué le soir un loup arrive :
Bonne aubaine, dit-il ; si j'échappe au qui vive,
  La nuit j'étrangle ce troupeau ;
Chiens, berger, sous ma dent, tout payera l'impôt.
  Ça dit, dans l'ombre il s'apprête au carnage ;
  Mais il survint un obstacle à sa rage,
Des chasseurs déguisés, en peau de loups couverts,
Entre lui, les moutons, se mettent en travers.
C'est à moi ce troupeau, dit le loup de la veille,
  Voyez ma griffe ; elle est teinte de sang.
   Elle vous dit d'où je descends ;
   Ma bande est là qui vous surveille.
    Il allait pérorer encor,
    Quand la méchante bête,
    Reçoit deux balles dans la tête,
    Qui vous l'étendent roide mort.
Faisons-nous loups pour combattre les loups ;
  Et surtout les loups de la veille :
Pour sauver les moutons, chasseurs, rallions-nous,
   Prudence le conseille.

Fable XXXVIII.

L'Honneur et l'Argent.

L'argent rencontre un jour l'honneur,
Sur le chemin qu'on appelle la vie :
Les voilà cheminant en même compagnie.
    L'argent était en belle humeur,
Eh ! bonjour, cher ami, viens donc que je t'embrasse, *
    Dit à l'honneur le métal séduisant :
Toujours de mon contact il reste quelque trace,
Et nous nous rencontrons, tu le sais, rarement.
Volontiers, dit l'honneur, vois là-bas ces deux routes ;
Celle à gauche est tracée en gracieux contours,
D'où s'enlacent les fleurs en ravissantes voûtes,
Où, sur un sable fin, on chemine toujours.
Vois à droite à présent, sur cette route étroite,
Une croix !... point de fleurs ; l'épine du buisson ;
Des cailloux sur le sol ; mais jusqu'à l'horizon,
    Elle est tracée en ligne droite.
    Sur le chemin de gauche est écrit : Volupté ;
A droite, en traits de feu, ce mot : éternité !...
    Et maintenant reçois mon accolade,
Si tu prends le chemin indiqué par la croix.
L'argent, tout aussitôt, de la gauche fit choix.
Voilà pourquoi l'honneur n'est plus son camarade :
Excepté, toutefois, ce qui n'est pas commun,
Lorsque les deux chemins, réunis, n'en font qu'un.

* Cette fable, l'*Honneur* et l'*Argent*, a été, par moi, envoyée à
M. de Lamartine : elle était accompagnée d'une lettre que j'avais

l'honneur de lui adresser en reconnaissance des éminents services qu'il avait rendus à notre patrie lorsqu'elle était sur le bord l'abîme. M. de Lamartine m'a honoré de la réponse ci-dessous :

MONSIEUR,

« J'ai été bien sensible à cette noble et virile déclaration
» d'estime. Recevez en échange celle de ma reconnaissance.
»˙ Des paroles sorties de ces fortes et mâles convictions péné-
» trent bien avant dans l'âme; elles la consolent et la for-
» tifient.

» Vos vers ne sont pas d'un novice, ils nous ont ému.

» Ce dialogue entre la fortune et l'honneur manque ce-
» pendant d'un troisième interlocuteur. C'est le travail qui
» concilie quelquefois l'un et l'autre. Je souhaite, pour vous
» et pour moi, ce conciliateur puissant entre le bonheur ma-
» tériel et l'éclat irréprochable à la vie.

» Recevez, Monsieur, avec mes remerciements, l'expres-
» sion de mes sentiments les plus distingués.

Signé : de Lamartine.

» Au château de St-Point, le 28 octobre 1852.

J'ai composé la fable ci-après pour suivre le conseil de M. de Lamartine; mais j'ai eu la discrétion de ne pas la lui envoyer, trop honoré déjà d'une première lettre.

FABLE XXXIX.

La Fortune et le Travail.

Un jeune homme viril, au mâle et beau visage,
Intelligence au front, pensif, laborieux,
Fit la rencontre un jour d'une fille volage
Qui marchait à tâtons, un bandeau sur les yeux.
Fortune était son nom. — Je viens, dit sa voix douce,
 Vers toi, jeune homme, où le hasard me pousse.
 En vain j'ai cherché le bonheur
Là-bas sur ce chemin qui dans les fleurs serpente ;
 Si douce, hélas ! en est la pente !
Mais le cœur n'y bat point comme doit battre un cœur.
Le tien semble guidé par la douce sagesse,
Par la mâle fierté, par la noble noblesse,
Par ces deux mots divins : Génie et Liberté !
 Qui donnent l'immortalité.
 Dis-moi ton nom, si ce n'est un mystère :
Il semble, en t'approchant, qu'on s'ennoblit, s'éclaire,
Que l'amour vient au cœur quand on a ton amour,
Comme la joie aux yeux quand se lève un beau jour.
Près de toi, dans mes sens, circule une autre vie ;
Parle, ta voix, du ciel, doit être une harmonie.
— « On me nomme travail, ce n'est point un grand nom ;
 Mais quand on me possède,
Je suis à tous les maux l'infaillible remède,
Qu'on foule aux pieds les fleurs ou les dards du buisson.
Tu fais bien de quitter le chemin des délices ;
Il n'est que trop souvent fréquenté par les vices.
Je connais un sentier difficile, mais droit ;

La fleur y croît dans les épines ;
Mais ce sont de ces fleurs immortelles, divines :
Viens les cueillir, crois-moi.
Si l'aveugle fortune un jour vers moi se penche,
Si dans ma rude main elle met sa main blanche,
Si son amour m'étreint comme un lierre amoureux,
Son nom sera béni des cieux. »
La jeune fille, à ce discours émue,
Sent un rayon du ciel descendre sur sa vue ;
A travers ce divin et céleste flambeau,
Ah ! combien le travail lui semble noble et beau !
Cher lecteur, ici je m'arrête ;
Il ne faut pas troubler ce charmant tête-à-tête
Qui prend le chemin droit qui conduit au bonheur,
D'où doit naître un lien, le civilisateur,
Si le fortune au travail est constante ;
Mais elle est si changeante !
Que ma fable répond : Espérons ; mais j'ai peur.

Fable XI.

L'Ambition et la Politique.

Il fut un temps de paix et d'innocence
Où les hommes vivaient en bonne intelligence.
Ceci ne faisait pas l'affaire du démon
Qui, pour faire le mal, créa l'ambition,
A laquelle il joignit sa sœur la politique,
Perfide, diabolique.
Il leur donna le plan de la tour de Babel,
Où les hommes voulurent escalader le ciel.

Dans ce travail insensé, téméraire,
Diverses langues on parla :
On ne s'entendit plus; la tour dégringola.
Qu'arriva-t-il ? la guerre,
Les fédérations,
La royauté, la république,
Les fusils destructeurs, les foudroyants canons,
Fruits de l'ambition et de la politique.
Tant que règneront ces deux sœurs
Dans les conseils des hommes,
Tous, autant que nous sommes,
Redoutons les malheurs.
Mais malheureusement ces deux enfants du diable
Auront sur nos destins un ascendant durable.
Les combattre, c'est temps perdu;
C'est défendre désirs pour le fruit défendu.

———

FABLE XLI.

Le Renard.

Un renard, s'il en fut,
Ce qu'on n'ose pas dire,
Dévôt, (prenez, surtout, ce saint mot en satire)
Passait tout son temps à l'affut.
Des poulettes! fi donc! sa gueule en était lasse;
S'il en attrapait une, il faisait la grimace,
Il lui fallait des pigeonneaux.
Mais comment attraper ce léger volatile ?
L'affut devenait inutile,
Les pigeonniers étaient trop hauts.

Il en fallait pourtant ; renard ne cède guère,
    Quand il s'agit du bien d'autrui.
  Bref, il fit tant, soit de jour, soit de nuit,
Que de deux pigeonneaux il attrapa la paire.
   Rassurez-vous, il ne les croqua pas.
Il les mit, mollement, dans un bon lit de mousse,
    Leur dit de sa voix la plus douce,
     Tout ce qu'on dit en pareil cas.
  Puis sous le toit d'une sainte chapelle,
    Qu'on rencontre au bord des chemins,
  Où l'on pouvait atteindre sans échelle,
    Il déposa ses deux larcins.
Ce n'est pas tout, chaque jour la pitance
   Attachait pigeons au logis ;
Et puis ces mots si doux, petits, petits, petits...
Que d'appas séducteurs, pour tromper l'innocence !
Et quel lieu bien choisi pour la sécurité,
Où l'on prie à genoux ; où l'âme à Dieu s'élève ;
Où même le méchant à la haine fait trève ;
    Où tout est respecté !
Aussi maître renard, pour son pèlerinage,
    Prit-il un si grand goût,
Que même les pigeons de tout le voisinage
Vinrent payer tribut à notre adroit filou.
   J'ai raconté l'histoire véritable
D'un certain magister, basse-taille au lutrin,
Qui, les trois quarts de l'an, aux dépens du voisin,
Attirait, au clocher, des pigeons pour sa table.
N'est-ce pas le portrait de notre adroit renard
Qui prenait à César, mais sans rendre à César ?
   Prendre et garder, ma foi ! c'est bien commode ;
    Disons mieux, c'est la mode.
Dans ce siècle égoïste, hélas ! où nous vivons,
    Je le dis à qui veut l'entendre,

L'essentiel est de savoir s'y prendre,
Pour plumer du voisin les innocents pigeons.

FABLE XLII.

Une élection en 1848. Les deux Coqs.

Dans une basse-cour, un jour grande rumeur.
    Il s'agissait d'élire
  Des députés dans tout l'empire .
Dieu sait les candidats qui briguaient cet honneur.
  Deux coqs étaient en concurrence :
D'œuf en œuf, un des deux invoquait sa naissance,
Pondu, couvé, poulet ; bref, enfant du logis,
C'était un candidat bel et bien du pays.
  L'autre, *étranger*, fort de son patronage,
  Se présentait appuyé du pouvoir.
    Et, fier, il fallait voir
   Comme il étalait son plumage.
   Pour son caquet, rien de suspect ;
  Seul, il avait, le droit du coup de bec
   Qui ne souffrait pas la réplique ;
Et pourtant on était en pleine république.
Aussi le pauvre coq, né dans la basse-cour,
Fut-il calomnié, déchiré tour-à-tour,
   Sans qu'un seul mot, pour se défendre,
   De son gosier se fit entendre.
L'autre, aux poules, disait : nommez-moi ; le renard
Ne vous croquera plus ; devant Dieu je le jure.
Il vantait du dindon l'esprit et la tournure,
Et la grâce et le chant du pourceau, du canard.

Le baudet, à son tour, traité de camarade,
Dressait l'oreille comme un sot,
Quand, tout bas, certain mot
Le fit bondir d'orgueil... puis, de sa voix criarde :
Votons, s'écria-t-il, votons pour lui, votons,
Ne cessait-il de braire.
Bravissimo, confrère,
Répétaient, tous en chœur, les pourceaux, les dindons!...
Symbole du courage et de l'intelligence,
Le cheval mord son frein et garde le silence.
Et le coq du pouvoir fut élu député.
Vive la liberté !

FABLE XLIII.

Les deux Agneaux.

Sous un ciel pur et ravissant,
Dans un pré d'herbe tendre,
Le printemps venait de descendre;
Deux agneaux, étaient là, broutant.
L'air était doux, et la brise amoureuse.
Que cette nature est heureuse!
Quelle félicité dans ces boutons éclos!
Ah! que ne suis-je fleur, dit l'un des deux agneaux.
Si Dieu nous donna l'innocence,
A qui donc, plus qu'à nous, donna-t-il la souffrance?
Poursuivis, dévorés, humiliés partout;
J'en suis à regretter de n'être pas né loup.
Frère, dit l'autre agneau, je vous croyais plus sage.

Vous voulez être fleur, vous enviez leur sort :
Vous les foulez aux pieds, vous leur donnez la mort !
Vous voulez être loup; que je plains ce langage !
Fleur, je le comprendrais, ce doux soupir du ciel
    Dans son bouton qui vient d'éclore,
      Sous notre dent qui le dévore
Nous offre encor, hélas! ses parfums et son miel.
    Mais être loup, ce cœur dur, sanguinaire,
      Qui ne vit que de sang !
N'a-t-il pas déchiré, dévoré notre mère ?...
Ah! n'enviez jamais le bonheur du méchant.
      Et quand la Providence
Nous donne ce trésor que l'on nomme innocence,
Nous devons la bénir, même dans nos douleurs.
La paix est là, ne la cherchons jamais ailleurs.
Ce ne sont pas toujours les heureux de la terre,
    Qui sont les plus heureux, mon frère.
Qui fait le mal, est plus à plaindre, croyez-moi,
    Que l'innocent qui le reçoit.
    N'envions le sort de personne,
Contentons-nous de ce que Dieu nous donne.

FABLE XLIV.

Le Méchant.

Sur le bord d'un chemin, un arbre à son ombrage
    Invitait les passants.
    Combien de doux moments
Étaient montés au ciel, à travers son feuillage !
Au pied de l'arbre, un méchant vient s'asseoir.

Ah! qu'on est mal ici, dit-il dans sa colère :
L'ombrage est trop épais, sur le sol point de pierre,
Et l'air trop embaumé quand arrive le soir.
Du bien qu'on dit de toi, ma patience est lasse;
Il n'est pas de fois que je passe,
Sans voir ici quelques heureux.
Tu mourras... je le veux.
Il dit, et, frappant avec force,
De l'arbre hospitalier il déchire l'écorce.
Tout aussitôt, dans l'air, un bruit sourd se répand ;
Un essaim sort de l'arbre et sur l'homme descend.
C'est un épais nuage,
Qui renferme, en son sein, la colère et la rage;
Chaque aiguillon perce la peau ;
La mort s'infiltre au sang, mort douloureuse, amère.
L'homme est vaincu, le méchant mord la terre,
Le pied de l'arbre est son tombeau !
Le méchant, jamais ne pardonne,
Il jouit des maux du prochain.
De la cruelle épine il tressa la couronne;
C'est lui qui l'enfonça sur le front trois fois saint :
Dieu l'a laissé sur la terre ;
A ses côtés, le repentir :
Le pardon à ce prix, même au dernier soupir,
Si le repentir est sincère.

FABLE XLV.

La Lionne et le Mouton.

Une vieille lionne un jour se délassait
    Sur le gazon d'une prairie.
Sans laine sur le dos, sec, et presque sans vie
    Un mouton près de là paissait.
    On dit quelquefois les lionnes,
    Compatissantes et même bonnes.
Celle-ci s'approcha de ce pauvre mouton,
    Le prit en amitié, dit-on.
Le voilà donc favori de la reine ;
Admis à ses repas, servi selon ses goûts,
Flatté des courtisans, de lui plaire jaloux,
Et, quoiqu'il n'en eût point, vantant sa belle laine.
    Mais la médaille a toujours son revers ;
Plus haute est la faveur, puis il faut qu'on s'abaisse
    Quand on sert une altesse :
    C'est ainsi dans tout l'univers.
Mouton, lèche mes pieds ; mouton, fais la grimace ;
    Fais-moi rire par quelque farce.
Je cours, il faut courir ; je reste, il faut rester.
    Si je fais mal, il faut mal faire,
    Et même te déshonorer,
    Si le déshonneur doit me plaire :
    Voilà le prix de ma faveur.
Les moutons, quoique doux, ont l'humeur irritable ;
Celui-ci préféra sa paille et son étable,
    Au bas métier d'adulateur.

Il décampa ; mais un loup survient et l'arrête :
    Plus de faveur; attends.
    De ses crocs, le méchant,
  Coupe la gorge à l'innocente bête !...
Ma foi, dit le mouton, à son dernier soupir,
    J'aime bien mieux ainsi mourir,
    Que de mourir de honte.
C'est l'histoire du faible, hélas! que je raconte;
La besace à son dos le suit toujours partout;
S'il ne meurt de chagrin, c'est de la dent du loup.
Il avait bien raison le mouton de la fable ;
La mort au déshonneur est cent fois préférable.

FABLE XLVI.

Les oiseaux en monarchie.

Les oiseaux, fatigués de vivre en liberté,
De se donner un roi prirent la fantaisie.
    L'aigle accepta la royauté ;
    Sa cour fut bientôt choisie.
Pour prétendre au pouvoir, un nouveau parvenu
    Devait porter un bec crochu,
    Et se nommer oiseau de proie :
Tous les petits oiseaux en étaient dans la joie.
Désormais, disaient-ils, les aigles, les vautours,
Si l'on nous attaquait, nous viendraient en secours.
    Vive aussi la chouette,
    Chantait dans les airs l'alouette!...
De son peuple adoré l'aigle entendit la voix :

J'irai, dit-il, aux grands, j'irai de bois en bois
Visiter mes sujets, soulager la souffrance;
    Annoncez-leur ma royale présence.
        Surtout; point de réception ;
        J'y mets cette condition.
Le peuple, prévenu, jette un cri d'allégresse :
        Mais, pour recevoir son altesse,
Il faut, disent les grands, un somptueux festin;
Sur la table du roi le gibier le plus fin.
        L'ordre est donné, sitôt on fait main basse,
            Sur les perdrix, sur la bécasse.
L'épervier, dans les airs, les facine de l'œil,
Fond dessus, et bientôt couvre les champs de deuil.
Pour orner les berceaux formés par le feuillage,
On arrache aux oiseaux leur plus joli plumage,
Et sur des tapis verts, où pendent ces festons,
Sont plumés, bien troussés, les plus dodus chapons.
L'aigle parut bientôt dans sa toute puissance ;
Environné des grands, bercé de leurs discours,
            Comme toujours.
Tous les petits oiseaux restèrent à distance.
    Qu'en pensez-vous, dit le coq au dindon ?
Je pense que toujours nous portons la besace,
Que toujours nous serons les dindons de la farce,
        Plumés de tête au croupion.

FABLE XLVII.

Le bonheur et le malheur.

Fléau des cieux, ennemi des mortels,
Le chagrin demeure où tu passes ;
Les pleurs marquent tes traces,
Les douleurs voilà tes autels !
Le bonheur au malheur adressait ce langage.
Vous n'êtes pas fort sage,
Répliqua le malheur.
C'est moi seul cependant qui conduis au bonheur ;
Qui donne ce trésor qu'on nomme expérience ;
Qui fait connaître les amis ;
Qui mène à Dieu par la souffrance,
Et qui pardonne aux ennemis.
Sans moi rien n'est solide ;
Il faut passer par moi pour être vertueux,
Compatissant, patient, sobre, bon, généreux,
Pour aimer son prochain, fût-il même perfide.
Je donne l'espérance à qui pleure ici-bas,
L'étincelle au génie
La force aux rois et l'énergie.
L'homme est toujours petit s'il ne me connaît pas.
Ah ! laissez au malheur, hélas ! couler les larmes ;
Les vôtres n'ont point tant de charmes ;
Leur source est dans la volupté :
La source de nos pleurs créa la charité.
Si vous entrez au cœur sans que j'y sois d'avance ;
Si ce cœur n'a connu que vous, sans la souffrance

S'il n'a connu que les plaisirs,
Dieu ne bénira point vos larmes, vos soupirs.
Le bonheur est mesquin, si l'homme sur la terre
    Ne l'a point arrosé de pleurs ;
On ne rougit jamais de ses nobles malheurs ;
Retenez bien ceci, mon trop heureux confrère :
Et retenez encor, pour la dernière fois,
Qu'entre nous deux, souvent, on doit faire mon choix.

FABLE XLVIII.

Les épines.

SOUVENIR DE LA GUERRE DE RUSSIE EN CRIMÉE.

' Pour être préservé de la dent des moutons,
    Et des méfaits des turbulents garçons,
        Un arbre était armé d'épines,
Comme nature arma les roses purpurines
Il poussait à l'abri très-merveilleusement ;
        Je ferai mieux, dit un passant :
Les épines sont mortes il en faut des vivantes
        Qui, jusqu'à la cime, grimpantes,
            Préserveront de tout ;
De l'homme, des oiseaux, des insectes, du loup.
Il dit, et des milliers de vivantes épines
Au pied de l'arbrisseau s'enlacent aux racines,
L'étreignent fortement comme un cercle de fer,
Le privent du soleil, de la pluie et de l'air ;
De ces sucs nourricier qui sortent de la terre.
De la création, la vie et le mystère.

11

L'arbre bientôt, attaqué jusqu'au cœur,
De sa sève privé, languit, dessèche et meurt.
Des petits protégés, voilà, je crois, l'histoire;
Qu'on passe du Danube, au Pruth, à la Mer noire;
Qu'on longe la Baltique et ses nombreux cantons,
On trouvera toujours
Des épines plantées au champs de la Hongrie,
De la Pologne et la Turquie,
De vivantes épines, avec leur cruel dard,
Et qui donnent la mort, quand le planteur est czar !
Résumons-nous, pour être sage,
De nos pères, parfois, conservons quelque usage :
Plantons la morte épine au pied de l'arbrisseau ;
Conservons-lui son air, son soleil, son terreau.
Plantons, au cœur de l'innocence,
La morale, et du ciel l'amour et l'espérance :
Respectons sol, honneur des plus faibles états,
Et tout ira bien ici-bas.

FABLE XLIX.

Le Loup et la Brebis.

Un vieux loup, mais bien vieux,
Par conséquent hargneux,
(J'en demande pardon à l'extrême vieillesse)
Voulut finir ses jours loin des loups, son espèce.
Ils sont méchants, dit-il, querelleurs, insoumis ;
Sans respect pour ma barbe grise ;
Mes plus sages discours sont traités de bêtise ;
Désormais je veux vivre avec une Brebis.

Je connais leur douceur : malgré nos dents cruelles,
  Toujours bonnes nous les voyons ;
Elles font le bonheur des trop heureux moutons ;
Brebis aura pour moi tendresses maternelles.
    Ce qui fut dit, fut fait.
  Voilà Loup, Brebis en ménage ;
  Le premier mois se passa sans nuage,
    Le bonheur fut parfait.
  Plus tard survint, sinon la guerre,
  Une tendance à changer le pouvoir.
Si le Loup disait blanc, la Brebis disait noir.
Qui donc avait raison ? toujours la ménagère.
  Du sens commun allait-elle au rebours,
    Malgré les preuves évidentes,
Elle ne cédait pas ; paroles arrogantes
  Allaient leur train, plus laides tous les jours.
  Rien n'était bien fait que par elle ;
    Elle avait tout l'esprit ;
Ce que disait le Loup était toujours mal dit.
  Au moindre mot une querelle.
Elle voulait prouver pleine lune au déclin ;
Soutenait que la pluie était un temps serein.
    Bref tout alla de telle sorte,
  Que la Brebis mit le Loup à la porte.
  Gardez-vous, dans votre maison,
D'une tête qui veut toujours avoir raison.
    Il en faudrait trop dire :
      Rien n'est pire.

Fable L.

Le Voyageur.

Ami, disait un voyageur,
A certain paysan qui lui paraissait sage,
J'ai besoin d'arriver là-bas, à ce village ;
La grand'route est trop longue et par la nuit j'ai peur.
Pourriez-vous m'indiquer un chemin de traverse ?
Ce temps noir crève d'eau, tout annonce une averse :
Il est prudent de se hâter ;
Sur votre bon vouloir puis-je, l'ami, compter ?
J'ai, dit le villageois, là tout près votre affaire ;
Prenez ce sentier droit, suivez-le tout au long,
Il raccourcit d'une heure entière ;
Marchez sans peur, le fond est bon.
Le voyageur, rempli de confiance,
Sans plus ample discours,
Quitte le grand chemin, sur le sentier s'élance.
Le fond est bon, dit-il, j'en sortirai toujours.
Tout allait bien au début de la route,
Sauf le terrain un tant soit peu mouvant ;
Mais comme le bon fond ne faisait pas de doute,
Le voyageur cheminait confiant.
Pourtant, se disait-il, plus je vais, plus j'enfonce,
Pour toucher au bon fond j'en ai jusqu'au genou ;
Je n'en viendrai jamais à bout :
Si cela continue, il faut que j'y renonce.
Déjà le désespoir s'emparait de son cœur :
Peste soit du bon fond, disait-il, en colère,
S'il faut l'aller chercher à six pieds sous la terre.

Maudit manant qui m'a mis dans l'erreur !
Enfin, par un effort plein de force et de rage,
    Après un gros juron,
  Il retrouva près du sol le bon fond,
Et parvint, non sans peine, au but de son voyage.
Un bon fond, pas de doute est toujours l'essentiel;
En morale, c'est lui qui vous conduit au ciel.
Pourtant, s'il est trop loin de la superficie,
  Il peut engloutir qui s'y fie :
    Ceci soit dit pour le chemin ;
    Même aussi pour le genre humain.
C'est qu'un bon fond doit encore être aimable :
Par les grâces, l'esprit, il le faut embellir ;
    C'est là que j'en voulais venir :
    C'est le but de ma fable.

—————

FABLE LI.

Le Trop et le Trop peu.

En tête à tête, on dit que le trop, le trop peu,
    Causaient au coin du feu ;
    C'est toujours là qu'on cause.
Hélas ! hélas ! dominait leurs discours.
Le trop se lamentait du revers de la rose ;
    Le trop peu de souffrir toujours
Sous le chaume, au palais ; souffrir est même chose.
Splendeur et pauvreté, tu le sais, cher lecteur,
    De nos maux sont la source ;
    Trop pesante, ou trop plate bourse,
    Font, ici-bas, notre malheur.

Il est pourtant à ces maux un remède :
Dieu le donna dans sa toute bonté ;
C'est que le trop au trop peu vienne en aide :
Tout le secret est là, s'*entraider*, *charité*.
La paix du cœur nous vient de la sagesse ;
Dieu ne conseille pas l'amour de la richssse.
Pratiquons ce conseil divin ;
Du bonheur et du ciel c'est le plus sûr chemin.

FABLE LII.

La Fortune, la Misère et la médiocrité.

Entre dame fortune et la triste misère,
Un jour, tombe du ciel la médiocrité :
Ces trois sœurs, ici-bas, ne se rencontrent guère
Malgré leur parenté.
Cœur de femme s'épanche :
Dans sa main douce et blanche,
La fortune a serré la main de ses deux sœurs ;
Dans ses yeux languissants leur a montré ses pleurs.
Sous ses riches habits, enviés de la foule,
Combien, dans les chagrins, sa vie, hélas ! s'écoule !...
Que veut le ciel, dit-elle, en élevant la voix ?
Amour à son prochain, respect à l'innocence,
Combats aux passions, charité, bienfaisance,
Observons-nous ses lois ?
Et, soit dit sans médire,
Trop souvent mes faveurs
Sont les sources où l'homme a puisé ses malheurs.
Son immoralité, des maux humains le pire.

Elle se tut.
Il te sied bien, dit la misère,
De parler de tes maux, et... pédante commère,
De jouer la vertu.
Tiens, voilà mon giron, jettes-y ton obole
Qui nous donne du pain, sèche nos pleurs, console.
Devant les malheureux tu tournes les talons ;
Ou, dédaigneusement, de ta riche toilette
Tirant ta bourse d'or, en mépris tu nous jette
Un liard, que dans la boue, hélas ! nous ramassons...
Tout beau, dit la fortune, en fais-tu bon usage ?
Et ce liard méprisé, dis-nous-le sans secret,
Ne va-t-il pas neuf fois sur dix au cabaret
Quand tes enfants ont faim dans ton triste ménage ?
J'ai quelque fois, sur mon char éclatant,
Appelé, transformé la misère en richesse ;
L'or, réponds-moi, t'a-t-il donné sagesse,
Modestie, honneur, un cœur pur, bienfaisant ?
Est-ce toujours de moi que te vient la souffrance ?....
Il se fit à ces mots un instant de silence.
La médiocrité, pour les mettre d'accord,
Prit alors la parole.
J'apprends, dit-elle, à votre école,
Qu'il faut, pour être heureux, ni trop peu, ni trop d'or.
Retenez de moi cet adage :
La médiocrité, voilà le vrai bonheur.
L'innocence et la paix du cœur,
Qui s'en contente est le plus sage ;
Mais s'en contente-t-on souvent ?
Fortune aimable, quand tu passes,
Je vois mes favoris s'élancer tu tes traces
Et ma morale au vent.
L'homme, ici-bas, fut-il jamais content ?

FABLE LIII.

Le Chercheur d'or.

Sur un roc brûlé du soleil,
Au milieu des débris, des éclats de la roche,
Un homme exténué dormait, près de sa pioche,
D'un pénible sommeil.
Il voit en songe à ses côtés assise
Une femme à modeste mise;
La candeur sur le front, un souris de bonté
Lui donnaient un rayon de la divinité.
— Ami, dit au dormeur la douce voix de femme,
Vous paraissez souffrir;
A vos maux je viens compâtir.
Le bonheur n'est pas dans votre âme.
Au bout de l'univers venir chercher de l'or!
Dans ce pays damné!..... pour la Californie
Vous avez tout quitté, femme, enfants et patrie;
N'était-ce point quitter le seul et vrai trésor?
Pourquoi venir si loin convoiter la richesse?
Pensez-vous donc trouver avec l'or la sagesse,
Un cœur pur, généreux, innocent et loyal?
Donne-t-il plus d'amis votre brillant métal?
Ou bien si vous cherchez des sens la jouissance,
L'or vous donnera-t-il plus robuste santé
Et ce bienfait du ciel que l'on nomme gaîté,
Plus d'appétit dans l'abondance?
Avec l'or le toucher est-il plus délicat,
Le goût plus fin, l'oreille plus sensible,

La lumière du ciel plus chaude et plus visible ?
Donne-t-il à la rose un plus pur odorat ?
    Oh ! non, le ciel, dans sa justice,
A la seule vertu donne un bonheur parfait,
    A l'or un éternel supplice;
S'il n'a pas fait le bien.... c'est l'immuable arrêt !...
Réveillez-vous; adieu ; je suis la Providence.
    Notre homme à son réveil
      Fut-il plus sage ?
On dit que non; qu'il reprit son ouvrage,
Qu'il cherche encor de l'or sous le brûlant soleil.
    La soif de l'or est une rage.

Fable LIV.

La Calomnie.

    Une fillette aimable et sage
    Aimait ce qu'on aime à son âge,
      Quelque peu d'agrément,
    Soit un bijou, soit un ruban.
      Or, par un jour de fête,
      Notre jeune fillette
Voulut innocemment serrer son juste-au-corps.
Quand on a sous la main de si riches trésors,
On désire augmenter, s'il se peut, plus encore
Ces charmes séduisants que la pudeur ignore :
Mais comme de Perrette, hélas ! le pot au lait
    Détruisit plus d'un beau projet,

Quand fillette voulut resserrer son étreinte,
    La boucle, par la rouille atteinte,
        Fléchit
      Et se rompit.
A sa mère l'enfant courut conter sa peine;
    Là toujours le chagrin nous mène.
    Je n'avais que ce seul bijou,
    Dit en sanglotant la fillette;
    Il m'eût fait honneur à la fête.
Sans boucle à ma ceinture, ah! quel funeste coup!
      — Console-toi, ma fille,
Tu n'en seras pas moins parée, fraîche et gentille,
    Lui dit sa mère en l'embrassant.
Il te suffit de ce nœud de ruban.
    Mais souviens-toi toute ta vie
    Que la rouille est la calomnie
    Qui des vertus ternit l'éclat;
    Redoute-la.
Le plus subtil poison sort de sa laide bouche;
    Malheur à tout ce qu'elle touche!
    Dieu même n'en fut point exempt,
Et, pour la désarmer, Dieu même encor attend!...

FABLE LV.

Les Renards.

Les renards désolés de voir si bonne garde
    Au poulailler, au logis, dans les bois,
    Privés alors de lapin, de poularde,
    Contre les chiens élevèrent la voix.

Le lion voulut bien leur donner audience.
    Un vieux renard, autrefois orateur,
    Du menu peuple autrefois défenseur,
    Fit le tableau de sa souffrance.
    Puis s'écria : plus aux loups de moutons,
Plus de poules aux renards, tant la garde est sévère ;
Plus de cerfs, de chevreuils, pour les nobles lions !...
Qui donc du ciel, sur nous, attira la colère ?
J'en accuse les chiens, et certes point à tort :
    N'est-ce pas eux qui conduisent les hommes
Dans les bois, les terriers, où, tous tant que nous sommes,
Sous un plomb meurtrier nous rencontrons la mort ?
Il est temps, aux malheurs, de mettre un terme, sire :
Sur ces indignes chiens prélevez un impôt ;
S'ils ne le payent pas, qu'ils payent de leur peau ;
Ecorchons-les tout vifs, c'est un trop doux martyre.
        Le lion approuva,
        De sa griffe signa.
Dès ce moment, renard en paix croqua poulette,
Et la race canine, à bon droit inquiète,
        Pour conserver sa peau,
Préféra, pierre au cou, chercher la mort dans l'eau.
        J'en veux venir aux hommes.
    Hélas ! pour quelques minces sommes,
Ils imposent, ils tuent leurs amis les meilleurs :
Qui s'en réjouira ? les renards, les voleurs.
La race des amis était déjà fort rare ;
En trouver un, c'est aujourd'hui la mer à boire.

Fable LVI.

Polichinel.

Polichinel, à ce qu'on dit,
Portait deux bosses
Démesurément grosses
Pleines de fiel, de malice et d'esprit.
Les oisifs d'accourir pour voir ses singeries,
De ses libres pensées entendre les folies,
Qu'il débitait à son ami Pierrot
Qui les commentait mot à mot.
Mais petit à petit ces immorales farces
Ont gagné bien des classes ;
Faussé le jugement d'imprudents auditeurs,
Libres penseurs,
Chargés d'endoctriner nos filles vertueuses,
D'en faire des savantes et des libres penseuses.
Dangereuses leçons
Qui perdent, tous les jours, nos filles, nos garçons.
Comme avec Dieu Polichinel a fait divorce :
Qu'il ne rêve que plaies, que bosse,
Qu'il est la fleur des plus mauvais sujets,
Lorsque ses farces vous font rire,
Trop confiants parents, contre vous il conspire ;
Ecoutez ses projets.
Pour ses adeptes, il cherche riches femmes,
Dût-il perdre leurs âmes.
Si vous ne craignez pas les mondaines amours,
Envoyez donc vos filles écouter ses discours.

S'il parvient à son but, à les rendre incrédules,
   Faibles parents, prenez garde aux férules.
Les pièges sont tendus, vous êtes avertis;
Gardez-vous d'imiter l'imprudente souris.
Lorsque Polichinel se fait blanc comme neige,
   Méfiez-vous, c'est qu'il vous dresse un piége.

FABLE LVII.

L'Avarice.

Une femme en guenille, hideuse de visage,
   Courbée, épuisée avant l'âge,
     Quoique jeune pourtant,
   Tendait la main à tout passant.
Un pauvre homme lui met dans la main une obole.
C'est bien peu, lui dit-il; que ce peu vous console;
Car, si peu que ce soit, donnez, dit le Seigneur;
Un verre d'eau suffit, quand ce don vient du cœur.
   — Merci, l'ami, que Dieu donc vous bénisse,
   Et quoiqu'on me nomme avarice,
   Acceptez de moi ce trésor :
Et soudain à ses pieds elle jette un mont d'or !
   L'homme, ébloui, sent courir dans ses veines
Cette soif de l'argent, comme un subtil poison.
Mais qu'est-ce l'or, dit-il, sans travail et sans peines
   Et si l'avarice en fait don ?
Dieu le bénira-t-il ?... Si cet or rend avare,
Il rendra le cœur dur, l'âme égoïste et noire;
Il fermera du ciel pour toujours le chemin,
En détournant les yeux de qui nous tend la main.

Oui cet or, aujourd'hui, qu'avarice me donne,
Ne pourra me servir, même à faire l'aumône.
Que donnera-t-il donc ? orgueil et vanité ;
Il m'ôtera du cœur la douce charité,
L'amour de mon prochain, l'amour de la justice,
Le bonheur du travail sous mon modeste toit.
     Reprends ton or, laide avarice ;
   Dieu le maudit quand il nous vient de toi.
Porte ailleurs, de Satan, ce trésor qui perd l'âme,
   Quand il est souillé par ta main ;
     Ignoble et laide femme,
  Meurs sur ton or, de misère et de faim.

. . . .

La richesse, toujours, doit être généreuse ;
Pour mériter le ciel c'est la condition :
     Avare, elle est hideuse,
    Damnée, et sans rémission.

FABLE LVIII.

Les Vices.

Les vices fatigués de tourmenter les hommes,
   Sans pouvoir, tous, les ranger sous leurs lois,
 S'adressent à Satan d'une commune voix,
   Dans un placet en bonnes formes.
A quoi bon, disaient-ils, de servir les démons ;
    A quoi bon d'être vice,
Si sur nos pas, toujours, nous trouvons la justice,
   Et ce ciel que nous abhorrons ?

Il n'est pas jusqu'à l'innocence
Qui nous repoussé maintenant;
Rends-nous, Satan, notre puissance,
Ou nous renonçons à Satan.
Le diable y réfléchit et se dit en lui-même .
Ils ont parbleu raison;
Mais, pour résoudre ce problème,
Il faut un esprit de démon.
Il faut créer un vice à tout rang accessible,
Au pauvre, au riche, au vieillard, à l'enfant .
Il faut qu'il ne soit pas nuisible,
Qu'il soit vice, en un mot, mais un vice innocent.
Permis au prêtre, au roi, toléré par la femme,
Qu'il rapporte à l'Etat, tous les ans, des millions ;
Admis dans tous les lieux, cabarets ou salons
Et qu'on lapide qui le blâme.
Ayant bien remué des malices le sac,
Il en tira, de sa griffe infernale,
La graine destinée à nous être fatale,
Et qu'il nomma tabac.
Sur le globe, aussitôt, il jeta la semence,
Qui, de l'esprit malin, dépassa l'espérance ;
Devint pour l'univers une nécessité,
Du blé diminua la place sur la terre,
Rogna le pauvre sou du gain de la misère,
Et pour nous perdre, enfin, créa l'oisiveté.
Or, quand je vois la pipe aux lèvres de l'enfance,
J'ai pour son avenir, hélas ! peu d'espérance !...
Je fais trêve à plus longs propos,
Pour sauver, du bâton, mon dos.

Fable. LIX.

Le dernier jugement.

Au trépas d'un lion, se trouvait un vieux chien
Qui s'en allait aussi de par delà la vie.
Du bonheur éternel ils avaient grande envie.
    A leur mort le démon survient.
Suivez-moi, leur dit-il..... éternité maudite;
Voyez en traits de feu la sentence est écrite.
« Au lion, dit le juge, en naissant j'ai donné,
» Santé, force et pouvoir, à son front, diadème :
» Aima-t-il son prochain à l'égal de soi-même?
» Il ne fit pas le bien il doit être damné ;
» Ne vivre que pour soi, c'est le vice incarné !...
» Le vieux chien doit aussi subir même supplice :
» A servir le lion, fidèle il ne fut pas ;
» Il fit le chien couchant, voilà tout, ma justice
» Aux enfers, sans pitié, condamne les ingrats. »
Que de chiens, de lions; humains dans notre sorte !....
    L'enfer sera-t-il assez grand,
Quand le juge aura dit au dernier jugement,
      Que le démon t'emporte.
Que de vices encor dont nous ne parlons pas,
Combattons-les, la mort nous tend les bras ;
    Sa voix funèbre nous appelle :
    Ciel, ou démons, sont derrière elle.
    Répétons, une fois de plus:
    Beaucoup d'appelés, peu d'élus.

Fable LX.

La poule au pot.

Il était une fois, à ce qu'on nous raconte,
Un bon roi, qui voulait qu'on mît la poule au pot.
Le chiens dans ce temps là ne payaient pas l'impôt,
La bourse, de nos mœurs, ne faisait pas la honte.
  Ce roi mourut, un autre vint
   Avec des idées nouvelles.
   Le progrès a des ailes
La poule s'envola.... sec, nous mangeons le pain.
  D'où vient cela ? disait à sa voisine
   Un bon homme du bon vieux temps :
L'or se trouvait autrefois dans nos champs ;
Nous allons, aujourd'hui, le chercher dans la mine.
Avec nos lingots d'or, sommes-nous plus heureux ?
On veut l'or sans travail, voilà la grande affaire :
N'est-ce point là, plutôt, d'où nous vient la misère ?
  Si j'étais roi, tout irait beaucoup mieux.
  — Je vous fais, roi, lui dit la bonne femme ;
   A l'unanimité :
Montez au trône, avec pouvoir illimité ;
Parlez, le peuple attend ; il bénit, ou condamne.
— Le ciel, dit le vieillard, pour tous n'a qu'une loi :
« Aimez votre prochain à l'égal de vous même,
   Autrement, anathème
Au plus humble sujet, à l'opulent, au roi. »
Ce principe observé, bientôt viendrait la poule
A la table du pauvre, à côté du bouilli.
De notre bon vieux temps qu'en est loin aujourd'hui !

L'or pourtant à flots coule :
Mais cet or nous corrompt ;
Jouissance à qui le possède,
Dût-il se donner au démon.
Extirpez cette soif, c'est là qu'est le remède :
Ce mal déraciné, tout nous descend du ciel,
Comme au sein de nos fleurs, éclat, parfums et miel.
La charité, voilà tout le mystère :
Que l'opulent renonce aux prodigalités,
Ou qu'il les convertisse en bonnes charités,
Nous bannirons le masque hideux de la misère.
Voilà mon plan tracé : quelques privations.
Il en coûte si peu dans les riches maisons.
L'état c'est un grand ménage,
Dont le père est un roi, les sujets, ses enfants.
S'il ne donne à manger qu'aux grands,
Qu'adviendra-t-il s'il survient un orage ?...
Aux riches je dirais souvent encor ceci:
« Ventre affamé n'a pas d'oreille;
Messieurs, je vous conseille
D'avoir pour ce dicton un peu plus de souci ;
Il est temps, prenez garde ;
Songez à la poularde
Depuis quatre cents ans promise à notre pot ;
Voilà mon dernier mot. »
Mettons cet avis en pratique :
Nourrir son peuple est la plus sage politique.

FABLE LXI.

La plaie du Lion.

Un lion approchait de l'extrême vieillesse ;
Et, comme du baudet, pétri de chair et d'os,
Une incurable plaie affectait son altesse,
        Et troublait son repos,
Un renard le soignait, un chien était son aide ;
Le renard, chaque jour, disait : cela va bien ;
        La plaie embaume, et la langue du chien
Sera, n'en doutons pas, le curatif remède.
Lèche donc, cher ami, lui disait le lion ;
        Je récompenserai ton zèle,
        D'autant plus que la plaie est belle,
Et que maître renard nous dit qu'elle sent bon.
Belle, reprend le chien, le renard vous abuse ;
Sa laideur fait frémir, et j'en demande excuse
        Si j'ajoute que son odeur
        Fait soulever le cœur.
Il se fit à ces mots un moment de silence :
        C'était du chien la muette sentence,
        En tête à tête et sans retard,
Il passa sous les crocs du lion, du renard.
        Quand on est devant une altesse,
        On n'est pas à confesse ;
        Et surtout devant un lion.
S'il sent mauvais, dites-lui qu'il sent bon,
Que sa royale voix est douce, harmonieuse ;
Son esprit supérieur, sa crinière soyeuse :

S'il est vieux, qu'il est jeune... On plait alors aux rois,
A vous aussi, lecteurs. L'orgueil, c'est notre croix.
Comment, d'après cela, quoiqu'on dise et qu'on fasse,
Espérer des renards anéantir la race.
En dépit des flatteurs, en dépit de la mort,
   Les bons chiens nous lèchent encor,
   L'injustice fût-elle extrême ;
  Imitons-les, faisons le bien quand même ;
On ne vit qu'un moment, on ne meurt qu'une fois ;
Entre le bien, le mal, Dieu l'a dit : fais ton choix.

LIVRE III.

FABLE I.

Pierre et Jean.

~✿~

Pierre et Jean étaient des amis :
Mais un jour Pierre
Fut nommé maire ;
Les voilà désunis.
Quel sujet sitôt les séparé ?
C'est qu'il advint
Que Jean se fit nommer adjoint :
Entre ces deux pouvoirs désaccord n'est pas rare ;
Il se voit même très-souvent
Lorsque l'adjoint veut être maire :
Dans ce cas, c'est la guerre,
Entre Pierre
Et Jean.
Qu'on soit en monarchie, ou même en république,
L'ambition,
Mène à la désunion,
C'est un fait sans réplique.
Pierre et Jean, vous êtes le miroir
Des tribulations, quand on monte au pouvoir.

FABLE II.

Les deux Baudets.

Un jeune, un vieux baudet causaient,
En latin, même en grec ; très commune est la chose ;
Plus on est baudet, plus on cause ;
Surtout baudets savants ; ceux-ci philosophaient.
Le jeune ânon, tout fier de sortir de l'école,
Prit en ces termes la parole.
Très cher confrère, au bon vieux temps,
Même au temps de votre jeunesse,
Baudet restait baudet, et baudesse, baudesse,
C'est-à-dire ignorants.
De là vient qu'on nous fit une bête de somme,
Des mangeurs de chardons, des porteurs de fardeaux.
Que nous fûmes traités de rogneux, de nigauds,
Victimes et jouets de l'homme.
Mais le siècle a marché, on voit à l'horizon
Le bonheur à grands pas qui vers nous s'achemine ;
Plus de distance entre nous et la Chine ;
Le thé va remplacer notre grossier chardon.
Sur nos chemins de fer, bientôt de notre terre
Quelques jours suffiront pour en faire le tour ;
Et, de l'un à l'autre hémisphère,
Par le fil sous-marin on se dira bonjour.
Le miracle est partout, nous sommes sur les pentes
Qui mènent droit à l'âge d'or.
Laissons-nous y glisser ; quelques moments encor,
Nous nous prélasserons, nous vivrons de nos rentes.

— Le vieux âne, à son tour, répartit : cher cadet,
Avant d'aller plus loin, de merveille en merveilles,
Dans le cristal des eaux, regardez vos oreilles ;
Pour braire en grec, latin, êtes-vous moins baudet?
Le siècle suit son cours, c'est très-incontestable :
Mais, mon petit savant, entre nous croyez-moi,
    Restez sous votre toit,
    Ne changez pas d'étable.
N'essayez pas surtout de prendre votre vol
Sur ces chemins de fer, prodiges de science ;
Encor moins d'imiter la voix du rossignol ;
    Croyez-en mon expérience.
    Ne quittons pas notre moulin,
Ni nos chardons pour le thé de la Chine ;
Aux fardeaux, humblement, présentons notre échine
    Puisque tel est notre destin.
    Aux baudets d'un autre hémisphère,
Quand un éclair, d'ici, portera le bonjour,
Du monde, comme un trait, quand on fera le tour,
    Serons-nous plus heureux, mon frère ?
Reculez de cent ans, six cents si vous voulez,
    Qui portait alors la besace?
Était-ce les lions, et non pas notre race?
    Répondez.....
    Restons ce que nous sommes,
    Laissons monter l'échelle aux hommes :
Lorsqu'ils auront atteint le dernier échelon,
Le ciel de leur orgueil aura bientôt raison.
Aller vite est-donc la suprême sagesse?
Le bonheur nous vient-il du rang, de la richesse ;
Donnent-ils la santé, les somptueux repas;
Reculent-ils d'un jour, d'un seul jour le trépas?
    Je suis baudet, je le confesse ,
    Mais j'aime mieux braire en patois

Que d'emprunter une autre voix ;
Je plairai plus à ma baudesse,
Je suis un sot, dit-on, un rogneux animal,
Marchant d'un pas pesant, tête basse et stupide,
Qui ne mérite pas qu'on lui mette la bride.
J'aime encor mieux cela que le mors du cheval ;
J'aime mieux mes chardons, ma liberté, ma peine,
Que ces harnais dorés, ces étreintes de cuir,
Qui, même avant la mort, vous font cent fois mourir.
Sous l'or plus pesante est la chaîne !
Restons baudet, puisque le ciel baudet nous fit :
Dieu partout a semé les fleurs et les épines ;
Et dans ses lois divines
Rappelez-vous ce qu'il a dit :
« Bienheureux les pauvres d'esprit. »
— As-tu bientôt fini tes longues litanies ?
Dit le jeune baudet ;
Ta place est aux académies,
Et sur ton fauteuil un sifflet ;
C'est le supplice auquel je te condamne.
Lecteur, lequel des deux est l'âne ?

—⁓⁓⁓—

FABLE III.

L'ambition du Baudet.

Nous voyons très-souvent, parmi les animaux,
Le miroir de notre misère,
De nos défauts,
Lorsque la vanité devient la conseillère.
Il était une fois
Un lion, le meilleur des rois.

C'était au temps où l'espèce animale
A l'homme était égale ;
Où les bêtes parlaient,
Se gouvernaient.
Dans le rang de l'honneur, chacun avait sa place ;
La première au lion, et puis, de race en race,
On descendait jusqu'aux baudets.
Tout bon gouvernement classe ainsi ses sujets.
Que le lion soit présent ou s'absente,
Place d'honneur le représente.
Un baudet, certain jour, se dit : sans vanité,
Je vaux bien le lion ; ma place est la dernière ;
Pourquoi n'irai-je pas même avant la première
Que l'on donne à sa Majesté?
Je ne veux pas prendre sa place;
Occupons seulement, par-devant, cet espace
D'où j'éclipserai Monseigneur;
D'où de l'encens j'aurai première odeur;
D'eau bénite de cour aussi première goutte ;
Je m'y mets donc, coûte que coûte.
Il s'y mit en effet.
Mais sitôt que l'on vit le bout de ses oreilles,
De sinistres rumeurs, au bruit des flots pareilles,
Lui portèrent ces mots : haro sur le Baudet.
On allait l'écharper sans procès, sans sentence,
Quand la voix du Lion imposa le silence.
S'il nous fallait, dit-il, condamner tous les sots,
Que deviendraient les animaux ?
Au dernier rang, Baudet était encore utile ;
Sera-t-il au premier, moins laid, moins imbécile,
Lui, les siens, moins rogneux,
En se faisant ambitieux !
Sottise de Baudet n'est pas une nouvelle ;
Et lorsque devant moi celui-ci vient s'asseoir,

Pour attirer à lui quelques coups d'encensoir,
  En aura-t-il plus de cervelle ?
Laissez là le Baudet, il n'en est que plus sot.
  Voilà mon dernier mot.
De notre humanité n'est- ce point là l'image ?
  Ceci nous rendra-t-il plus sage ?

FABLE IV.

L'Aigle à deux têtes et les Rossignols.

Dans un bosquet charmant de la belle Italie,
Des Rossignols vivaient en parfaite harmonie,
Chantant leur beau pays, leur bonheur, leurs amours ;
Tout ce qui parle au cœur, le fait battre toujours !
Quand des rives du nord des Aigles à deux têtes [1]
Portent leurs lois, le deuil, dans ces douces retraites.
Nous venons, disent-ils, sur la foi des traités, [2]
Gouverner ce pays, vos biens, vos libertés.
Malheur au Rossignol, si sa voix mielleuse
Trouble nos chants guerriers, c'est sa tombe qu'il creuse.
Ça dit, sur les rochers, les aigles font leur nid ;
Ils posent en tous lieux, farouches sentinelles ;
Le moindre chant d'amour, le moindre bruit des ailes,
Des fers, ou de la mort, est à l'instant puni.
Sur les fleuves, les lacs, les mers, les forteresses,
Partout règnent l'effroi, les larmes, les tristesses :

[1] Armes de l'Autriche.
[2] Les traités de 1815.

Étendant en tous lieux leur domination,
Ils vont percer au cœur les oiseaux du Piémont.
Mais ceux-ci, belliqueux, font bonne contenance ;
Ils crient au secours à l'aigle de la France.
Un seul mot lui suffit, L'HONNEUR !.... et le voilà
Des Alpes et des mers, d'un seul vol, par de là,
    La foudre est moins terrible ;
L'Aigle français, valeureux, invincible,
Déchire au premier choc les injustes traités,
Et rend aux opprimés leurs chères libertés.
Laissons aux rossignols leurs bosquets, leur ramage,
Surtout leur liberté !....'désormais l'esclavage
    Doit disparaître et pour jamais.
Chacun chez soi, c'est le moyen de vivre en paix.
Puisse l'Aigle français quelque jour ne pas dire :
J'ai cru bien faire, et j'ai fait pire.

FABLE V.

Le Paysan et le Pigeon.

Un Paysan blesse un Pigeon ;
Quel mal t'ai-je donc fait, lui dit le volatile ?
    — Le mal que fait tout inutile.
Toi, les tiens, vous mangez le quart de ma moisson.
Le pouvoir nous l'a dit, il faut tous vous détruire ;
    L'intérêt nous le dit aussi.
    L'intérêt, c'est tout dire,
    Pour que vous n'ayez pas merci.
— Au nom de l'intérêt, à mon tour je l'arrête.

Écoute, après s'il faut mourir,
Quitter amour, Soleil, Zéphir.
Que volonté de Dieu soit faite.
Tu sèmes un blé pur ; mais es-tu seul semeur ?
La nature, elle, aussi, sème à toute volée,
Le bon, le mauvais grain, dans les champs, la vallée ;
Elle n'a pas besoin des bras du laboureur.
Bien plus que nous mauvaise herbe dévore
Les épis de tes champs, appauvrit ton terrain.
Si le bec du Pigeon n'attaquait que ton grain,
    La mort serait trop douce encore.
Mais tu le sais, cruel, il n'en est pas ainsi :
    Dieu nous créa pour sarcler ta semence ;
Nous mangeons le bon grain, mais le mauvais aussi,
Et certes ce dernier en plus grande abondance.
Nous sommes l'ouvrier qui ne te coûte rien :
    Un peu de grain, voilà notre salaire :
Tu ravis nos petits sous l'aile de leur mère,
C'es bien plus que mourir que nous prendre ce bien !
        Satisfais ta vengeance,
        Et ta cupidité.
    La mauvaise herbe, avant maturité
Détruira tes moissons, ta plus douce espérance...
Il mourut .. mais le temps vint lui rendre raison.
    Alors le Paysan se souvint du Pigeon.
Tout être, se dit-il, ici bas est utile,
A le bien employer il faut nous rendre habile.
L'abeille pique au sang; mais elle fait le miel ;
Nous rencontrons l'épine en cueillant une rose.
Le jour est ravissant, mais la nuit nous repose.
Il n'est rien sans souci, c'est un arrêt du ciel.
        Il faut o   confesse,
L'homme, toujours tro   , pratique la sagesse.

Fable VI.

La Muette.

Une bavarde, oh! la chose est commune;
Mais celle-ci l'était comme il n'en est pas une:
C'était un vrai moulin
De méchantes paroles,
Ne débitant jamais le fiel en paraboles,
Vrai fléau féminin.
Elle avait un mari, jugez de sa misère
Elle déversait là sa bile et sa colère:
Un déluge incessant, infernal,
Tombait sous *l'heureux* toit du lien conjugal.
Le ciel se fatigua... la dangereuse bête ·
Un beau matin se réveilla muette.
La nouvelle, bientôt, partout se répandit,
Et partout, Dieu le sait, si l'on s'en réjouit.
Nous allons respirer, disait une voisine;
Nous pourrons désormais porter la crinoline,
Nos pagodes pendantes, notre petit chapeau,
Nos corsets bien serrés, le lutin caraco,
Sans entendre à tous pas vibrer dans nos oreilles:
« Avez-vous jamais vu des pédantes pareilles? »
Bien d'autres mots encor plus vilains mille fois.
Un effroyable cri lui fit tourner la tête;
C'était la furibonde et méchante muette.
Hurlant comme un loup dans les bois.
A son muet caquet ne mettant plus de bornes,
Aux hommes qui passaient elle faisait les cornes.

Je n'irai pas plus loin;
Méchante langue est un venin
Qui flétrit tout ce qu'elle touche:
Otez-la de la bouche,
Elle médit encor
Et même par de là la mort:
Car celle-ci voulut qu'on mette
Sur son tombeau, (vœu qu'elle fit de son vivant:)
» Ci-gyt une muette,
« Vas au Diable, passant »
Bavardage conduit droit à la médisance,
A la méchanceté.
Pères et mères, tâchez d'en préserverl'enfance
Autant, pour ici bas, que pour l'éternité.

———◦⚬◦———

FABLE VII

Le roi et le Berger.

———

Un roi tout seul se promenait.
Cela n'arrive guère;
Probablement qu'il s'ennuyait;
C'est assez l'ordinaire.
C'était un Roi du bon vieux temps;
Il aimait les beaux yeux , il aimait boire et battre;
C'était un diable à quatre,
Ame et cœur excellents.

Avec un vieux Berger le voilà face à face ;
Celui-ci pour tout bien n'avait que son troupeau,
  Que sa houlette et son manteau ;
Des chiens bien efflanqués, mais d'excellente race.
Ami, lui dit le Roi, je te fais compliment,
  Si depuis ton enfance
Tu conduis ton troupeau toujours si sagement,
  Tu fais honneur à notre France.
Merci, mon beau Monsieur, mais si ma pauvreté
  Se changeait en richesse,
Vous verriez bien plus belle espèce ;
Que ne suis-je berger de quelque Majesté !
 — Bon Pasteur, qu'à cela ne tienne.
Tu vois là bas ce beau domaine,
Ces prés, ces bois, ces terres, ces vergers ;
Ils sont à toi, sois le Roi des Bergers.
A ces mots il quitte notre homme
Qui croit sortir d'un heureux somme ;
  D'un rêve plus heureux encor ;
  Il est heureux, il a de l'or ;
  Il a des biens sur cette terre,
   Bien autre chose à faire
   Que soigner son troupeau.
 Il jette bas son vieux manteau,
 Et sa besace, et sa houlette,
  Sa charmante musette.
  Ceci fit l'affaire des loups....
  Cher lecteur, tu devines :
Quand la couronne d'or remplace les épines,
 Les malheurs sont bien près de nous.
Pauvre Berger, si tu ne reprends ta houlette,
  Ta besace et ton vieux manteau,
  Tes bons chiens, ta chère musette,
Les Loups disperseront, mangeront ton troupeau.

Je termine
Par un sage conseil d'une source divine.
Pour sauver mes Brebis, Pasteurs, portez ma croix ;
Non celle en or, mais celle en bois:
Celle où mourut un Dieu! JÉSUS, le Roi des Rois.

FABLE VIII

Le Oui et le Non.

Le Oui, le Non feront bien leur chemin
Sans tambour ni trompette,
En un seul tour de main,
Si rien ne les arrête.
Il ne faut pour cela qu'un homme audacieux,
Qu'un fin ministre astucieux,
Qu'un Roi vaillant, ambitieux,
Le Drapeau rouge en tête.
Et puis aux armes! et feu partout...
Le oui, le non viennent ensuite;
On assemble le peuple et vite et vite,
Pendant qu'il est aux trois quarts fou.
De main en main le oui circule,
On l'attache au chapeau,
On en fait un drapeau;
Le non est bafoué, couvert de ridicule;
Et des millions de oui nomment un Roi nouveau.
Bien dangereux système,
Au nom duquel, des peuples en oubli
Pourraient bien conquérir leur ancien diadème,
S'ils venaient tous à dire oui.

Empereurs, Princes, Rois, gare à votre couronne !
Le Nom la prend, le Oui la donne.
N'oubliez pas que tôt ou tard,
Il faut rendre à César ce qui vient de César.
Dieu nous donna cette maxime;
Prendre au prochain, ce fut toujours un crime,
Soit qu'on le couvre ou non de fard.

— ⁓⁓⁓ —

FABLE IX.

Le vieux sonneur et son voisin.

Dis-moi, mon vieux sonneur, la cause,
Que pour la moindre chose
On sonne à briser le timpan,
A tuer un convalescent
Qui croit entendre, hélas! sonner sa dernière heure,
Quand les cloches d'un mort ébranlent sa demeure,
Le reveillent en sursaut dans son premier sommeil,
Et troublent son repos bien avant son réveil ?
— Voisin, de tout ce tintamarre,
En quelques mots voici l'histoire.
Les cloches, autrefois,
Sonnaient également, pour pauvres, riches et rois ;
Puis vint la vanité, son luxe, ses grimaces,
Qui firent inventer pour les cloches trois classes.
Une fois ce mode adopté,
De leur bruit agaçant on fut épouvanté.
L'amour de l'or rend égoïste,
Convenons-en, c'est triste.
Tout subit le tarif, sans pitié pour autrui,

10

Les joies, les vœux, les pleurs, jusqu'aux moindres prières,
Les larmes du trépas, déchirantes, amères,
        Tout se paye aujourd'hui.
Avant de mettre en branle, une, deux, ou trois cloches,
On a le plus grand soin de fouiller dans vos poches.
        Et par honneur, le pauvre honteux,
Au lieu d'en payer une, hélas! en paye deux.
        De tout cet infernal tapage,
Qui trouble ton repos et celui du village,
        Le mobile c'est l'or,
Et non la charité, ce céleste trésor.
Pour grossir les recettes et les bonnes aubaines,
Au trépas des puissants on sonne six semaines.
        Après cela, dors si tu peux,
        Tu seras bienheureux.
        L'excès fut de tout temps blamable;
        Si j'en parle dans cette fable,
        Peut-être me blâmera-t-on :
        J'en demande pardon
        A qui pourrait y voir offense.
        Honni soit qui mal y pense.

———◦☆◦———

FABLE X.

Le Conseil municipal d'un village de Picardie.

—◦◦◦—

        On dit qu'un corps municipal,
Se trouvant à l'étroit dans la maison commune,
        Décida qu'on en ferait une,
        Pour remplacer l'ancien local.

Pour la discussion on ouvre la séance ;
    Chacun parle à son tour,
    Bref, pour couper au court,
On veut un monument de certaine élégance.
  Le luxe était alors partout :
  La moindre église avait trois cloches ;
Le fin soulier vernis remplaçait les galoches
    Même au village !... on était fou.
Mais revenons à la maison d'école :
    Un orateur prend la parole.
  Avant, dit-il, d'aller plus loin,
    Je vous demande en grâce
De ne pas vous presser de nous changer de place
    Quand nous avons tout sous la main.
Sur la vieille maison élevez un étage,
Pour loger le conseil et votre instituteur ;
Vous aurez dans le bas, en faut-il davantage,
Cuisine, école, et cabinet du percepteur.
Cela peut être fait pour moitié de la somme
Que l'architecte assigne au nouveau bâtiment ;
Réfléchissez-y bien, vous êtes sans argent,
Des deniers communaux il faut être économe.
Emplois, chemins, église, ont déjà bien coûté :
    N'imitons pas dame Cigale
Qui dépensa son bien en chantant tout l'été ;
De la sage Fourmi pratiquons la morale.
Elle entassa son bien pour passer les hivers,
Ne jetons pas le nôtre à tort et à travers.
A ces mots le conseil, sous cape, se mit à rire ;
  Sous cape aussi, l'orateur semblait dire :
    Rira bien qui rira le dernier,
      Quand il faudra payer ;
    Quand il faudra dire au village :
    Il faut vendre du pâturage

Pour dix ou douze mille francs,
Pour mieux loger vos chers petits enfants.
Ne craignez-vous pas qu'on vous dise,
En franc Picard : vous faites une bêtise.
Ne touchez pas à votre bien ;
Rehaussez la maison, c'est le plus sûr moyen.
Pour atteindre le but, modérez votre course,
Consultez votre force et surtout votre bourse.

FABLE XI.

L'Ourson.

Un ours adorait son ourson :
Quelquefois un ours est bon père ;
Il fit venir au fond de sa tannière,
Un mouton.
Je t'ai choisi, dit-il, à la bête tremblante,
Pour élever mon cher petit,
Lui donner ton esprit,
Ta douceur et ton âme aimante :
Dès aujourd'hui sois son Mentor ;
Sois digne de ma confiance,
De ton cœur, à son cœur, donne la ressemblance,
Qu'il soit l'appui du faible, et la terreur du fort.
Ça dit, on se met en voyage.
Notre ourson devint ours, mais doux comme un mouton,
Sage comme une image,
Tant bonne avait été son éducation.

Heureux, on revenait de prairie en prairie :
Le mouton, dans les prés, reconnaît son troupeau,
Quand un loup, en furie,
Sort d'un bois, emporte un agneau.
Que fit notre ours? il dévora la mère ;
Il eût même étranglé le mouton son ami,
S'il ne s'était enfui.
Du méchant on ne peut changer le caractère.
L'enfer seul le pourra,
Quand éternellement le méchant brûlera.

FABLE XII.

La Discorde.

La discorde a pris pour devise :
Pour me grandir, régner, il faut que je divise ;
Que je sois maîtresse des mers
Pour agiter tout l'univers ;
Que dans tous mes états, en reine où je réside,
L'exilé soit admis, qu'il soit bon, ou perfide.
Tout me convient pour attiser le feu ;
Pour renverser les rois, les princes, même Dieu!...
Lorsque tout se déchire,
Je donne au plus fort mon drapeau,
Mon bras, mon or, mon infernal sourire,
Pour prendre ma part au gâteau.
Qui peut donc dans son sein réchauffer la vipère ?
Ce n'est pour personne un mystère.

Mais tant que la discorde aura des partisans;
   Qu'on la prendra pour base en politique,
Qu'on vive en monarchie, ou bien en république,
   Gare aux honnêtes gens.

FABLE XIII.

La Bourrache.

   Honni soit la bourrache,
Disait un jardinier, en sarclant son jardin ;
   Plus j'en arrache,
   Plus il en pousse sous ma main.
Ne t'en plains pas, dit la modeste plante,
   N'ai-je pas sauvé ton enfant,
   Lorsqu'en tisane bienfaisante
Je le faisais suer quand il était mourant ?
Du pauvre malheureux je réjouis la table,
Lorsqu'en infusion il me prend dans du lait,
   Et j'ajoute au bienfait
Un goût exquis, un parfum agréable.
   Tout cela ne lui coûte rien,
   Pas un soupir, pas une obole ;
Je suis pour lui le bienfait qui console,
Et pour moi le bonheur de faire un peu de bien.
   Tu le vois, la bourrache,
   Qui tout rouge te fâche,
   A bien son mérite ici-bas ;
Faire le bien souvent, c'est faire des ingrats.

Elle avait bien raison de parler de la sorte,
    Et pour finir elle ajoutait :
    La récompense est dans le bien qu'on fait.
Faisons-le, dûssions-nous être mis à la porte.

FABLE XIV.

La Puce et la Liberté.

    On dit que la liberté
    Est une belle femme,
Qui nous séduit, mais perd notre âme
Lorsque nous la poussons à toute extrémité.
Une puce imprudente en fit l'expérience.
    Qui ne connaît de l'insecte piquant,
        Insatiable et dévorant,
        L'effronterie et la licence.
Pour tourmenter, la puce semble faite exprès ;
        Partout elle se glisse,
    Moins par besoin, que par malice ;
Bref, pour faire le mal, toujours prête, aux aguets.
Mais, se dit-elle un jour, la liberté si belle,
        L'âge d'or ici-bas,
    Me tente aussi, courons vers elle.
    Quand on est puce, on ne réfléchit pas.
        Aussi légère qu'imprudente,
    Elle exécute à l'instant son dessein.
        D'un bond la voilà sur le sein
De dame liberté qui n'est pas endurante.

On cède trop souvent à la tentation ;
La puce se croyait sur la terre promise,
    Piquait au sang ; mais, bientôt prise,
La liberté lui fit ce court sermon.
    A qui fait le bien, je me donne :
    Mais j'écrase qui fait le mal,
    Porterait-il une couronne.
Va dans l'enfer, méchant et nuisible animal.
    Et l'ongle en fit justice.
Que l'homme, quelqu'il soit, souvent y réfléchisse.

FABLE XV.

L'Enfant gâté.

    Un petit paysan,
      Malin, gourmand,
    Comme on l'est au jeune âge,
Tu t'en souviens, lecteur, je gage ;
Quand nous étions petits marmots,
C'était le moindre de nos défauts.
Celui-ci donc, un beau jour, par sa mère,
    Fut envoyé dans un jardin,
    Avec cette prière :
Tiens, mon ami, voilà deux sous, un liard ;
Le liard pour toi, va quérir des grosseilles ;
    Prends garde à tes oreilles
    Si tu reviens trop tard.
Ce n'est pas tout, pour te prouver que je t'adore,
    Je te permets encore
De prendre un fruit de temps en temps ;
Embrasse-moi, pars, je t'attends.

Valait-il pas mieux dire ?
Prends garde, petit polisson,
Si tu succombes à la tentation,
La verge est là, peut-être pire.
Qui ne prévoit la fin ?
Voilà sur son retour notre petit lutin,
Groseilles en son panier, tentant sa gourmandise.
Prendre le court chemin, dit-il, serait sottise.
Puisque maman m'a dit de manger de ce fruit,
Je ne veux qu'y goûter, cela seul me suffit.
Combien de fois n'as-tu pas dit la même chose,
Homme, avec ta raison ?
Piqué jusques au sang en cueillant une rose,
Le lendemain, tu cèdes à la tentation !.....
En arrivant près de sa mère,
Notre petit gourmand sournoisement pleurait :
Il avait tout mangé !..... bien loin d'être sévère,
Le croirait-on ? sa mère, hélas ! le consolait.
Faible mère, à vous je m'adresse ;
Dans leurs mauvais défauts corrigez vos enfants ;
Sachez que les mauvais penchants
Deviennent vices, encouragés par la faiblesse.
Avec justice il faut savoir punir,
Pour éviter plus tard larmes et repentir :
Ne soyez pas trop bonne,
C'est un sage conseil qu'en ami je vous donne.

Fable XVI.

L'Allégorie.

J'ai vu (mon père) un lion en sculpture,
    Lui, le plus fort des animaux,
    Porter humblement sur son dos,
Un tout petit enfant d'une aimable figure.
L'Enfant, en marbre aussi, au ciel levait les yeux :
D'une lyre il tirait des sons harmonieux !.....
Le Lion écoutait cette douce harmonie ;
      Son oreille, ravie,
Donnait à tout son être un si doux sentiment,
Qu'on l'aurait caressé, je crois même vivant.
     Ce sujet me parait incroyable.
— Cependant, mon cher fils, ce n'est point une fable.
    Loin de là, c'est la vérité.
Le Lion c'est la force, et l'enfant le génie
    Devant lequel la force plie.
Par cet Enfant du ciel le Lion est dompté.
   Dans les malheurs, cette lyre console :
Quand Dieu l'a fit vibrer, sa divine parole
     Conquit tout l'univers ;
Des peuples opprimés elle brisa les fers !
Le génie, oh ! mon fils, c'est le ciel qui le donne ;
C'est la plus honorable et plus belle couronne
Qu'il place sur le front de l'Enfant au berceau,
Quoiqu'il ne soit encor qu'un fragile rameau,
Cet Enfant doit plus tard combattre l'injustice ;
Glorifier son Dieu, sa patrie et l'honneur ;
Ne jamais s'abaisser au rôle de flatteur,
    Stigmatiser le vice.

Puissent les rois ressembler au lion,
Honorer le génie,
L'élever, le placer sous leur protection !
C'est le sujet de cette allégorie.
Puisse-tu ressembler à ce petit enfant
Lorsque tu seras grand.

FABLE XVII.

Le bon vieux Temps.

Qu'est-ce donc que le bon vieux temps ?
Demandait un jeune homme à son vieux grand-père,
Vous devez le savoir, à quatre-vingt-dix ans !
Je vais, mon fils, te satisfaire.
Commençons par le définir,
C'est ce bon temps, qui laisse en souvenir,
Ce qui fut bon, loyal, aimable :
Où l'honneur, en tous points, n'était pas une fable;
Où l'on aimait, comme soi, son prochain ;
Où la jeunesse ignorait le chemin
Qui mène au cabaret, la perdition des âmes ;
Où la vertu régnait au cœur des femmes,
Et non pas cet oubli de la chaste pudeur,
Qui blesse la décence et compromet l'honneur;
Où, quand la fille, alors si rarement séduite,
Mourait, la rougeur sur le front,
Quand, du doigt, le démon
Montrait, en ricanant, sa coupable conduite ;
Où l'on ne disait point, en offrant ses garçons :

De combien dotez-vous la fille en mariage ?

    — Cent mille francs — c'est un enfantillage ;
Ce n'est point pour payer ses robes, ses jupons ;
   — Mais elle a du savoir, cela passe richesse ;
     Elle est jeune, elle a des vertus,
     Elle a même de la noblesse.
— Tout cela, niaiserie, il nous faut des écus.....
Tu rencontres souvent une noble comtesse,
    Si gracieuse à soixante et quinze ans,
Pleine d'aménité, d'exquise politesse,
Qui te rend ton salut ; voilà le bon vieux temps.
N'as-tu pas remarqué ce jeune homme à l'église ?
Comme il est distingué parmi les jeunes gens !
C'est un fils d'ouvrier, on le voit à sa mise ;
    C'est encor là du bon vieux temps.
    Le bon vieux temps n'eut jamais de vieillesse,
     Il est toujours dans sa jeunesse ;
De celui d'aujourd'hui, l'on dira dans cent ans :
     C'était le bon vieux temps.
     Honorer Dieu toute sa vie,
Être bon, généreux, fuir les mauvais penchants,
     Bien servir sa patrie,
    Voilà, mon fils, le bon vieux temps.
Puissions-nous mériter en dix-huit cent soixante
     Et même encor l'année suivante,
     Qu'on dise de nous dans mille ans :
     C'était alors le bon vieux temps.

FABLE XVIII.

Les Cloches du village.

Dans un village,
Les habitants avaient tant de dévotion
Que, pour honorer Dieu, disaient-ils, davantage,
L'air devait retentir d'un triple carillon.
Mais voilà qu'un beau jour un paysan s'avise,
Eu dépit de la loi,
De suspendre une cloche au pignon de son toit,
Carillonnant avec les cloches de l'église.
L'ambition est dans le cœur humain.
De proche en proche
Chacun voulut avoir sa cloche.
On se serait plutôt privé d'air et de pain.
Dans le moindre service ou dans la moindre fête,
C'était un bacchanal à vous rompre la tête.
Ils sonnèrent si fort matin, soir, tous les jours,
Que tous devinrent sourds.
Le ciel, dans sa colère,
Leur infligea ce châtiment,
Et quand ils moururent, saint Pierre
Leur refusa tout net l'entrée du firmament.
On a beau faire, on a beau dire,
La rage de sonner s'accroît de pire en pire.
Cependant, on le sait, la modération
Doit exister partout, même en religion.

Fable XIX.

L'Ingratitude.

Un coq aimait ses poules, uniquement pour elles :
Trouvait-il le plus petit grain,
Il appelait, grattait, battait des ailes ;
Il s'en privait, quoique souvent il eût bien faim.
Mais un jour de malheur (le malheur n'est pas rare),
Sur les pattes du coq la goutte se déclare :
Le voilà sur le flanc ; les poules d'accourir,
Et, sans pitié pour le martyr,
A coups de bec arrachent plume à plume.
De tout ce qu'il souffrit on ferait un volume :
L'acharnement fut tel qu'il y trouva la mort.
Qui fait le bien a trop souvent le même sort ;
N'importe, il faut le faire.
Quand viendra notre heure dernière,
Lorsque l'éternité devant nous s'ouvrira,
Le ciel nous jugera.
Ingrats, ayez la certitude
Que le ciel punira l'ignoble ingratitude.

Fable XX.

L'Or et le Fer.

Entre l'or et le fer un jour grande dispute,
Terrible allait être la lutte.
On sait que des mauvais propos
Viennent nos maux.

Il advint que par là passait dame Justice;
On l'appelle, elle vient :
La justice est un bien ;
Du bon droit, de l'honneur elle est la protectrice.
— Jugez-nous, lui dit l'or.
Vous le savez, je donne la richesse,
Avec elle l'esprit, la grâce et la noblesse,
Mon favori fût-il un gros butor.
Tout ici-bas me rend hommage,
A la ville, à la cour et jusques au village.
On ne veut plus que moi ;
Me posséder, c'est la suprême loi.
Ce vil métal, ce fer, veut qu'à lui je me donne ;
Mais puis-je ainsi m'humilier,
Pescendre au dernier rang quand je brille au premier,
Au front impérial qui me porte en couronne ?
— Dermettez, dit le fer, que je parle à mon tour :
Puisque l'or a tout le mérite,
Des grands et des petits tout l'amour,
Ma part, assurément, doit être bien petite.
Cependant, est-ce l'or qui trace les sillons,
Qui répond à l'aimant qui vers le nord m'attire,
Qui conduit au port le navire
A travers les écueils, les nuits, les aquilons ?
Est-ce l'or qui construit ces lignes parallèles
Sur le sol nivelé, ces beaux chemins de fer,
Ces trains que la vapeur emporte à tire d'ailes
Au signal du sifflet, avec un bruit d'enfer?
Est-ce l'or qui conduit l'étincelle électrique
Du cable sous-marin qui passe sous les flots,
Qui porte la parole aux rives d'Amérique
Aussi fidèlement que la voix des échos ?
Mais est-ce l'or, enfin, qui défend la patrie,
Couvre d'armures nos soldats !...

L'or, dans la volupté, passe toute sa vie ;
Pour la gloire et l'honneur le fer court aux combats !
La justice, dans sa sagesse,
Leur donna ce conseil que l'on enfreint sans cesse :
« La paix soit avec vous !... »
Devant la parole divine,
Que l'on soit or ou fer, il faut que l'on s'incline,
Ou les malheurs sont près de nous.
Allez, vivez en frères ;
Nous avons ici-bas bien assez de misères,
Trop peu de charité
Et beaucoup trop de vanité.

Fable XXI.

Le Chat et le Renard.

Que fais-tu donc ici, mon très-cher camarade,
A l'affut dans nos bois ?
Je croyais que les chats ne quittaient pas leurs toits.
— Maître renard, je suis en embuscade ;
Je chasse de leurs nids ces brigands, ces oiseaux,
Qui sont cause de tous nos maux.
Entendez-vous leur insolent ramage ?
Exterminons-les tous : mort à ce brigandage,
A ces démons vomis par les enfers,
Qui se jettent sur nous et fuient dans les airs !
— Ami, dit le renard, tu parles à merveille ;
Mais écoute, en secret, avance ton oreille :
Convenons-en tous deux,
Nous sommes, tu le sais, cent fois plus brigands qu'eux.

Tu connais, comme moi, notre honorable clique ;
Dévorons-les sans bruit ; voilà ma politique.
Maître renard avait raison,
La preuve en est acquise :
Les brigands ne sont pas, quoique Raton en dise,
Ceux auxquels on donne parfois ce nom.
Quand au méchant fortune vient en aide,
Le brigand est toujours celui qu'on dépossède.
Voilà le genre humain
D'hier, d'aujourd'hui, de demain.

FABLE XXII.

La Chaufferette.

J'ai froid, viens sous blanc jupon !
Ma douce chaufferette,
De la grand'mère à la jeune fillette
Tu sais si nous t'aimons.
Viens, ma discrète amie,
Viens me rendre la vie
Par ta douce chaleur,
Qui passe par les sens pour arriver au cœur.
Ainsi parlait une opulente et grande dame
A ce bijou qui porte à l'âme
Un bien-être, un bonheur qu'on ne peut définir,
Un frisson de plaisir !
Mais trop souvent la faveur n'est qu'un rêve,
Qui commence riant, qui dans les pleurs s'achève...
Le printemps revenait, l'air tiède et les beaux jours,
Des fleurs et des oiseaux, les parfums, les amours.

14

Qu'arriva-t-il ? la chaufferette,
Du galetas prit le chemin,
Et du pied d'un laquais fut mise dans un coin.
Je me croyais aimée, dit tout bas la pauvrette,
Je n'étais qu'un vil instrument.
Ce récit nous l'apprend.
La porte au serviteur, quand il n'est plus utile;
On l'a dit et redit, non pas cent fois; cent mille.
Chaufferette, console-toi,
Tu subis la commune loi.

FABLE XXIII.

Les planteurs de pommes de terre.

Par un beau jour d'avril, au milieu du printemps,
Pierre et sa femme allaient aux champs,
Pour une grande affaire,
Planter pommes de terre.
— Consultons-nous,
Planterons-nous à la rigole, ou bien aux trous ?
Disait la femme à son bon homme.
— C'est comme tu voudras; mais prudence prescrit
D'arracher mauvaise herbe, ou sinon c'est tout comme
On jetterait au vent ses peines et son fruit.
Il n'en fallut pas davantage
Pour troubler le ménage.
L'homme voulait sarcler, femme ne voulait pas :
Après bien des débats,
Sous mauvaise herbe on plaça la semence,
Aux bons soins de la Providence.

Le ciel ne saurait exaucer,
Dit le bon homme en secouant la tête,
Qui s'obstine à mal travailler,
Et pour gagner du temps à mal faire s'entête.
Des méchants mauvaise herbe est le vivant tableau ;
On ne saurait jamais les combattre trop tôt ;
Malheur à nous quand ils prennent racines,
Ils ne laissent après eux que larmes, que ruines.
Maître Pierre avait bien raison ;
Car il ne récolta qu'ortie et que chardon.
Si Dieu me donne double ouvrage,
C'est pour me rendre actif, laborieux et sage.
Patience et travail nous conduisent au bien,
Le contraire ne produit rien.
Cela dit, le bon Pierre
Se met à rebêcher la terre.

Fable XXIV.

Les deux Chantres.

Deux chantres au lutrin (on croirait faire un rêve)
Se déclarèrent en grève ;
Chaque corps de métier venait d'en faire autant,
Pour obtenir, soit un peu plus d'argent,
Ou du travail à la journée
Un peu moins de durée.
Or, comment ne pas imiter
Un exemple si salutaire,
Ne pas solliciter
Du bon pasteur le double du salaire.

Pour l'obtenir, par la révolte on débuta,
Tout le village on émeuta.
C'était la veille d'un dimanche;
Le peuple jeta les hauts cris,
C'est la ressource des partis.
L'émeute, trop souvent, du mauvais côté penche,
Elle jetait la pierre au bon pasteur.
Mais, chantres imprudents, que voulez-vous qu'on dise
Si la grève, par vous, s'introduit dans l'église,
Vous qui chantez les hymnes du Seigneur?
L'affaire était critique;
On assemble soudain le conseil de fabrique
Pour aviser, conjurer s'il se peut,
Le scandale dans le saint lieu.
Les chantres du conseil faisaient, dit-on, partie:
Point de milieu, dit l'un, la bourse ou bien la vie!
C'st notre ultimatum, c'est notre volonté;
C'est un vote qu'il nous faut, à l'unanimité.
Saisi de peur, on vote, et, séance tenante,
Du double on les augmente.
Quel amour du prochain! ah! combien c'est touchant!
C'est l'histoire en petit de ce qu'on voit en grand.
En suivant cette route,
Conduira-t-elle au bien? j'en doute.
Eglises d'autres lieux évitez ce péril!
Ainsi soit-il.
Partout l'homme est le même;
L'intérêt personnel, voilà son bien suprême.
Bons pasteurs, croyez-moi,
Du saint lieu pour bannir les grèves,
Du chant sacré faites de bons élèves,
On ne vous fera plus la loi.
La sage Providence,
Nous conseille la prévoyance.

FABLE XXV.

Le Loup et le Berger.

Un vieux berger, *savant*, en gardant son troupeau,
  Lisait les fables de La Fontaine ;
Celle du méchant loup, de l'innocent agneau,
Le mettait en fureur ; mais aussi quelle scène !!
Morbleu, s'écriait-il, si j'avais été là,
    Je le jure sur ma houlette,
    Du ravisseur, du scélérat,
      J'aurais fendu la tête!
Or, comme il achevait cette imprécation,
Un loup, ce ravisseur, cruel, abominable,
Pendant que le berger cherchait une autre fable,
Sous ses yeux, sous sa barbe, enlevait un mouton.
    Occupons-nous de notre affaire;
    Avis aux gardeur de troupeaux.
Bergers, ne lisez pas, en gardant vos agneaux;
    Que chacun reste dans sa sphère :
Plutôt que sur un livre ayez l'œil sur les loups,
    Car ils sont plus malins que nous.

Fable XXVI.

La Première Union.

Chassé du ciel, notre bon premier père,
Triste, se promenait avec sa ménagère.
La terre leur appartenait ;
Que firent-ils de ce bienfait ?
Ils étaient près d'un lac ; une pensée funeste
D'Adam traverse le cerveau ;
Il veut jeter sa compagne dans l'eau :
Mais celle-ci, plus maligne et plus leste,
S'en aperçut et le saisit par les cheveux :
Ils se noyèrent tous les deux !...
De la peine éternelle,
Ils subirent la plus cruelle ;
Dans l'autre monde ils furent condamnés
A ne plus vivre séparés.
On dit, avec justice,
Que mauvaise union est le plus grand supplice ;
Que deux cœurs bien unis
Sont l'image, ici-bas, des joies du paradis.
Ne cherchons donc pas la richesse ;
Mais l'inclination, la vertu, la sagesse.
Si dans votre maison il venait un serpent,
Femmes, n'imitez pas la faible mère Adam.
A la tentation malheur à qui succombe !
Sous la griffe du diable il se débat et tombe.
Pensons donc à l'éternité :
Là, supplices sans fin, ou la félicité.

Fable XXVII.

Les deux Roses, artificielle et naturelle.

꙳

Près d'une rose artificielle,
Une fleur naturelle
Rose, dit-on,
Venait de naître dans un bouton.
Quel doux parfum! qu'elle est fraîche et jolie!
On saluait ainsi son retour à la vie ;
Et celle qui fut son portrait,
Qui dans l'hiver nous consolait
De sa trop longue absence,
N'obtenait plus que notre indifférence.
Mais elle n'était pas le soupir du printemps,
Ce ravissant bouton que le ciel fait éclore,
Qui s'ouvre aux rayons de l'aurore,
Embaume l'air de son suave encens.
Pensons, en cueillant une rose,
Que si nous pouvons l'imiter,
C'est le ciel, seul, qui peut donner
L'esprit, la vie, à toute chose.
Si ton bouton ne s'ouvre pas,
Charmante rose artificielle,
Du moins tu nous rappelle
La fleur qui tombe et meurt quand viennent les frimas.
N'es-tu pas l'amie qui console
Dans nos plus mauvais jours ;
N'es-tu pas la muette parole
Qui nous rappelle nos amours ?

A jeune fille qui soupire,
Ne cesse donc jamais de dire
Que grâces, jeunesse et beauté,
Ne durent qu'un matin, comme la volupté.
Que si la rose, armée de son épine,
Plus belle nous semble encor,
C'est que la chasteté, cette beauté divine,
Est le plus beau trésor.
Comme du fard tu fais souvent usage,
Que tu t'y connais, Dieu merci,
Ajoute encore ceci :
Qu'il faudrait pratiquer, pour se conserver sage,
La divine vertu, cette fille du ciel,
Que n'aime rien d'artificiel.

FABLE XXVIII.

Prophétie d'un vieux Soldat, en 1866.

Prêtons l'oreille au vieux troupier
De l'empire premier.
— « En dix-huit-cent-quatorze, invasion en France,
» Dont elle garde encor la triste souvenance ;
» *Où dix contre un*, avides alliés,
» Après nous avoir dépouillés,
» Non de l'honneur, ni des vertus guerrières,
» Osèrent s'emparer même de nos frontières !
» Mais aujourd'hui, d'autres événements
» Agitent de nouveau le monde ;
» De tous côtés le canon gronde,
» Et les peuples, conquis, deviennent conquérants.

» Si les guerres sont légitimes,
» C'est pour reconquérir la liberté, l'honneur ;
» L'Italie les doit au troisième Empereur
» Qui rend à son pays les Alpes maritimes.
» Il reste à rendre encor les limites du Rhin,
» Dont les co-partageants ont la clef dans la main :
» Mais comme on dit qu'en droit, tôt ou tard il faut rendre
  » Ce qu'à César on osa prendre,
» Espérons que bientôt la clef nous reviendra,
» Et que tranquille, en *paix*, la France dormira.
» Chacun dans sa maison doit être en jouissance ;
  » Ainsi le veut la Providence.
  » Malheur trois fois à l'étranger !
» S'il tentait, de nouveau, de nous en déloger. »
Plus d'un enseignement cette histoire nous donne ;
C'est qu'empereurs et rois, pour garder leur couronne,
Ne doivent convoiter jamais le bien d'autrui ;
La parole de Dieu l'ordonne et le prescrit !...
Notre bon vieux troupier, en dérouillant ses armes,
Pensait aux mauvais jours, nos combats, nos alarmes.
Quand donc, s'écriait-il, battra-t-on le rappel ?...
L'Amour de la patrie, en France, est immortel !!!

FABLE XXIX.

Les deux Fusils, en 1866.

Certaine aiguille prussienne,
Qui venait de piquer l'armée autrichienne,
  Voulait dicter ses lois,
  Aux empereurs, aux rois,

Audacieuse, insolente et sans crainte,
Elle poussait sa pointe,
Et traitait, en pays conquis,
Les peuples, hier encor, ses sincères amis.
D'où lui venait donc tant d'audace ?
C'est que placée à la culasse
Du fusil, et poussée à l'aide d'un ressort,
Elle pouvait, sans grand effort,
Par minute, donner cinq ou six fois la mort.
Mais un fusil français, avec sa baïonnette,
Dit à l'aiguille : arrête...
Si tu donnes la mort, nous la donnons aussi,
Sans fanfaronnade et sans bruit.
Prends garde au jour de la justice ;
Assez de sang versé, accepte l'armistice,
Ou sinon,
Gare à notre canon.
C'est un vieux soldat de l'ex-vieille garde
Qui t'en avertit, prends-y-garde.
Si pour donner la mort ton engin est subtil,
Notre baïonnette a le fil.

FABLE XXX

Perrette et la mode.

Perrette, jeune fille
Sage simple et gentille,
Comme on l'est à quinze ans,
Rencontre un jour la mode en s'en allant aux champs.
Chère enfant, lui dit la coquette,

C'est dimanche, je crois, du village la fête.
        Vois ce joli bonnet,
        Agaçant et coquet :
Il est à toi, mets-le : qu'il te coiffe avec grâce !
        Regarde-toi dans cette glace ;
        Souris, le miroir sourira.
J'ai peur d'y regarder, ma mère grondera.
Pourtant, la jeune fille, hélas ! sans défiance,
        Souriait au miroir.
On est sur le chemin de perdre l'innocence,
Quand de la mode on suit les conseils, le pouvoir.
        Chassez-la donc de vos chaumières,
        Si voulez, prudentes mères,
        De vos enfants conserver la vertu :
Tout dangereux penchant doit être combattu.
Quand on n'a pas moyen, rubans, fleurs, pince-taille,
Perrettes, pourraient bien vous mettre sur la paille.
On l'a dit bien souvent, répétons-le encor,
        Tout ce qui brille n'est pas or.
        La Paysanne
Ne doit pas se parer comme la courtisane :
Lorsque l'on gagne peu qu'on dépense beaucoup,
On livre l'innocence à la griffe du Loup.
Jeunes filles des champs, laissez à la richesse
        De la mode la volupté ;
        Modestie et simplicité
Sont les plus beaux atours de l'aimable jeunesse.

Fable XXXI

Les Fourmis et les Hannetons.

Qui ne connaît les fourmilières
De ces infatigables ouvrières
Que nous nommons fourmis,
Qui entraînent dans leurs réduits
Tout ce qui, dans l'hiver, est utile à la vie,
Modèles d'ordre et d'industrie ;
Admirable Gouvernement
Qui vit en paix ; mais redoutable
Quand on vient attaquer son peuple formidable,
Injustement.
Le ciel met sous nos yeux ces diverses images
Pour nous rendre plus sages.
Mais poursuivons ;
Des innombrables hannetons
Déclarent aux fourmis la guerre ;
Pénètrent dans leur souterrain.
Mais là, la fourmilière
Les enveloppe, les étreint,
Et, sous leur écrasante masse,
Les voraces hannetons sont écrasés sur place.
Si quelque jour on attaquait notre pays,
Imitons les fourmis :
Vous qui des hannetons pratiquez l'injustice,
Redoutez leur supplice.

FABLE XXXII.

Les Planchettes.

Au mois d'Août, quand le soleil nous brûle,
Temps que l'on nomme Canicule,
Les mouches en épais bataillons
Viennent envahir nos maisons :
Poussées par la nature,
Elles attaquent tout, même notre figure.
Un homme, impatienté
De tant de liberté,
Barbouille de mélasse
Deux planchettes qu'il place
De telle sorte qu'en les poussant
Brusquement,
La mouche alléchée, confiante,
Trouve entre les deux planches une mort foudroyante.
L'histoire avec horreur dira
Combien d'essaims l'homme écrasa !
Lorsque la mouche à miel moissonne,
Ecoutons ce qu'elle bourdonne.
— » L'esclavage, ou la mort,
» C'est le droit du plus fort.
» On allait vite en besogne
» Comme les mouches on traitait la Pologne
» En dix huit cent soixante trois,
» A la barbe des Rois.
» Tôt ou tard, les conquêtes
» Mènent les peuples aux planchettes:
» Aujourd'hui les vaincus, dans les fers, dans les pleurs;
» Demain, le tour des vainqueurs.

» Plût à Dieu que la paix qui sort de l'armistice
» Ne soit pas une paix factice »
' — Ça dépend, dit un vieux grognard (1)
Qui comprenait la mouche ;
Pour conserver la paix il ne faut pas qu'on touche
Au patrimoine des Césars,
Les conseils populaires.
Sont souvent nécessaires.
Les vieux soldats disaient au Krémelin
Sauvons-nous, l'hiver n'est pas loin.
A ces bourdonnements on fit la sourde oreille,
Quand des plus grands malheurs on était à la veille.
Souvent pour sauver les états,
Les bons conseils viennent d'en bas.

———➤✳◄———

FABLE XXXIII.

HOMMAGE A MADAME BERTHE CORNUAU.

La Fortune et la Charité.

Tôt ou tard la fortune a ses jours de détresse;
Fût-elle sur un trône, un souffle la renverse.
Peut-être que demain
Elle tendra la main.
Une femme à la mise modeste,
Au regard doux, céleste,
Sur le perron d'un palais somptueux,
Demandait à parler au maître bienheureux.
Faites entrer, dit-il au domestique,
Je reconnais sa figure angélique.

(1) Nom qu'on donnait aux vieux soldats de la garde Impériale de
l'Empire Ier,

Madame, asseyez-vous. Quand je vous secourais,
    J'étais dans l'opulence;
Mais aujourd'hui, ruiné, je suis dans l'indigence.
    — Monsieur, je le savais.
Depuis bientôt trente ans vous me faites l'aumône :
    Le ciel bénit la main qui donne;
Le capital *intact* vous appartient.
Des pauvres *l'intérêt* a séché bien des larmes;
D'un cœur compatissant, goûtez, monsieur, les charmes,
 Vous êtes infortuné, je vous rends votre bien.
Voilà ce million de votre bienfaisance ;
On ne place chez moi jamais à fonds perdus;
N'avez-vous pas été trente ans ma providence?
Le bienfait, tôt ou tard, je l'ai toujours rendu.
Vous me fîtes des dons dignes d'un millionnaire;
Les pauvres bien longtemps en auront profité :
Vous ignorez mon nom ; je n'en fais pas mystère,
    Je suis la charité.
Quand un fléau du ciel vient décimer les hommes,(1)
Je viens les secourir sous différentes formes ;
Je cours à l'hôpital sous le voile des sœurs ;
Si le fléau grandit, s'il devient un supplice,
    Sous les traits d'une Impératrice,
Au lit des moribonds, je viens sécher les pleurs.
Et, dans tout l'univers, lorsque l'épidémie
Epouvante les peuples au cri du choléra,
Je fais bénir les noms de Berthe (2) et d'Eugénie, (3)
Noms qu'un jour, dans le ciel, Dieu sanctifiera !...

(1) Le choléra d'Amiens, en 1866, a été terrible ; il a sévi deux mois.

(2) Berthe, dame de M. le Préfet Cornuau, a été admirable de dévouement ; par un décret, L'Empereur Napoléon III lui a donné une médaille d'or.

(3) L'Impératrice Eugénie est venue visiter les malades au jour où le fléau était le plus intense ; son courage héroïque a été admiré du monde entier: ce sera une des plus touchantes et des plus belles pages de son règne.

Emu, l'homme, aux genoux de la céleste femme,
Comme on tombe aux genoux de la divinité,
Entendit une voix qui vibrait dans son âme:
On ne gagne les cœurs que par la charité.
    Puissants, soyez donc charitables
Pour mériter, au ciel, des biens impérissables.

FABLE. XXXIV.

Le petit Savoyard.

Au beau pays de l'Italie,
    Où la terre est toujours fleurie,
    Où les hivers sont sans rigueur,
        Où tout sourit au cœur,
Un petit Savoyard, insensible à ces charmes,
        Pleurait à chaudes larmes.
        As-tu faim, pauvre enfant ?
        Lui dit une voix douce ;
    Sèche tes pleurs, voilà ma bourse :
Sois heureux sous le ciel , si beau, si bienfaisant.
    — Merci, bonne âme : oh ! mes chères montagnes,
        Je vais donc vous revoir !
Merci, vous me rendez ma chèvre, mon pain noir,
    L'air pur et froid de nos pauvres campagnes :
Ma chétive chaumière au pied de mon clocher;
La neige, en gros flocons, qui s'attache au rocher ;
L'avalanche, roulant au fond des précipices,
Où l'homme roule aussi quand il s'adonne aux vices
        Hypocrites et séducteurs,
D'autant plus dangereux qu'ils sont parés de fleurs.....

Voilà le crucifix que m'a donné ma mère,
Acceptez en retour ce pieux souvenir,
Je lui fais, en ce jour, la fervente prière
De vous bénir.
Et le pauvre petit, comme en un jour de fête,
Jouait, en s'éloignant, sur sa tendre musette,
Un air de son pays ;
De larmes de bonheur ses yeux étaient remplis.
Le ciel de la patrie
Aux nobles cœurs proscrits est plus cher que la vie.

FABLE XXXV.

Conseils à la jeunesse.

Deux jeunes grands seigneurs s'exerçaient dans un parc,
Au plus adroit à tirer l'arc.
La flèche de l'un d'eux, quelle que soit la distance,
Du but toujours tombait bien au-delà.
Un vieux chasseur, homme d'expérience,
Consulté, répondit cela :
Jeune homme, écoutez bien, tendez moins votre corde,
La flèche obéira, conduite avec douceur ;
Si des longs jours Dieu vous accorde,
Rappelez-vous qu'on n'obtient rien par la raideur.

15

Fable XXXVI.

Le Carillon à une plantation de croix.

~⚬~

      Jeunes filles, aux vois angéliques,
     Chantaient en chœur des saints cantiques ;
Elles accompagnaient une procession
Qui sortaient de l'église au son du carillon.
Les trois cloches vibraient : c'est le « Roi Dagobert,
     « Qui met sa culotte à l'envers. »
      Et soudain toute l'assistance
      Intérieurement chantait
      Les paroles que chacun sait,
  Avec lesquelles on berça notre enfance.
     Il ne faut pas prêter à rire,
       Lorsque le cœur soupire
       Les hymnes du Seigneur.
Le chant doit exprimer le respect, la douleur.
Airs, paroles de feu quand le canon résonne,
     Quand il faut vaincre ou mourir !
A table chansonnette invitant au plaisir
     Qu'un convive joyeux entonne ;
Mais au pied de l'autel, à la procession,
       Silence au carillon :
     La gaîté, voilà son affaire,
    Partout ailleurs il doit se taire.
Encore un bon conseil, et dans son intérêt ;
Il ne doit pas sonner des airs de cabaret
      Quand on est en prière.

Quand du Christ rédempteur on va planter la croix,
Le symbole immortel de notre divin culte,
Le glas funèbre, *seul*, doit élever la voix :
Le carillon est une insulte.

———∿∿∿———

FABLE XXXVII.

L'Abeille.

Une abeille, habile ouvrière,
Sur une fleur amère,
Aspirait sa liqueur de fiel
Qui, dans son sein, devenait miel.
Mettez un jeune enfant en bonne compagnie,
S'il a quelques défauts, vous changerez son cœur;
Bientôt du miel il aura la douceur
Et la conservera pendant toute sa vie.

————⟨⟩————

FABLE XXXVIII.

Les deux prières.

Deux prières, de compagnie,
Promptes comme l'éclair montaient au paradis ;
L'une du cœur était sortie,
De l'autre le tarif avait fixé le prix.
Qu'arriva-t-il ? on le devine :
La prière gratis fut comblée de faveur,
Comme tout ce qui vient du cœur.

L'autre s'en retourna, l'orgueil blessé, chagrine.
Enfin, pour clore ce récit,
Retenons bien ceci :
Le ciel n'exauce les prières
Que désintéressées, sincères.

————⌇⌇⌇————

FABLE XXXIX.

Le Jour de l'An.

Au premier jour de l'an,
Depuis le premier père Adam,
On dit, ou l'on écrit à son ami : je t'aime,
A commencer du diadème,
Jusqu'au plus pauvre paysan.
De cet usage ancien le progrès s'en écarte,
Par la poste l'ami vous fait passer sa carte,
Ses titres et son nom, sans y joindre un seul mot ;
S'en plaindre on passerait pour un pauvre homme, un sot;
Qui, quoiqu'on puisse dire, et quoiqu'on puisse faire,
S'obstine à demeurer accroupi dans l'ornière.
Sur un papier verni, doré sur tranche ou non,
Mettons, à l'avenir, Pierre, Jacques ou Simon.
Puisqu'il faut obéir à l'exigeante mode,
Obéissons, c'est moins cordial, mais plus commode.

————⌇⌇⌇————

FABLE XL.

Le Soleil et la Lune.

—※—

Vous êtes bien heureux, Soleil, mon frère,
D'être le bien-aimé des enfants de la terre
Qui, par un sot dicton, me mettent sur le dos
La pluie ou le beau temps, leur délices, leurs maux.
Aux prmiers jours du mariage,
Je suis Lune de miel ;
Hélas ! bientôt dans le ménage,
Je suis changée en fiel.
— Consolez-vous, ma sœur, ainsi sont faits les hommes ;
Suivez votre chemin, ne les écoutez pas :
Les astres et même Dieu, tous autant que nous sommes,
En leur faisant du bien, nous faisons des ingrats.
Du Soleil le sensé langage
Ne rendra pas l'homme plus sage.

—∿∿∿—

FABLE XLI.

L'Homme et l'Abricotier.

—※—

Par un tiède soleil du mois de février,
Trop hâtif pour l'aimable Flore,
Les boutons d'un abricotier
Venaient d'éclore.

Ah ! lui dit un passant, tu vas le payer cher :
 Que ne retenais-tu ta sève ?
Tu fleuris, mais des fruits ; ton espoir n'est qu'un rêve,
 Nous sommes encor en hiver.
— Tu ferais beaucoup mieux, bonhomme, de te taire,
 Et suivre ton chemin.
Je n'ai pas comme toi la raison qui m'éclaire,
 Je suis forcé d'obéir au destin.
Dis-moi, cette raison te rend-elle plus sage
 Lorsque, dans ton printemps,
 Les passions s'emparent de tes sens
Pour y porter leur fureur, leur ravage ?
 Toi, tu peux triompher,
 Dieu t'en donne la force :
Mais quand la sève monte entre l'arbre et l'écorce,
 Puis-je m'y opposer ?
Ecoute un bon conseil, la recette est certaine ;
Si tu veux de mes fruits en automne jouir,
 Mes fleurs il faut couvrir ;
 On n'obtient rien sans peine :
 Ainsi le veut le ciel.
Par le travail l'abeille obtient le miel.
Combats donc la gelée avec persévérance ;
 Mes fruits seront ta récompense.
L'homme haussa les épaules et suivit son chemin.
Par la gelée les fleurs périrent un matin.
 Aux bons conseils on fait la sourde oreille :
 Mais on l'ouvre à qui mal conseille.
 Voilà le genre humain.

Fable XLII.

Le pouvoir et la liberté.

~*~

Le pouvoir, autrefois, était illimité;
Le peuple en était en souffrance :
Pour faire contrepoids Dieu mit dans la balance,
La liberté,
Déesse un peu sauvage,
Qui n'est pas toujours sage;
Qui, petit à petit, s'empara du pouvoir :
Maîtresse *illimitée*, enfanta l'anarchie,
Tua la monarchie.
Sous son rouge drapeau la terreur vint s'asseoir
Mais bientôt le pouvoir au trône prit sa place;
La liberté fit la grimace,
Aimant moins l'empereur, qu'un roi;
Encor moins la sévère loi
Surveillant la licence;
Et de la liberté le trop d'indépendance.
Elle doit donc, comme tout citoyen,
N'agir et ne parler que pour faire le bien
Seconder le pouvoir, pour servir la patrie;
Faire autrement c'est félonie
Que la loi doit punir avec sévérité :
Retenez bien cela, très chère liberté.

FABLE XLIII.

L'Harmonie.

L'harmonie divine entrait dans une église
Pour inspirer des chants pieux ;
Mais grande fut sa surprise
D'entendre, au lieu de chants, crier à qui mieux mieux.
C'était un jour de patron de village ;
Enfants de chœurs, chantres, serpents,
Et tous les assistans,
Pour louer Dieu, chantaient comme des gens en rage ;
On eût dit des damnés plus des trois quarts rôtis,
Jetant, dans les enfers, de lamentables cris.
Est-ce ainsi, dit l'harmonie,
Qu'on adresse au Seigneur
La prière du cœur
Pour qu'elle soit bénie ?
Elle avait bien raison ;
Au cabaret la bruyante chanson :
Mais lorsque du Seigneur on chante les louanges
Que dans le ciel chantent les anges,
Le chant doit être harmonieux
Quand du pied de l'autel il monte vers les cieux.
Les cris pour les soldats dans l'horreur de la guerre ;
Mélodie dans la prière.
Pour louer Dieu, pourquoi s'égosiller ?
Ce n'est ni décent, ni prier.

FABLE XLIV.

Le crime de la poule.

Une acariâtre ménagère,
A ses poules, chaque matin,
Mettait le doigt dans le derrière,
Pour s'assurer si l'œuf était tout près ou loin.
Ah ! Ah ! dit-elle à l'une, il est là, je le touche ;
Je te déclare par ma bouche
Que si tu ponds ailleurs que dans notre maison,
Gare au bâton.
La poule, on le devine,
Ne comprit rien à ce discours touchant ;
Et tout gloussant,
Grattant la terre et becquetant,
Alla tout droit pondre chez la voisine.
Cependant il fallut revenir au logis :
Elle y revint sans défiance,
Avec son innocence,
Exprimant son bonheur par ses chants, par ses cris.
Hélas ! ce doux transport fut de courte durée ;
Sa bruyante chanson venait de la trahir,
Elle expia, Dieu sait, le maternel désir
De soustraire aux regards l'espoir de sa nichée.
Sa méchante maîtresse en fureur la saisit
Et la frappa de telle sorte,
Qu'à ses pieds elle tomba morte.
Bien innocente, Dieu merci !....
Pas un regret, pas une larme,
De repentir pas un seul mot :

La poule fut plumée et mise dans le pot.
Pour un œuf quel horrible drame !
Mais aussi quels enseignements
Pour connaître les cœurs injustes et méchants.
Quand je mange un œuf frais je pense à cette poule,
De mes yeux une larme coule.
Finissons ce discours
Par un exemple de nos jours :
Que de gens on voudrait plumer de cette sorte,
Pour les déposséder et les mettre à la porte.

Fable XLV.

Le Loup et l'Agneau.

Un Agneau dans un bois s'égarait :
Un Loup le rencontrait.
Trop souvent l'innocence,
Ne connaît point la méfiance,
Encore moins la méchanceté,
Et des Loups la perversité.
Cher petit, dit le Loup, sois sans crainte,
Je ne suis pas ton ennemi ;
Je veux devenir ton ami ;
Ton âme est si pure et si sainte !
Grand Dieu, moi la flétrir?
Plutôt mourir.
Et puis il ajouta, de sa voix pateline :
Je veux te présenter à mes frères les Loups,
Tu vivras avec nous.

L'agneau, sans réfléchir, à ses côtés chemine.
Au repaire des Loups il arrive tremblant.
Hélas ! le premier pas est le seul pas qui coûte.
Notre agneau, corrompu, sans remords bientôt broute
    L'herbe tâchée de sang ;
    Son cœur n'était plus innocent !
    Mieux eût valu que le Loup le dévore ;
Il lui fait plus de mal, car il le déshonore.
    Mauvaise fréquentation
Perdrait un saint, et nous à plus forte raison.
Sur la jeunesse il faut que nuit et jour on veille ;
    L'expérience le conseille.

Fable XLVI.

Le Grand Livre.

    Au temps où naquit le grand-livre,
Cent francs de capital rapportaient net cinq francs ;
    C'était le bon vieux temps
Où le petit rentier, sans souffrir, pouvait vivre.
    Voilà qu'un temps de liberté, (1)
    Suivi de scènes horribles et sanglantes,
    Réduit au tiers le capital des rentes
Et le petit rentier à la mendicité.
    Mais, après cet orage, (2)
    L'horizon se dégage ;
Le grand-livre remet la rente à cinq du cent.
A qui vient de nouveau lui donner son argent,

(1) Révolution de 1789, 93.
(2) Napoléon Ier.

Souris prise à la souricière,
Quand elle échappe à ce cruel engin,
Revient le lendemain;
Chez les hommes aussi, c'est toujours l'ordinaire.
Le grand-livre revoit revenir les millions;
Trompeuses illusions!
A quelque temps de là, voilà qu'une culbute (3)
Menace de nouveau le trésor d'une chute :
Le cinq est remplacé par le quatre et demi (4)
Et le trois est créé pour lui servir d'appui.
Pauvre rentier, le grand-livre t'abuse;
Car le quatre et demi n'est autre qu'une ruse
Pour te faire descendre un peu plus tard au trois,
Qui prendra place dans nos lois. (5)
Ceci ne se fit pas attendre.
Il est si doux d'emprunter et peu rendre !
Le grand-livre prétend
Que plus le revenu descend,
Plus le prêteur a d'avantage.
C'est dire au pauvre oiseau qu'il est plus libre en cage.
Les beaux discours conduisent aux zéros :
On prend les hommes avec des mots.

FABLE XLVII.

Les Taupiers.

La taupe, à ce que dit l'histoire,
Pour arriver au mal est capable de tout;

(3) Abdication de Napoléon Ier.
(4) La Restauration en 1815.
(5) Conversion de la rente 4 1/2 en 3. (Loi de 1862.)

Plus dévorante que le loup,
Elle a, comme sa peau, l'âme méchante et noire.
Mais est-ce bien la vérité ?
L'opinion récente
La proclame innocente,
Et que Dieu la créa pour notre utilité.
D'où vient donc qu'on lui fait la guerre,
Que des hommes munis de piéges à ressort
Vont partout lui donner la mort
Pour en débarrasser la terre ?
Il faut pourtant en convenir,
Elle prête à la médisance ;
Ses chemins, sous le sol, semblent faits à plaisir
Pour détruire des champs la plus douce espérance :
Que de motifs pour la tuer !
Cependant ces chemins décèlent le génie ;
Mais que n'attaque pas l'ignoble calomnie
Que répand, en tous lieux, l'engeance du taupier,
Qui, carnassière au dos, ses piéges, sa houlette,
Chez les cultivateurs s'engage pour un an,
Ou bien, pour mieux tromper, fait son prix à la tête :
Quand il en prend cinquante, il leur en compte un cent.
C'est le métier de la paresse.
Le taupier dort douze heures ; ce n'est pas encor tout,
Fait ses quatre repas, vit sans soucis, s'engraisse
Sans dépenser un sou.
Il sait bien que la taupe, industrielle, utile,
N'attaque que les vers rongeurs,
Que, quoiqu'aveugle, elle est habile
A purger nos terrains d'insectes destructeurs.
Mais, fort du préjugé d'une erreur populaire,
Il cherche à propager, envenimer le mal
Qu'on dit à tort que fait cet utile animal
Dont il est le bourreau, dont il tire un salaire.

Des taupiers de tous rangs, oh! nous n'en manquons pas;
On en rencontre à chaque pas,
Qui, pour toute science,
Tendent des pièges à l'innocence!...
Mais revenons au bienheureux taupier
Qui, sur la plume ou sur la paille,
Se couche le premier, se lève le dernier,
Bref, qui ne connaît pas le revers de.médaille.
Apprenez donc le grec et le latin
Quand vous avez les taupes sous la main,
Pour arriver à l'envie commune :
Les délices de la fortune.

FABLE XLVIII.

Le lion et le chien.

Un rigoureux Lion, malgré sa résistance,
Fut pris et garrotté, mis en cage de fer,
Lui, le roi du désert !
Ce titre n'exclut pas les chagrins, la souffrance.
Privé d'air, de soleil et de la liberté,
Chaque jour le voyait descendre dans la tombe,
Semblable à la feuille qui tombe
Quand l'arbre est agité.
Il refusait sa nourriture.
En vain lui jetait-on un animal vivant,
Il le déchirait à l'instant,
Et s'en refusait la pâture.
Le désespoir au cœur, triste, il allait mourir,
Quand un chien fut jeté sous sa terrible patte.

Le Lion le regarde et semble moins souffrir :
Rassure-toi, dit-il. Il le lèche, il le flatte.
Désormais ces deux cœurs ne feront qu'un seul cœur,
Les chiens sont confiants, comme l'est l'innocence ;
  Celui-ci donc, sans défiance,
  S'attache aux larmes du malheur.
Il jappe doucement, sur ses pattes se dresse ;
Pour rendre à son ami caresse pour caresse
Pour parler à son cœur du geste de la voix ;
Pour porter la moitié de sa pesante croix !..
Oh ! combien l'Amitié dans l'exil nous console !
  Lorsque sa divine parole
Nous montre ce beau ciel, terme de tous nos maux,
Et, pour le mériter, nous adresse ces mots :
  « Dieu, dans sa justice divine,
  » Sur tous les fronts a fait sentir l'épine,
  » De tous les yeux a fait couler les pleurs,
  » Pour nous rendre meilleurs. »
Qu'un ami dans les fers est une chose rare !
  Ouvrez le livre de l'histoire :
Les Lions malheureux se trouvent à chaque pas,
Des chiens comme le nôtre on n'en rencontre pas ;

Fable XLIX.

La lanterne.

Un jeune Lionceau s'emparait du pouvoir :
Je veux, dit-il, changer les armes de mon père ;
Qu'un vote général se prononce et m'éclaire,
  Tel est mon bon vouloir.

Chacun, bien entendu, voulut sa ressemblance ;
On vit, dans la balance,
Un tigre, un léopard, même un petit agneau :
Un Renard, le rusé politique
Qui vit à nos dépens, se rit de la critique,
En toute affaire agit derrière le rideau.
Le Singe, en grimaçant, conseille à son Altesse
De le choisir, représentant l'adresse.
Enfin le chien vint à son tour ;
Moi je propose une lanterne,
Pour que le Roi Lion sagement nous gouverne.
Il faut qu'il voie clair la nuit comme le jour.
Que ce signe de surveillance
Nous donne la sécurité,
Un protecteur à l'innocence
Contre la dent du Loup et sa férocité.
Le Lion, de son chien fidèle,
Décréta la lanterne ; il fallut obéir ;
Mais chaque fois qu'il fallait s'en servir,
Renard, adroitement, éteignait la chandelle.
Et tout alla comme devant,
La besace au petit, et les faveurs au grand.

———~~✕~~———

FABLE L.

Une Election.

Dans une basse-cour, vivaient en république
Différents animaux,
Se querellant à tous propos.
Prenons, dit un canard, la forme monarchique,
Nous serons plus d'accord.

Pour bien nous gouverner choisissons un bon Maire ;
   Le doux mouton fera bien notre affaire :
Qui dira non nous l'étranglerons tout d'abord.
On vote, et pas un non ne se trouve dans l'urne.
         Qu'arriva-t-il ?
   C'est que chacun cria : vivat ! ainsi-soit-il !
Chez les hommes, on le sait, la chose est très commune.
      Voilà donc le mouton au pouvoir ;
            Mais, dès le même soir,
   Sur son dos on mangeait sa laine ;
   Pas un ami ne prit part à sa peine.
      Console-toi, pauvre Mouton,
      Tu subis le sort du Lion.

Fable LI.

L'homme et la Fable.

   La fable à l'homme un jour parlait,
   Voici ce qu'elle lui disait :
   Il est un petit coin de terre
   Qui se gouverne sans notaire,
   Où l'on ne voit, dans les champs,
   Ni bornes, ni garde-champêtre ;
   Point de riches, de mendiants ;
Où, comme frère, on vit dans un constant bien-être ;
         En toute liberté,
      Sans sénateur, sans député ;
      Sans soldats sous les armes,
   Sans tribunaux et sans gendarmes.
Je voudrais bien, dit l'homme, habiter ce pays :

16

Mais ne serait-ce pas notre terre promise?
Ecoutez, dit la fable, il faut que je vous dise
  Que vous n'y seriez pas admis.
On redoute là-bas notre attirail de guerre,
De nos maisons de jeux les scandaleux tripots ;
Notre or, nos cabarets, sources de tant de maux,
Tous vices inconnus dans cette heureuse terre
   Qui n'a pour toute loi
   Qu'aimer son prochain comme soi.
La charité, l'honneur, voilà son seul mobile,
Et pour religion, l'immortel Evangile.
  Cela dit, la fable se tut.
  En se permettant la critique,
Elle a voulu prouver, qu'en bonne politique,
Aux hommes il faut donner l'amour de la vertu :
Avec elle, bientôt, tout deviendrait semblable,
  Au petit pays de la fable.

FABLE LII.

Le Voleur et l'Ivrogne.

Un ivrogne, un voleur, cheminaient en prison :
  Triste et honteux voyage.
L'ivrogne s'écriait : quel insultant outrage !
  Me donner un tel compagnon !
  Qu'ai-je donc fait? quelques ribotes ;
  Voilà-t-il pas un grand malheur :
Bientôt l'on nous mettra les honteuses menottes
  Comme à cet indigne voleur.

— Hola ! mon camarade,
Si tu suis mon chemin,
C'est que nos deux chapeaux portent même cocarde;
Nous pouvons nous donner la main.
Je suis voleur, je le confesse,
C'est un mauvais penchant qui me vient de jeunesse ;
Mais, sans l'attrait du cabaret,
Peut-être qu'aujourd'hui je serais bon sujet.
Entre nous deux quelle est la différence ?
Moi, sur les grands chemins, je vole les passants;
Toi, tu voles ta femme et tes pauvres enfants,
Quand dans les cabarets tu paies ta dépense.
Ton tabac, ta boisson, ton jeu,
Avec l'argent de ton ménage.
Je n'en dirai pas davantage,
Le cabaret est un bien fatal lieu :
J'en sais long sur son compte,
L'ivrognerie est une honte.
N'ajoutons rien à ce discours,
Car, malheureusement, qui boit, boira toujours.
Combattons ce crapuleux vice
Qui conduit la jeunesse au bord du précipice.

FABLE LIII.

Le Conte.

Il était une fois un bon roi,
Voulant de ses sujet assurer le bien-être
Tout prêt à disparaître;
Il imagina cette loi.

Considérant que le lien du mariage
Est le plus pur, le plus moral et le plus sage ;
Que la cupidité
En compromet la sainteté ;
Que l'argent est son seul mobile,
Contrairement à l'évangile,
Qui veut que le puissant vienne en aide au petit,
Nous avons décrété ce qui suit :
Tout homme fortuné qui veut prendre une femme,
Sans fortune doit la choisir ;
Que l'on m'approuve ou qu'on me blâme,
Tel est mon bon plaisir.
Et toute jeune fille,
D'une bonne famille,
Par la même raison,
Doit épouser pauvre garçon.
C'eût été l'âge d'or, tous égaux en richesse,
En savoir, en noblesse,
Puisque l'argent nivèle tout,
D'un sot fait un savant, d'un sage fait un fou.
Qu'arriva-t-il ? c'est facile à comprendre ;
Les riches et les grands voulaient bien recevoir ;
Mais ne pas partager leurs titres, leur avoir.
La difficulté vient lorsqu'il faudrait s'entendre.
Les petits, mécontents, sans trop savoir pourquoi,
Loin de bénir la main qui donne,
Soulevés par les grands, déchirèrent la loi,
Et de Sa Majesté brisèrent la couronne.
Cherchez donc à faire le bien,
On vous traitera comme un chien.
Envie, orgueil, faiblesse, ont fait tout perdre à l'homme,
Même le ciel, pour une pomme !
Que nous soyons petits, que nous soyons puissants,
Nous ne sommes jamais contents.

Il faut le dire à notre honte,
On marie l'argent, les cœurs sont hors de compte ;
Esprit, grâces, beauté, sympathiques amours,
Cette vieille monnaie aujourd'hui n'a plus cours.
Consolez-vous pourtant, pauvres garçons et filles ,
La richesse et le rang ne font pas le bonheur,
Il est dans le travail et dans la paix du cœur,
Le ciel l'a placé là, n'importe les familles.

FABLE LIV.

La Folie.

La folie venait de quitter les enfers,
    Et bientôt, dans tout l'univers,
  On sut qu'elle avait fait tourner la tête
     A messieurs les démons.
    Elle accoucha d'une fillette
     Et de trois gros garçons.
    On les nomma coquetterie,
    Le cabaret, le jeu, le bal :
Famille qu'ici-bas fut trop bien accueillie,
Comme l'entraînement qui nous conduit au mal.
Avec ce personnel l'homme se met en route;
Bras dessus, bras dessous avec le cabaret,
Qui lui verse un alcool l'enivrant goutte à goutte
Et, de bon qu'il était, le rend mauvais sujet.
Au cabaret bientôt le jeu vide nos poches,
En fumant le tabac, ce suprême bon ton ;
Et la coquetterie, au bal, par ses bamboches,
Nous agace et nous perd au son du violon.

Voilà le fruit de la folie
Qui fait tourner la tête au pauvre villageois,
Aux grands seigneurs, et même aux rois.
Malheur à qui s'y fie.
Avec de semblables amis,
L'honneur et la santé sont bientôt compromis.

Fable LV.

Le Maire d'un Village.

Savez-vous ce que c'est qu'un maire ?
C'est un fonctionnaire
Qui sert son pays par honneur :
Sans intérêt, sans la moindre faveur ;
Qui réprime et réconcilie,
Qui bien ou mal, marie :
Qui n'a que des douteux amis,
Et, pour faire le bien, se fait des ennemis.
Des cabarets s'il est la bête noire,
C'est qu'après la retraite il ne souffre jamais
Qu'on trouble du sommeil la douceur et la paix ;
Que la sécurité ne soit point illusoire.
Si des honnêtes gens il est le protecteur,
Pour les mauvais sujets, c'est un objet d'horreur.
Soit que de sa maison il entre ou bien il sorte,
Il est sûr de trouver des gros mots sur sa porte ;
Ce scandale public amuse les passants ;
Comptez donc sur les bonnes gens.

Des mauvais garnements il est le point de mire,
Loin de le protéger les bons ne font qu'en rire,
  Et des mauvais propos
  Se rendent les échos.
Mais pour tant de soucis quel est donc son salaire ?
  Trois mots, MONSIEUR LE MAIRE !
C'est bien peu, dira-t-on ; mais en France, l'honneur
  A toujours fait battre le cœur :
Voilà le sentiment dont tout maire s'honore,
Qui lui fait accepter l'écharpe tricolore ! (1)

FABLE LVI.

La Sorcière.

Une vieille sorcière en réputation
  De deviner sur la figure
  La bonne ou mauvaise aventure,
  Tenait ce savoir du démon.
  Le villageois, crédule,
Eût-il bête malade, un seul arbre à planter,
Tremblant et sans témoin, venait la consulter
  Bien en secret, au crépuscule.
  En ce moment, un jeune homme, Frontin,
  Vient lui montrer sa face.
Regarde-moi, dit-il, que faut-il que je fasse
  Pour faire mon chemin !
  — Approche;
  Fouille tout d'abord dans ta poche :
As-tu de quoi payer ? — Voilà tout mon avoir.

(1) Signe distinctif que porte le maire.

— C'est bien ; maintenant va t'asseoir.

Écoute .

Pour faire son chemin, il faut choisir sa route.

L'intelligence est sur ton front.

Aimes-tu la délicatesse ?

— Pas trop, je le confesse

— L'intrigue ? — Oh ! je ne dis pas non.

— Montre ta main ; cette ligne m'indique,

Foi de puissance diabolique,

Qu'on t'a bien coupé le filet :

Suis mon conseil, fais-toi valet ;

Crois-en ma vieille expérience,

C'est le métier par excellence.

Ton maître fût-il grand seigneur,

Si tu sais le flatter, sera ton serviteur.

Surtout mets l'oreille à la porte,

Adroit valet doit agir de la sorte.

Délicatesse est un nuisible mot

Pour le laquais lancé dans le grand monde ;

S'il y tient, c'est un sot.

La bourse plate, alors, jamais ne devient ronde.

Que craint-il donc ? responsabilité

Sur lui jamais ne pèse ;

Il est, à cet égard, mille fois plus à l'aise

Que le pouvoir royal qu'on nomme Majesté,

Mets l'honneur dans le sac, c'est sotte marchandise

Avec laquelle on meurt de faim ;

En toute occasion, joue au plus fin ;

Pour gagner de l'argent, probité c'est sottise,

Mais, dit Frontin, quels infernaux conseils,

Je n'en ai pas encore entendus de pareils !

— La fortune est au bout. — J'adopte et rien n'en biffe,

Dis à Satan qu'il y pose sa griffe...

Il faut le dire, hélas ! ce sont là nos chagrins,

On suivra bien plutôt les conseils des sorcières,
Que ceux des vrais amis, sages, loyaux, sincères.
C'est la raison qu'on voit Frontines et Frontins,
Qui, par le bout du nez, et sans qu'il y paraisse,
Conduisent, *innocemment*, leur maître et leur maîtresse.
 Faut-il le dire une millième fois;
 La sorcière est l'infernale voix
 Qui nous conseille funeste route;
  Malheur à qui l'écoute.

———>⚜<———

FABLE LVII.

Les Concerts.

De ravissants concerts, *gratis*, étaient donnés,
 Et les artistes couronnés,
Par amour pour les arts, sentaient grandir leur zèle;
 Couronne de fleurs est si belle!
Mais certain jour, soit à tort ou raison,
 Coups de sifflets troublèrent l'harmonie;
 Une fausse note, dit-on,
Valut aux concertants ce trait dur d'ironie.
 Ce fut un tort, jugeons, ne sifflons pas:
Le juge impartial doit être toujours sage;
Des jugements trop vifs évitons les éclats,
Car, déjà l'indulgence est un blessant langage.
  En général,
Il faut, autant qu'on peut, ne pas blesser les hommes;
 Susceptibles nous sommes;
Qu'on descende du trône au corps municipal,
 A l'amour propre il ne faut pas qu'on touche,
 Avec le miel on prend la mouche,

FABLE LVIII.

Le corset.

Une jeune fille jolie,
Taille de guêpe à faire envie,
Pour l'amoindrir encor, tous les jours se serrait ;
Et pourtant de douleurs la pauvrette souffrait.
D'innocente, elle devint coquette.
Séduite par les compliments,
Cette aimable fleur de printemps
Perdit fraîcheur, santé, pour paraître bien faite.
Serrez d'une jeune fleur
La branche où circule la sève,
Sa beauté passe comme un rêve,
Et bientôt, hélas ! elle meurt.
Retenez bien ceci, coquette jeune fille,
Si vous voulez, toujours, rester fraîche et gentille,
Ne serrez pas votre corset,
C'est dans votre intérêt.
Enfin s'il faut subir ce dangereux supplice ;
De moins de pression faites le sacrifice.
Pourquoi ne pas laisser nature en liberté
Quand vous avez, pour plaire, esprit, grâces et beauté?

FABLE LIX.

Le Jardinier et ses lapins.

Un régisseur voyait ses vaches dépérir,
　　L'hiver, surtout, horriblement souffrir.
Pourtant, se disait-il, elles ont maintes bottes
De foin, betteraves, et carottes ;
　　　　De la paille et du son,
Que l'on met dans de l'eau pour faire leur boisson.
Il faut que là dessous se cache quelque chose ;
　　Car il n'est pas d'effet sans cause.
　　La servante de basse-cour
Pouvait seule expliquer ce mystère,
Interrogée, elle dit chaque jour.......
　　C'est un secret, je dois me taire :
Moi bavarde, fi donc, m'en préserve le ciel !
　　Pourtant approchez votre oreille.
Guettez le jardinier, l'intérêt le conseille ;
Vos légumes vont là, je vous le dis sans fiel.
Sa bande de lapins, j'enrage quand j'y songe,
　　Autant que vos vaches, vous ronge.
　　　Chez-lui tout s'arrondit,
　　　Quand chez vous tout maigrit.
A moins que vous vouliez ne garder qu'une vache,
Il faut formellement que le jardinier sache
　　Qu'il ne doit pas élever de lapins :
C'est introduire rats dans le grenier aux grains.

Avec betteraves et carottes,
Aux dépens des bestiaux, lapins deviennent gras ;
Dans vos greniers laissez faire les rats,
Bientôt, pour vous nourrir vous n'aurez que des crottes.
Conclusion.
Serviteur infidèle est un gâte maison,
Il faut de l'ordre en toute affaire,
Dans les gouvernements, les palais, la chaumière.

FABLE LX.

Le lion et la vache.

Une vache au lion parlait ;
La chose est peu commune,
Le lion répondait,
Il était dans sa bonne lune.
« Je suis le roi des animaux,
« Ma voix fait vibrer les échos ;
« Semblable aux éclats du tonnerre,
« Je fais trembler la terre.
« Je récompense loups, tigres et léopards,
« Appuis de ma couronne ;
« Ma plus haute faveur, je la donne
« A mes politiques renards :
« Ils ont la ruse et la finesse
« De transformer, mensonge en vérité,
« Et pour comble d'adresse,
« Le despotisme en liberté.
« Parle, il faut que je sache
« Si de mes sujets j'ai l'amour :

« Tu dois le savoir, bonne vache,
« Toi, reine de la basse-cour. »
La vache n'est pas politique ;
 Mais elle a du bon sens,
Elle se garda bien de faire la critique
De Messieurs les renards, des tigres, des puissants.
— De Votre Majesté je suis l'humble servante ;
 Mais que puis-je savoir,
 Quand du matin au soir,
Par les cornes on m'attache à la charrue pesante.
J'arrose cette terre, hélas ! de mes sueurs ;
De mon lait je nourris mon maître et sa famille ;
 Pour prix de mes labeurs,
 Je n'ai jamais un coup d'étrille.
Nous sommes nés, nous dit-on, pour souffrir ;
Si c'est le lot de notre existence,
 Souffrons donc avec patience,
 Du premier au dernier soupir.
La vérité, lion, c'est qu'on vous aime ;
 Vous voulez notre bien, on le sait :
 Chez les grands en est-il de même ?
Aussi dit-on souvent : si le roi le savait !
 Méfiez-vous de la griffe qui flatte
 Dans la prospérité ;
 Elle égratigne, elle est ingrate
 Dans la cruelle adversité.
De ce discours on ignore la suite ;
 Mais ajoutons bien vite :
Les loups, comme devant, croquèrent les moutons,
 Et les renards flattèrent les lions.

Fable LXI.

L'aigle et la pie.

Un aigle avait pris en faveur,
        Pour son malheur,
        Une bavarde pie,
        Ce fléau de la vie
    Pour les petits et pour les grands
Qui prêtent trop l'oreille aux propos médisants.
        Quand on a semblable faiblesse,
            On manque de sagesse.
J'aime, lui disait l'aigle, entendre tes discours
    Qui m'éclairent et me font connaître
    Les oiseaux, qui demain peut-être,
        En voudront à mes jours.
            Parle, j'écoute,
    Il ne faut pas que l'aigle doute :
        C'est l'unique moyen.
Pour savoir qui lui veut, soit du mal soit du bien.
— J'obéis, écoutez...... au lever de l'aurore,
L'alouette qui chante en montant vers le ciel,
Semble adresser à Dieu ses paroles de miel :
        L'hypocrisie la dévore.
    Si l'hirondelle fait son nid
        Aux fenêtres des hommes,
C'est pour leur conseiller (des moineaux me l'ont dit)
'De nous anéantir tous autant que nous sommes.
Près de sa belle, entendez-vous ce rossignol,
    Qui dès la nuit chante et soupire ?

C'est un trompeur ; le jour contre vous il conspire
Et pour d'autres amours, dans les airs prend son vol.
Que ne dit-elle pas de la tendre fauvette,
De son gazouillement si doux, mélodieux ?
    Elle en fit un être odieux,
      Plus laid que la chouette.
Assez, dit l'aigle, honni soient les méchants :
    Cœur plus dur qu'une enclume,
    Si tu veux conserver une plume,
N'outrage pas les cœurs les plus purs, innocents....
    Qui ne sait qu'à la ville, au village
    Bavarde pie est un gîte ménage
      Qui trouble tout ;
Qui d'un agneau fait un vorace loup ;
      D'une hirondelle,
      Une infidèle ;
D'un Rossignol, un libertin conspirateur,
    Sans foi, sans talent, sans honneur ;
    De l'aimable et douce fauvette,
    Une laide et méchante bête.
Bavardes Pies fourmillent ici-bas :
Si nous voulons la paix, ne les écoutons pas ;
    Car, même en Amérique,
    Elles ont désuni l'union ;
    Et, soit dit sans critique,
Elles soufflent leur fiel dans l'opposition.
Mais nous avons beau dire, et nous avons beau faire,
    Discoureurs ne sauraient se taire :
    On perd son temps à les siffler ;
C'est vouloir empêcher les Pies de babiller.
      Le bavardage
      Est une rage
    Qui ne respecte rien,
    Qui fait le mal, jamais le bien.

LIVRE IV.

La Chaumière du vieux Soldat.

A la tête d'un lit bien dur,
    Étaient fixés au mur
Un sabre, un vieux fusil à pierre,
Une giberne, un sac, tout couverts de poussière,
    Puis ces mots écrits au charbon :
Pyramides, Austerlitz, Moscou, Napoléon !
Au sommet une croix, à son pied une chaîne,
Et ces mots immortels : Rocher de Ste Hélène !...
    Du vieux soldat de l'Empire premier,
        C'était le mobilier.
Conquérants, disait-il, aujourd'hui la victoire,
    Les conquêtes, la gloire ;
    Mais demain les revers,
    L'exil, et la mort dans les fers !...
Au pied de cette croix, prions pour ma Patrie :
Que n'ai-je encore vingt ans pour lui donner ma vie!
En achevant ces mots en paix il s'endormit.
Combien de Reines et Rois voudraient dormir ainsi!

17

FABLE II.

Le vieux soldat Simon et son chien Marengo.

Simon avait un chien, du nom de Marengo ;
Tous deux avaient servi sous le même drapeau.
Déjà bien loin était le temps de leur jeunesse ;
Ils vivaient en égaux dans leur froide vieillesse :
    Mais Marengo tous les jours déclinait ;
Il était tout galeux, d'une odeur repoussante.
    Le vieux Simon, de sa main caressante,
        Le consolait.
Un ami, disait-il, c'est si bon et si rare !
      On me dit de tuer mon chien ;
Me préserve le ciel d'une action si noire :
      Un ami, c'est un si grand bien !
    Rassure-toi, mon Marengo fidèle ;
Jusqu'au dernier moment, conserves-en l'espoir,
    Comme autrefois, mon cœur te le rappelle,
      Nous partagerons mon pain noir.
    De ce récit conservons la mémoire ;
      A nos amis faisons le bien,
Comme le vieux soldat le fit à son vieux chien.
    Voilà le but de cette histoire.

FABLE III.

SOUVENIR A MON AMI MONTAUT, ARTISTE PEINTRE.

L'origine de la peinture.

Sous un rosier, l'amour en tapinois,
    Sur Alice rebelle,
Venait d'épuiser son carquois
    Sans pouvoir blesser la cruelle.
Une seule flèche restait ;
Le Dieu malin la conserve, et pour cause,
    Du bout du dard, sur une rose
De Léandre, qu'on fuit, il trace le portrait.
      Et la rose embellie
      Par cet attouchement
Frappe les yeux d'Alice ; Alice l'a cueillie,
    Mais s'est piquée en la cueillant.
Elle a vu le portrait... timide, embarrassée,
Le trouble est dans ses sens, et son premier soupir
Agite sur son sein la fleur qu'elle a placée,
Qui, sur ce sein brûlant, se fane et vient mourir.
      Voilà d'où naquit la peinture,
Le calice des fleurs fut son premier berceau ;
Le peintre fut l'amour, et son premier tableau
Fit, sur un jeune cœur, la première blessure :
      Et l'art prit son essor.
Doux portrait se ressent de sa source divine,
A l'absence éternelle il arrache une épine,
      En souriant encor.

FABLE IV.

HOMMAGE A MADAME LA COMTESSE D'HY..., NÉE DE B.

Le Lys et la Rose.

— • • —

Nous aimions une fleur;
Qui ne l'eût point aimée ?
Blanche, pure, embaumée,
Elle avait tout, beauté, grâces, candeur.
Un lys la vit..... cette fleur que nos pères
Portaient avec orgueil sur leurs blanches bannières,
Que l'honneur adopta, que la gloire et l'amour
Sur leur écharpe noble ont fixée tour à tour,
Un lys, à tant d'attraits sensible,
Aux brises du matin, sur sa tige flexible,
Vers la blanche fleur s'inclina ;
De leurs rameaux fleuris un soupir s'échappa.
Mais que se dirent-ils ? quelle métamorphose
Fit que la blanche fleur à l'instant devint rose,
Rose de pureté, plus belle qu'autrefois ?
Radieuse d'amour et fière de son choix,
On la vit confier sa grâce et sa jeunesse
Au symbole d'honneur, de vertus, de noblesse ;
On la vit s'effeuiller, renaître en un bouton,
Près du noble rameau qui lui donna son nom.
Nous l'aimions blanche fleur, et nous l'aimons encore ;
Et quand les larmes de l'aurore
Sur ses feuilles de rose appellent les amours,
Qui ne répéterait ? nous l'aimerons toujours.

Fable V.

La petite maison.

Un jeune homme venait de faire un héritage,
D'un château, d'un beau nom ;
Et d'une petite maison
Qui lui rappelait son jeune âge.
Cette maison était un touchant souvenir
Du berceau de sa tendre enfance;
Pour un bon cœur si douce souvenance !
Plus tard il l'a fit démolir !
Pourquoi donc ne laisser que la trace,
Où votre mère vous berça
Quand elle est encor là?
En vain elle cherche la place
De sa petite maison,
Et de ce vert gazon,
Où sa maternelle jeunesse
Vous prodigua l'amour de sa douce caresse.
N'était-il pas plus doux de dire à vos enfants?
Voilà l'heureux toit de ma mère,
Où je balbutiai ma première prière,
Où mon cœur de son cœur comprit les battements;
Où mon père, soldat, de sa belle et grande âme,
M'apprit à servir mon pays,
Si, pour marcher aux ennemis,
Il fallait, quelque jour, déployer l'oriflamme.
N'effaçons pas
Le souvenir qui nous console,
Et cette divine parole :

Tes père et mère honoreras.
La petite maison, quoiqu'on dise,
Loin de nuire au château, l'embellit :
La chaumière, auprès de l'église,
Dieu la protège et la bénit.
Vous avez abattu la maison paternelle ;
Pourtant vous lui deviez un si doux souvenir !
Fortune et rang, tout vous vient d'elle,
Depuis votre premier soupir...
Ce discours nous conduit à dire:
Laissons, à qui nous aime, un souvenir du cœur;
Pour que ce cœur reconnaissant soupire
Notre nom, tous les jours, en priant le Seigneur.

FABLE VI.

Un Événement au village.

Un pauvre campagnard, ouvrier,
Franc, loyal et bon père,
Au travail toujours le premier,
Était pourtant voisin de la misère.
Il eut un grain d'ambition ;
(Qui n'en a pas, bon Dieu? soit dit sans qu'on s'en fâche),
Ce fut d'acheter une vache ;
Le pis, c'est qu'il était sans un seul ducaton.
C'est toujours là que le bât blesse.
Sous le chaume une vache est un si grand trésor !
On a veau, lait et beurre, fumier et puis encor
Un porc que l'on engraisse.

Amassons, dit-il, sou sur sou ;
Supprimons le tabac qui charme et qui console,
Le cabaret aussi ; surtout tenons parole,
    Nous en viendrons à bout.
    Dieu bénit son courage :
    Il obtint ce qu'il désirait;
    Il se crut le roi du village.
    Mais est-il un bonheur parfait?
    Dans un vêlage difficile,
    Après des efforts sur effort,
    Tout secours devint inutile,
    La vache y rencontra la mort.
Pauvre famille, hélas ! ta douleur est extrême.
    Rassure-toi, sèche tes pleurs ;
    Tu sais combien on t'aime
Et combien tes amis partagent tes douleurs.
Ah ! si de tel ou tel nous avions la fortune,
    Tu n'aurais pas tant à gémir;
    Avec quel grand plaisir
Dans ton étable en deuil nous en mettrions une.
Console-toi, nous quêterons demain;
De porte en porte, ami, nous tendrons notre main
    Pour qu'on te vienne en aide ;
À côté du malheur le ciel place un remède.
    Nous irons où le cœur est bon :
    On met toujours dans la main qui demande ;
    Si petite que soit l'offrande,
Elle porte l'espoir dans la pauvre maison.
    L'ingénieuse bienfaisance
    Sut trouver le chemin du cœur,
    Verser sur la douleur
    Le doux baume de l'espérance.
    Espérons toujours dans le ciel ;
Notre breuvage amer par lui se change en miel.

Avec la quête, il advint, qu'on le sache,
Que le pauvre ouvrier put remplacer sa vache.
Répétons : Espérons toujours;
Au moment du danger il nous vient un secours.

Fable VII.

Le Souvenir.

Oh! vous dont la fortune est venue en naissant
Aussi bien que le rang ;
Qui ne connaissez pas privations, misères,
Voulez-vous des prières?
De votre noble cœur laissez un souvenir ;
Si Dieu vous donne l'opulence,
C'est pour secourir l'indigence ;
La prière, à ce prix, Dieu viendra la bénir.
Le souvenir toujours rappelle
Qui le donna par amitié, faveur, amour,
L'absence fût-elle éternelle,
Le portrait d'un ami nous sourit chaque jour.
Nous entendons vibrer la divine parole,
Quond nous prions au pied de la divine croix,
Mystérieuse voix,
D'un Dieu mourant qui nous console !....
Le souvenir rappelle les absents ;
A l'exilé le ciel de la Patrie,
Il rend fidèles les amants,
Il nous reporte même au delà de la vie.

Donnez à qui vous aime un tendre souvenir,
    L'amitié n'est pas exigeante ;
    Donnez si votre âme est aimante,
Vous n'aurez pas à vous en repentir.
On pense à Dieu quand on voit son image,
Qui nous unit au ciel par le plus pur lien ;
On pense à vous quand vous donnez un gage,
Comme on pense à l'ami qui nous a fait du bien.
De père en fils, dans les pauvres chaumières,
    On prie pour les bienfaiteurs ;
Au pied du souvenir sont les bonnes prières,
    Bien rarement ailleurs.

FABLE VIII.

Le Porcher.

    Un gardeur de pourceaux,
    Dans un village,
    C'est bel et bien un personnage,
    Soit dit sans un malin propos.
Pour appeler ses bêtes à la pâture,
D'un sifflet agaçant il prolongeait les sons :
Des passants il mettait l'oreille à la torture,
Pour prouver qu'il avait de vigoureux poumons.
    Ami, lui dit un malin camarade,
Quand le chantre, au lutrin, de sa voix fait parade,
Qu'il prolonge sa note à la fin du verset,
Il est bien loin encor d'égaler ton sifflet,
    Qui, grâce à ta poitrine,
Se prolonge sans fin de colline en colline,

Et les pourceaux, de l'entendre, ravis,
Trottant, grognant, regagnent le logis.
Ça dit, le lendemain, soufflant à perdre haleine,
Le gardien de pourceaux se rompit une veine.
Partout on rencontre l'orgueil;
Il nous prend au berceau, nous suit jusqu'au cercueil.
Il s'est blotti, quoique bien à la gène
Dans le tonneau de Diogène;
A plus fortes raisons,
Dans les grandes maisons.

FABLE IX.

Les Usages.

Déraciner dans les villages,
Les usages,
C'est vouloir d'un torrent
Faire rebrousser le courant.
Sur ce sujet, écoutez cette histoire
Dans maints et maints pays, quand on ne sonnait pas,
Du matin au soir, un trépas,
On était un impie, un damné, un avare.
Plus on carillonnait, plus on était un saint;
Du paradis les cloches ouvraient droit le chemin.
Mais l'ardeur de sonner devenait une rage,
Quand le défunt laissait un héritage :
Comment donc, dans ce dernier cas,
Ne pas sonner à tour de bras?

Une adroite commère,
Qui passait pour sorcière,
Que le son des cloches agaçait,
Répandit le bruit au village,
Que des cloches un trop grand tapage
Electrisait le mort et le ressuscitait.
Alors tout héritier, dans ce cas, devait rendre
Les écus qu'il venait de prendre.
Pour ne pas compromettre une succession,
Les cloches aux trépas gardèrent le silence.
C'est l'intérêt, non la dévotion,
Qui les trois quarts du temps les fait mettre en balance.
Une autre vérité,
C'est trop souvent la vanité.
Il est pourtant des larmes bien sincères,
Pour un enfant larmes de mères,
Qui ne sauraient jamais tarir :
Pourquoi faut-il sur tant d'autres gémir ?

FABLE X.

Les deux Pigeons.

Deux beaux pigeons, mâle et femelle,
Venaient de s'accoupler.
(L'union, au début, on le sait est si belle !)
Ils ne cessaient de roucouler.
Tous deux étaient de la frivole race
Qui court les champs,
Qui va de place en place,
S'abattre sur les grains que l'on sème au printemps.

Le premier mois, tout se passa dans les délices,
Leur amour descendait du ciel,
Comme, dans les fleurs, les calices .
Au lever du soleil se remplissent de miel.
Le second mois, léger nuage
Vint ternir ce premier bonheur ;
Puis les propos piquants, puis la mauvaise humeur,
Troublèrent le ménage.
Plus de ces mots : petit bijou, petit mignon ;
Plus de tendre caresse ;
La femelle, dans tout, voulait être maîtresse,
Repoussait durement, les désirs du Pigeon,
Et quand il roucoulait : ma bien chère petite,
Veux-tu venir te promener ?
A ce plaisir le soleil nous invite,
Un non, bien sec, disait : je veux rester.
Si dans le même jour le ciel devenait sombre,
Si les bois, les côteaux, si tout rentrait dans l'ombre;
Si le tonnerre, au loin, venait à retentir,
Alors elle voulait sortir.
Plus vive que la poudre,
Plus effrayante que la foudre,
Sur le pauvre pigeon elle faisait pleuvoir
Injures et coups de becs, du matin jusqu'au soir.
Et celui-ci disait en son martyre :
Plus je crois proposer ce que son cœur désire,
Plus j'éprouve un refus ;
Ma foi je n'y tiens plus.
Il alla consulter un sage, son confrère,
Qui lui dit en deux mots : Si tu veux obtenir
De ton cœur le désir,
Propose toujours le contraire.
Il le fit, et fit bien.
Patience dans un ménage,

Pour obtenir la paix, pigeon, c'est le plus sage ;
Pour conserver l'accord, c'est le plus sûr moyen.
Soyez bons, prévenants, tous deux battez des ailes,
Le bonheur n'est donné qu'aux amours mutuelles ;
Qu'aux sympathiques cœurs qui dans tout n'en font qu'un;
Mais ce bonheur n'est pas commun.

FABLE XI.

La Paresse.

A la paresse il prit envie,
De choisir un époux,
Espérant augmenter les douceurs de la vie
Dans ce lien si doux.
Elle eut sa lune des délices
Et le bonheur de la maternité.
D'elle naquit l'oisiveté
Qui plus tard, dans l'hymen, engendra tous les vices.
Quand deux cœurs sont mal assortis,
Rien de pis.
Avec un paresseux, ce fléau de la vie,
Si jeune fille se marie,
Il ne peut naître rien de bien
D'un semblable lien.
On ne saurait jamais trop flétrir la paresse :
Répétons-le souvent, surtout à la jeunesse.

FABLE XII.

Les Grains de sable.

Quand Dieu créa tout l'univers,
Les astres lumineux qui sillonnent les airs,
Notre planète était alors unie.
La mer avec furie,
Grossie par les eaux du ciel,
Fit le déluge universel.
Comme ici-bas rien n'est durable,
La mer dans son lit retourna,
Et sur ses bords elle entraîna
D'immenses grains de sable.
Tous ces petits grains désunis
Ne purent arrêter la fureur et la rage
Des flots se roulant sur la plage
Par l'ouragan vomis.
Mais la brise devint légère,
Et les flots doucement bercés,
En soupirs égaux cadencés,
Vinrent expirer sur la terre.
Du printemps c'était le retour
Qui vient sourire à toute la nature,
Aux hommes, aux oiseaux, au ruisseau qui murmure ;
C'est Dieu qui nous rend son amour !
C'est Dieu qui dit aux grains de sable :
— Pendant que de la mer j'arrête le courroux,
Sur ses rives ralliez-vous ;
Transformez-vous en roc prolongé, formidable ;

Quand le flot reviendra mugissant, destructeur,
    Vous arrêterez sa fureur !...

. . . .

    L'arbre meurt, séparé de l'écorce ;
Les peuples sont vaincus quand ils sont désunis,
    Indomptables, s'ils sont unis .
        L'union, c'est la force.

⁂

FABLE XIII.

La Vanité.

Pour dame vanité l'homme est plein de faiblesse,
        Il faut en convenir ;
        Tâchons de la définir.
    Écoutez, elle est à confesse ;
    Elle est dans ce confessional
    D'où sort la bonne parole
    Qui nous pardonne et nous console
Quand la foi nous conduit au secret tribunal.
        Après la prière d'usage
        Et l'acte de contrition,
        Le prêtre, dans un court sermon,
        Lui tint ce paternel langage :
        « Si nous blâmons la vanité,
    » C'est qu'elle perd le cœur de la jeunesse ;
» Sur terre et dans le ciel, Dieu veut l'égalité ;
        » La vanité le blesse.
» Levez-vous, retenez ces quatre derniers mots. »

— Je me lève ; adieu donc, *et pour toujours*, mon père;
Si dans le ciel nous sommes tous égaux,
Je n'y veux pas aller, je reste sur la terre.
Renoncer au ciel par fierté,
Oh ! c'est bien là la vanité !

FABLE XIV.

SOUVENIR D'AMITIÉ A Mlle J. D.

Le bon conseil.

Donnons toujours à la jeunesse
Bons exemples et sages leçons ;
Ce sont là les meilleurs sermons,
Qui nous conduisent à la sagesse.
Joséphine, espiègle enfant,
Bon cœur, tout pour plaire,
Avait une bonne mère,
Qui lui fit un petit présent.
C'était une écritoire, avec poule en faïence ;
Cet attribut de l'intelligence,
Pour le cœur et l'esprit,
Par la mère, à sa fille, amena ce récit.
« J'ai voulu, mon enfant, te donner une image,
De ce qu'il faut aimer pour plus tard être sage.
Avant tout servir Dieu, qui nous donna le jour,
Nous lui devons tout notre amour.

Si je te donne une écritoire,
C'est pour acquérir les talents
D'exprimer de ton cœur les tendres sentiments,
Si quelque jour Dieu nous sépare.
Cette poule, cherchant son grain.
C'est une très bonne pensée
De l'avoir sous nos yeux placée,
Quand nous avons la plume en main ;
Quand nous cherchons, dans notre intelligence,
A pénétrer les mystères du ciel,
Tous ces astres sans fin, ces mondes, ce soleil,
Que Dieu soutient dans l'air par sa toute-puissance.
Mais revenons, mon cher enfant,
A la poule grattant la terre ;
Imitons-la, ne restons jamais sans rien faire ;
L'oisiveté, Dieu la défend.
S'il t'advenait rang, richesse,
Garde cet encrier comme un bon souvenir ;
Qu'il te dise, dans la vieillesse :
Travaille encor... C'est là que j'en voulais venir »...
Si nous voulons, au moyen de la fable,
Donner un bon conseil,
Et rendre la morale aimable,
Que dans notre encrier il n'entre point de fiel,
Car la poule, autrement, pourrait fort bien nous dire :
Il vaudrait mieux ne pas écrire.

FABLE XV.

Le miel, le vinaigre et la mouche.

Au sortir de l'hiver, sous un tiède soleil,
Entre le vinaigre et le miel,
Une mouche, placée ;
Pour assouvir sa faim, était embarrassée.
Le vinaigre lui dit : dirige ailleurs tes pas,
Vois là-bas ces fleurettes,
Ce sont des violettes,
Qui t'offrent dans leur sein un restaurant repas :
Vas-y puiser une nouvelle vie,
Je ne saurais, moi, te nourrir.
Le miel est dangereux, malheur à qui s'y fie,
Tu pourrais bien t'en repentir...
N'écoute pas, reprit une voix mielleuse,
Cet aigre et ce méchant discours ;
Viens dans mon sein, je suis le fruit de tes amours ;
Viens oublier la saison rigoureuse.
La mouche se laissa tenter ;
La voilà dans le miel où tout son corps se colle ;
Un oiseau, qui vint à passer,
Saisit l'imprudente et s'envole.
Le vinaigre est l'ami qui donne un bon conseil,
Il dit franchement ce qu'il pense
Retenez ce que dit aussi l'expérience :
Méfiez-vous toujours des paroles de miel.

FABLE XVI.

Souvenir de Marengo.

Marengo, c'en est fait, ta carrière est finie :
Tu m'as quitté, c'est pour la vie.
Je ne te verrai plus, mon bien cher petit chien ;
Il est rompu, ce doux lien !
Un jour, je m'en rappelle,
Tu fus hargneux et désobéissant.
Je te frappai !... Larmes mouillèrent ta prunelle ;
Et tu me dis, dans un plaintif aboiement :
« L'instinct, voilà ce que le ciel nous donne,
Nous ne pouvons enfreindre cette loi :
Il faut rester ce que nous sommes : mais toi ?
De la raison tu portes la couronne.
C'est le souffle divin qui t'anime en naissant ;
Le céleste flambeau qui te guide et t'éclaire,
Qui remonte vers Dieu, source de la lumière
Et qu'il faut rendre au ciel, au dernier jugement.
Armé de la raison, tu combats tous les vices ;
Tu foules aux pieds les passions,
De la vertu tu connais les délices ;
Ces bienfaits, nous les ignorons. »
Enfant, retiens bien ce langage ;
Il te rendra plus tard, plus patient, plus sage.
Quand il faudra chasser de ton cœur un défaut,
Souviens-toi du chien Marengo,
De l'amitié ce beau modèle,
Qui jamais ne cherche à flatter ;

Qui, dans l'adversité, nous reste encore fidèle,
Fais en sorte de l'imiter.
Ne dis jamais : c'est un défaut de caractère,
Je dois, comme la brute, en suivre le penchant ;
Dis plutôt le contraire.
Corrige-toi, ton bonheur en dépend.

FABLE XVII.

HOMMAGE A Mlle E. B. DE B.

La Charité.

Un père, par la main, promenait son enfant,
Formait son cœur à la sagesse.
Un petit Savoyard, bien jeune, bien souffrant,
Implorait un secours, les yeux pleins de tristesse.
Papa, dit le petit seigneur,
Tu m'as dit bien souvent : le bon Dieu veut qu'on donne,
Qu'on fasse aux indigents l'aumône,
Qu'on vienne au secours du malheur.
Vois ce petit garçon, il n'a point de cravate,
J'en ai les larmes dans les yeux ;
Si je coupais la mienne en deux ?
— Embrasse-moi, mon fils, ton action me flatte :
Donnons toujours à qui nous tend la main.
Ce fils fut, dit-on, Saint Martin.
Dès les plus jeunes ans, inspirons à l'enfance
La douce charité ;
C'est la plus belle qualité
Qui de gagner le ciel nous donne l'espérance.

De saint Vincent-de-Paul elle forma le cœur ;
Des hommes de son siècle elle en fit le meilleur.
La charité, croyez-moi sur parole,
Pour former notre cœur, c'est la meilleure école.

FABLE XVIII.

Les Rats de terre et les Rats d'eau.

Qui ne sait que les rats
Ont leurs gouvernements, petits et grands états ;
Des guerres, et puis la paix où l'on pose sa griffe,
Que l'ambition biffe,
Quand on est cent contre un la veille des combats.
Or, voici que des rats, presqu'ignorés du monde,
Vivant, pour ainsi dire, entre la terre et l'onde,
Par des rats querelleurs, en fédération,
Sont attaqués à l'improviste,
Ecrasés, poursuivis à la piste
Dans leur souterraine maison.
Des rats d'eau les excitent à faire résistance.
« Courage, amis, notre toute puissance
Au grand jour du danger élèvera la voix ;
Nous vous rendrons vos biens, la victoire et vos lois
Quand nous serons en conférence. »
Ainsi soit-il ! dit un vieux rat Danois :
Mais depuis que le monde est monde,
Et qu'autour du soleil tourne la Mappemonde,
Les rats qui nagent entre deux eaux
Aux vaincus ont tourné le dos.

Mieux vaut un chat qui combat face à face,
Qu'un perfide serpent qui pique sous les fleurs.
C'est l'histoire de nos malheurs ;
S'il nous reste un seul poil, à Dieu seul rendons grâce.
Dans sa conclusion,
Le vieux rat n'eut-il pas raison ?

FABLE XIX.

Les Voyelles et les Consonnes.

Dames voyelles de tout temps
De l'alphabet ont porté la couronne :
Sans elles pas un mot à l'oreille résonne,
Sans que l'une des cinq ne se trouve dedans.
A leurs puissantes sœurs les consonnes dociles,
Quoi que bien moins utiles,
Dans les mots enlacées ont aussi leur valeur,
Tiennent leur rang avec honneur.
Mais voilà que l'orgueil s'empare des voyelles.
Qu'avons-nous besoin d'elles
Dit l'A, qui tramait un complot ;
Peuvent-elles sans nous composer un seul mot ?
Prenons dans l'alphabet les cinq premières places :
Que dans toutes les classes,
Quand les enfants épelleront,
En tête ils placent notre nom.
Cs rang, qui plus que nous à bon droit le mérite ?
Les consonnes viendront ensuite.
On applaudit à ce discours.

L'orgueil, bon Dieu ! régnera donc toujours ?
Mais dans la foule des consonnes
Un long murmure s'éleva ;
Quoique patientes et bonnes,
L'injustice les souleva.
Le sang allait couler, quand un X, plus sage,
Adresse ces mots aux deux camps :
Voyelles, redoutez des consonnes la rage ;
Vous ne l'ignorez pas, les petits font les grands.
Pour conserver des mots les douces harmonies,
Restons, mes sœurs, toujours unies.
Dieu nous a dit, la paix soit avec vous !
Petits et grands, embrassons-nous.
Et soudain on s'embrasse.
Puis le ciel aux hommes accorder cette grâce !...
Pour éviter les révolutions,
De l'X, en certains lieux, donnez-nous les sermons.

Fable XX.

Le Rossignol.

Un Rossignol, près d'une basse-cour,
Gazouillait son bonheur ; caché sous le feuillage,
Que disait-il dans son ramage ?
« A Dieu tout notre amour ;
» A Dieu qui nous donna l'aurore,
» La fleur qui vient d'éclore,
» Ce soleil qui, dans l'air, s'élève vers le ciel,
» Ce calice des fleurs qui nous donne le miel.

» Amour à Dieu qui dans les airs balance
» Tous ces mondes sans fin que dans l'espace il lance,
» Qui, grains de sable à nos yeux,
» Sont des milliards de fois plus gros que notre terre :
» Tout est mystère
» Dans cette immensité, ces astres lumineux ;
» Mystère qui nous dit : *Adore* »!...
L'hymne du rossignol la nuit vibrait encore :
« Amour à Dieu, le roi des rois,
» Qui dit à l'homme : Espère et crois »!...
Qu'arriva-t-il ? une tempête.
Toute la basse-cour, les chiens de chasse en tête,
Poussèrent d'horribles clameurs.
— Laissons hurler les aboyeurs,
Disait le rossignol: « A Dieu toujours la gloire !
» A Dieu, toujours, toujours bonté, pardon, victoire »!...
Orgueil, impiété, dénigrant le pouvoir;
Basse-cour, voilà ton miroir,
Voilà ton caractère.
Épouvanté, le rossignol
Vers le ciel prend son vol ;
Mais de loin les échos répétaient sa prière.
De ces clameurs impies un agneau gémissait;
Pour les méchants son cœur ému priait.....
Cœur orgueilleux, écoute :
Malheur éternel à qui doute!

Fable XXI.

Les Souris et le Renard.

Les souris au renard portèrent cette plainte :
— Les chats nous font la guerre ; ils disent qu'elle est sainte,
    Et sans commisération :
Nous sommes menacées d'extermination.
Donnez-nous un conseil, renard, dont la finesse,
    La politique et les sages avis
Peuvent nous délivrer, par votre rare adresse,
    De nos plus cruels ennemis.
— Volontiers, écoutez ; mettez à votre porte,
    Pour garder chacun de vos trous,
Les pattes de velours de quelques vieux matous;
    Je leur dirai de faire en sorte
    D'avoir bien soin de vous.
Voilà donc les vieux chats faisant la sentinelle :
Mais quand une souris s'exposait à sortir,
    Elle était croquée de plus belle ;
    Gardons en bien le souvenir.
    De notre bien ne confions la garde
    Qu'à nos loyaux amis;
Car toujours le renard croquera la poularde,
Comme le chat toujours croquera la souris.
    Renard et chat se tiennent par la patte,
    L'une égratigne, et l'autre flatte.

Fable XXII.

Le Charlatan.

Entrez, messieurs et dames, on ne paie qu'un sou
Pour voir un animal qui nous vient du Pérou :
Le grand Équipolan, qui n'eut ni père et mère,
    Portant la tête où d'autres ont le derrière.
De tous les souverains, grands et petits Etats,
      Lesquels ont vu cette merveille,
        Qui n'a pas sa pareille,
    Vous lirez les certificats.
    Pompeux discours d'un jour de foire.
      Ebahi, l'auditoire,
Pour admirer le grand Équipolan,
    Entrait et payait en entrant.
    Cette étrange et curieuse bête,
    N'était autre qu'un vieux cheval,
Attaché par la queue au lieu de l'être en tête,
Barbouillé, déguisé, comme en plein carnaval.
Au lieu de s'en fâcher, les visiteurs d'en rire,
      Et de dire,
      En sortant :
Entrez à votre tour, rien n'est plus surprenant.
    Pour éviter la moquerie,
    Les attrapés saisirent ce moyen ;
    Le charlatan s'en trouva bien.
Fortune, trop souvent, est sœur de tromperie ;
    Méfiez-vous de ces attrape-argent
      Qui promettent monts et merveilles,
      Sottises sans pareilles :
Derrière le rideau, gare à l'Équipolan.

FABLE XXIII.

L'Amour et l'Hymen.

L'hymen dit à l'amour : je suis bien malheureux,
Que tu gardes toujours un bandeau sur les yeux
Qui m'empêche de voir, dans le cœur qui dit j'aime,
Ce tendre sentiment dont les yeux sont l'emblème ;
  Qui de deux cœurs ne font qu'un cœur,
Dans les joies, les plaisirs, les peines, le malheur.
Pour complaire à l'hymen, l'amour se laissa faire,
  Le bandeau disparut un moment ;
Mais quand la vérité sortit de la lumière,
  L'hymen préféra le mystère :
  C'était plus sage et plus prudent.

FABLE XXIV.

La jeune Femme.

  Une mère de famille,
  Jeune et gentille,
  Impatiente un peu trop,
Berçait, sur ses genoux, un tout petit marmot.
  Qu'il est gentil ! se disait-elle ;
Il faut que je lui fasse un bonnet tout mignon.
Allons vite chercher mon plus joli patron,
  Et mon étoffe la plus belle.

Mais le patron se prêta peu
Au désir de la jeune mère ;
Il était chiffonné d'une horrible manière,
Et le bonnet, *manqué*, fut jeté dans le feu.
Le cher petit marmot reçut une calotte.
Maris, prenez bien garde à vous,
De femme impatiente évitez le courroux ;
Malheur à qui s'y frotte.
Patience est vertu;
Gardons-nous du contraire
Qui mène à la colère,
Défaut que la raison a toujours combattu.
Humeur aimable, égale,
Patience et douceur,
C'est du ciel la morale,
De l'hymen le bonheur.

FABLE XXV.

La Coquille d'œuf.

Que mangerons-nous aujourd'hui?
Disait un avare à sa femme ;
Je meurs de faim ; de besoin je rends l'âme,
— Mon homme, un bon repas; un œuf dur, tout frais cuit :
Vous mangerez le blanc, je mangerai le jaune ;
La coquille? mon Dieu, nous en ferons l'aumône !...

. . . .

Millionnaires, couchés sur des montagnes d'or,
Vous donnez moins encor :

Vous regorgez de tout, à n'en savoir que faire ;
    On meurt de faim dans la chaumière.
    L'avare meurt sur son argent,
Le riche libertin meurt en le dépensant...
    Habit, doré riche avare en guenille,
Le pauvre n'a de vous, de l'œuf, que la coquille.

———⟶⟨⟩⟨⟨⟨ ···

FABLE XXVI.

Elections des Conseils municipaux en 1865.

Dis-moi, Paul, cher collègue, as-tu beaucoup de voix
    Pour le conseil de ta commune ?
    — Juste ce qu'il en faut, plus une ;
    Je vais encor porter ma croix.
C'est singulier, dit Jean, notre nombre est le même ;
    Nous avons l'unanimité,
    — Tu veux dire majorité.
— Non pas, non pas, je vais résoudre ce problème.
    Ecoute, Paul ; un maire a des amis,
        Les gens de bien, les sages ;
        C'est ainsi dans tous les villages :
Mais comptons maintenant ses nombreux ennemis,
Les délinquants et les ivrognes incorrigibles,
Ces êtres sans raison, à l'honneur insensibles,
        Piliers de cabarets,
Lieux d'où l'on voit sortir nos plus mauvais sujets.
Les tout petits savants, très grand en est le nombre ;
Ennemis du pouvoir, ils s'agitent dans l'ombre :

Sans pitié pour les bons,
Des listes électorales ils effacent les noms ;
Bien entendu le maire en tête,
Qu'ils forcent, par honneur, de prendre sa retraite,
Si du Conseil il est exclu,
La loi nouvelle l'a voulu.
Femmes qui portent les culottes,
Aux dociles maris imposant leurs bulletins,
Ou sinon des gros mots, ou même des calottes,
Quand ils ne votent pas au gré de leurs desseins ;
Enfin la goutte ;
Ce tentatif poison,
Fléau d'élection,
Qui met le jugement, le bon sens en déroute.
Donc une voix de plus que la majorité,
C'est pour nous l'unanimité.
L'épine, cher collègue, accompagne les roses ;
Elle s'attache à nous dans les plus justes causes.
Pour être maire, ou roi, de par le temps qui court,
Aux bons, comme aux méchants, il faut faire la cour,
Et même en république,
Ainsi le veut la politique:
C'est par elle qu'un loup, au bord d'un clair ruisseau,
Sans forme de procès, dévorait un agneau.
Du maire remontons jusques à la couronne,
Les loups ne ménagent personne.

Fable XXVII.

La Belle-Mère.

Il fut un temps où l'homme, obéissant aux lois,
    Ne se mariait qu'une fois;
    Plus douce était la chaîne.
    Une chose certaine,
C'est que dans les ménages on était plus d'accord ;
    Que les enfants avaient un meilleur sort;
    Que les procès étaient beaucoup plus rares ;
Les enfants plus soumis; les parents moins avares,
    Impartiaux, sans haine, ou passion,
Quand il fallait régler droits de succession.
Mais plus tard il advint (qu'on l'approuve ou le blâme),
Qu'une autre loi permit, pour le veuf, autre femme.
Ce fut dame Discorde entrée dans la maison,
        Qui, dans la deuxième union,
        Introduisit ce cœur de pierre
        Que nous nommons la belle-mère;
        Impitoyable, à ce qu'on dit,
        Pour les enfants du premier lit.
La bonne belle-mère un jour naîtra peut-être ;
Mais jusques à présent, on dit qu'elle est à naître.
C'est dans le cœur humain et chez les animaux ;
        Finissons par cet à-propos.
Dans une ancienne fable, à ce sujet, on trouve
Qu'un jeune louveteau, fruit d'un premier lien,
        Dans un second, notez-le bien,
    Fut étranglé par la deuxième louve.

A la poule donnez un étranger poussin,
Elle l'étranglera, soyez-en très certain.
   C'est bien affreux à dire;
Mais il en est ainsi dans tout ce qui respire.
  Femmes, maris, deux fois mariez-vous;
Choisissez, *s'il se peut*, bonnes poules ou bons loups.

FABLE XXVIII.

La Noix.

Un tout petit garçon, tant soit peu volontaire,
   Comme ils le sont parfois,
Dans un panier de fruits, que lui donnait son père,
   Choisissait une noix.
  — Vois, papa, sa coquille jolie ;
  De la casser j'ai grande envie :
  Sans doute que l'intérieur
  Doit répondre à l'extérieur.
Et soudain, sous ses dents, la noix craque et se brise .
   Grande fut la surprise
  De notre enfant désappointé:
  L'intérieur était gâté.
  Ne jugeons pas sur l'apparence;
  La noix nous prouve, à l'évidence,
Que pour connaître l'homme, il faut aller au fond.
  Retiens, enfant, cette leçon.

Fable XXIX.

L'éducation d'Azor.

Une petite fille,
Bijou de sa maman,
Qui lui disait, peut-être trop souvent,
Qu'elle était aimable et gentille,
Eut le désir d'avoir un petit chien.
Je le veux, je le veux, disait-elle en colère,
En montant le poing à sa mère,
. Ou sinon..... Enfant, je le veux bien :
Ta volonté soit faite.
J'y mets pourtant une condition :
C'est que tu lui feras son éducation ;
Qu'en tous points elle soit parfaite ;
Qu'il te donne la patte et saute pour le roi ;
Que ta volonté soit sa loi.
Puis encor, je l'exige,
De ses moindres défauts il faut qu'il se corrige.
Du sucre, s'il fait bien ; punis-le, s'il fait mal.
Tu consens, n'est-ce pas? Maman, je suis ravie.
Je serai sa meilleure amie,
Pour les talents il n'aura point d'égal.
Voilà le petit chien avec l'institutrice ;
En tête à tête, ils sont heureux.
Mais comme ses semblables, Azor était hargneux.
Du sucre il en voulait, mais non pas d'exercice.
Notre fillette était moins endurante encor ;

19

Quand le petit chien avait tort,
Qu'il se permettait la révolte,
Il recevait une calotte.
On sait que chien gâté n'est rien moins qu'endurant.
Celui-ci mordit jusqu'au sang
La main de sa maîtresse.
Au cri de la douleur, la mère accourt, s'empresse
De rassurer l'enfant chéri.
Quand Azor, lui dit-elle, était bien plus petit,
On cédait à tous ses caprices ;
De là sont nés ses défauts et ses vices.
Si je cède à ta volonté,
Comme ton petit chien tu deviendras méchante,
Colère, incivile, arrogante
Et le mépris de la société.
Retiens ceci ; l'avenir dépend du jeune âge :
Jeune arbre bien taillé produira du bon fruit.
Il faut, mon cher enfant, commencer aujourd'hui :
Demain, c'est déjà tard ; c'est le conseil du sage.
Si la fortune, un jour, s'arrêtait sous ton toit,
De ceci souviens-toi :
La plus belle richesse,
Ce n'est pas l'or, c'est la sagesse.

FABLE XXX.

L'Expérience.

On dit que l'expérience,
Moraliste dès sa naissance,
Parlait raison
Au cœur d'un adulte garçon.

Je viens, lui disait-elle, aider à ta jeunesse
De suivre le bon chemin.
— Déjà, qui donc vous presse ?
Je n'en ai pas encor besoin.
Laissez-moi jouir de la vie ;
Vos conseils ne sont bons que pour les cheveux blancs.
Les jeunes gens
Ne doivent écouter que l'aimable folie.
— Quand plus tard, mon enfant, tu viendras m'implorer,
Quand des malheurs tu seras la victime,
Quand tu seras penché sur le bord de l'abime,
Il ne sera plus temps, imprudent, de pleurer.
Place-toi donc sous mon égide;
Je n'empêche pas les plaisirs,
Ni du cœur les soupirs,
Quand on me prend pour guide.
Discours perdus, la folie survint,
Prit le jeune homme par la main;
Tous deux, en s'éloignant, firent la révérence
A madame l'Expérience.
Qu'on soit jeune ou vieillard,
On l'écoute toujours trop tard.

———〰〰〰———

FABLE XXXI.

Les Moutons, les Renards.

Les moutons aux renards demandèrent conseil ;
Les loups, leur disaient-ils, ces méchants sanguinaires,
Si nous fuyons leurs crocs, ils nous jettent des pierres
Sous la garde des chiens, la nuit, même au soleil.

Pourquoi fuir, répondit un renard politique :
N'avez-vous pas pour vous un cœur pur, la douceur,
Votre voix angélique?
Allez vers eux, de nos conseils c'est le meilleur.
Un mouton dit tout bas : gardons-nous-en, mes frères,
Prenons plutôt un opposé chemin,
Si nous voulons brouter l'herbe demain.
Loups et renards sont deux rusés compères,
L'un est trompeur, l'autre est glouton;
De ces associés n'attendons rien de bon.
Des loups et des renards fuyez la compagnie,
Si vous tenez à l'honneur, à la vie.
Ça dit,
Tout le troupeau s'enfuit.
Pour sauf-garder votre jeunesse,
Jeunes filles et jeunes garçons,
Et même aussi froide vieillesse,
Imitez les moutons.

FABLE XXXII

Le Choléra.

Sur la terre et sur l'onde,
Tout en faisant le tour du monde,
La vapeur rencontra
Le choléra,
Souffle impur, invisible,
Qui, sorti des enfers,
Se répand dans tout l'univers,
Donnant la mort, foudroyante et terrible.

Avant son apparition
On le nommait la peste,
Pour nous expédier pour le moins aussi leste ;
Comme un mauvais sujet, il a changé de nom.
Né sur un lointain rivage,
Un jour il prit passage,
Sur un bateau-vapeur ;
Pour tout le genre humain déplorable malheur.
La vapeur fit bien ses affaires,
Elle mit à néant les cordons sanitaires :
Par les chemins de fer, soit de près, soit de loin,
Le choléra de tous côtés nous vint.
Si nous allons chercher l'or en Californie,
En Amérique les cotons,
Dans nos vapeurs nous ramenons,
En quelques jours, du choléra l'épidémie.
Aller vite, est-ce donc le bonheur ?
Si d'une part vient la richesse,
De l'autre il nous arrive un fléau destructeur ;
Nous ferions beaucoup mieux de chercher la sagesse.
Du siècle suivons donc l'impétueux torrent;
Le vouloir arrêter ce serait imprudent.
Hé bien ! puisqu'il le faut, ouvrons nos barrières,
Au luxe, au choléra, sources de nos misères.
Plantons dans nos meilleurs terrains
L'inutile tabac où nous semions nos grains ;
Inspirons aux enfants l'amour de la toilette
Qui perd l'âme et le cœur de la pauvre fillette.
Pour rendre nos garçons soumis et bons sujets,
Multiplions partout billards et cabarets.
Enfin, pour mieux tuer les amants de nos filles,
A nos anciens fusils ajoutons des aiguilles.
Alors tout ira pour le mieux
Au gré du choléra et des ambitieux.

Fable XXXIII.

Le Chien, le Renard, le Coq.

Un chien gardait un poulailler,
Que convoitait renard, ce rusé rien qui vaille.
Quand il rôdait autour, en flairant la volaille,
Le chien montrait son redoutable ratelier.
    A batailler en vain je m'use,
Dit le renard, il est temps d'employer la ruse.
    Jugeant le chien las de sa faction,
    Il proposa cette convention.
A quoi bon, mon ami, t'acharner à défendre
    Ce que je ne convoite pas ?
    Dieu me garde jamais de prendre
Le poulailler, objet de nos débats.
    Pour le prouver, écoute.
Si dans un temps donné tu m'en cèdes la route,
    Je n'y entrerai pas, foi de renard.
Le chien le crut, signa ; mais un vieux coq criard
    Publia la nouvelle :
    Du chien loyal, fidèle,
    Plaignit l'aveuglement
    Basé sur ce raisonnement.
C'est ainsi, pauvre chien, que le renard t'abuse.
    Si tu restes, il veut du poulailler ;
Si tu pars, qui croira qu'il n'y veut plus entrer ?
Donc cette convention n'est autre qu'une ruse.
Retiens ceci ; je n'aurai pas chanté trois fois,
Que le trompeur renard nous dictera ses lois.

Ce coq avait servi dans maintes républiques,
Il connaissait à fond des renards les rubriques :
Il savait bien que, les bons chiens partis,
Dans son cher poulailler viendraient ses ennemis.

Fable XXXIV.

Le Chiffonnier.

Un Chiffonnier, lanterne et crochet dans la main,
    Hotte au dos, pour gagner son pain,
Cherchait, le jour, la nuit, chiffons de toutes sortes,
    Dans la rue, à toutes les portes.
    Une couronne où brillait l'or,
        Frappe sa vue ;
        Personne dans la rue :
    Ramassons, dit-il, ce trésor.
    Soudain il le ramasse :
Quand il veut s'emparer du métal séduisant,
    Il n'y peut parvenir quoiqu'il fasse ;
    Des épines le piquent au sang.
D'où diable vient cette étrange couronne,
    Que le hasard me donne,
Murmurait dans ses dents le pauvre chiffonnier ?
Haro ! j'aime bien mieux celle de mon métier.
    Lecteur, tu le devines ;
    La couronne d'épines
    Où l'or couvrait le bois,
    Était celle des rois !...

Il faut qu'on le confesse,
Du chiffonnier bien rare est la sagesse.
Il fredonne gaîment en cherchant ses chiffons,
Sans soucis sur la paille il sommeille,
Tandis que le roi veille
Pour combler les ingrats, de ses faveurs, ses dons.
Restons petits, sagesse le conseille.
Là point de courtisans, ni d'encens, ni d'honneurs ;
Mais, dans les mauvais jours moins grands sont les malheurs.
Lorsque les passions s'agitent, hurlent avec rage,
En paix le chiffonnier laisse gronder l'orage ;
Et malheureusement
Les passions hurlent souvent.
De leurs laides racines
Nous viennent les épines
Enlacées aux couronnes des rois
Et même au front d'un Dieu, sur l'immortelle croix.

FABLE XXXV.

L'Aigle et la Chouette.

Tout le monde m'en veut, disait une chouette,
Jusques aux hirondelles, et même leurs petits ;
Mais je démolirai leurs nids.
— Oh ! la méchante bête,
Dit un aigle qui l'écoutait ;
Depuis longtemps ma justice te guette.
Dans ses terribles serres il l'étreignait.

Maudit oiseau des pronostics funèbres,
Pourquoi donc, méchant animal,
Te caches-tu dans les ténèbres :
Est-ce pour faire bien? non, c'est pour faire mal.
C'est pour plumer l'innocente hirondelle,
A ses amours, à ses devoirs fidèle ;
Pour effrayer, dévorer ses petits ;
Pour démolir leurs ingénieux nids.
Tu dis que l'on t'en veut, n'accuse que toi-même ;
Fais le bien, on ne t'en voudra pas,
Car, tôt ou tard, toujours on aime
Qui se conduit bien ici bas.
Mais que fais-tu? tu déchires ma patte
Quand je te donne un bon conseil :
Pour la dernière fois regarde le soleil.
Meurs, tu n'es qu'une ingrate.
Rodeurs de nuit sont dangereux,
Il faut avoir les yeux sur eux.

Fable XXXVI.

La Disgrâce.

Chez un Ministre arrive la disgrâce.
Il en eut du chagrin.
Elle lui dit, en lui serrant la main ;
Console-toi, si tu perds aujourd'hui ta place,
Tes bons amis se feront un devoir,
Dès demain, de venir te voir.
Ministre en défaveur, un vieux dicton conseille
De ne plus croire amis les amis de la veille :

Si dès le lendemain il vous en venait un,

Ce qui n'est pas commun,

Regardez dans la glace ;

Derrière votre dos, il fera la grimace.

N'en soyez pas surpris,

En défaveur, vous n'avez plus d'amis.

Quand, pour faire le bien, au pouvoir l'homme s'use,

S'il croit qu'on l'aime, oh ! combien il s'abuse.

Disgracié, ne vous en plaignez pas,

C'est partout de même ici-bas.

Les amis du soleil, immense en est le nombre ;

On n'en rencontre plus, dès qu'on rentre dans l'ombre.

Comment de l'amitié posséder ce trésor,

Quand tout le genre humain n'a des yeux que pour l'or ?

Mais, après tout, qu'est-ce donc que la vie

Sans l'amitié, ce frein des passions ?

Un torrent que nous traversons,

Conduits par la folie.

Si la sage amitié n'est pas de la partie,

Sur les écueils nous nous brisons.

Fable XXXVII.

Le vieux Soldat et le Conscrit.

Tu ne sais pas, mon vieux, une grande nouvelle ?

— Non, laquelle ?

— Tu peux faire ton sac,

Nous ne tarderons pas à coucher au bivouac.

Je ne suis qu'un conscrit, camarade ;

Mais quand je vois des Rois par des Rois détrônés,

La moutarde
Me monte au nez.
Et nous les laissons faire !
Qu'en penses-tu, mon vieux troupier ?
— Je pense qu'aujourd'hui qui veut faire la guerre,
Doit pour son général choisir un armurier.
Ce n'est plus le savoir qui gagne les batailles ;
Mais les nouveaux fusils, les terribles canons,
Qui tuent, dans un seul jour, les soldats par millions,
Foudroyent les vaisseaux, renversent les murailles.
C'était bien différent au champ de Marengo !
Quand notre général guidait notre drapeau,
C'était l'éclair, la foudre :
Mais malheureusement il aimait trop la poudre.
Il vainquait l'univers,
Il mourut dans les fers !
En deux mots voilà son histoire.
Dans la paix, aujourd'hui, son neveu met sa gloire,
Son espoir dans son Dieu,
Dans son peuple guerrier, plein d'honneur, plein de feu.
Malheur qui toucherait le lion qui sommeille !
On croit qu'il dort, il veille...
Confiants, l'arme au bras, camarade, attendons ;
On sait que les Français ne sont pas des poltrons.
Aux grands jours des combats, il faut armes égales ;
Rendre balles pour balles ;
Ne pas nous exposer à des récents malheurs,
Qui, d'un peuple guerrier, ont fait couler les pleurs.
On forge nos fusils, prenons donc patience ,
Ne compromettons pas les destins de la France ;
Il ne faut pas courir à la gueule des loups,
Quand leurs fusils, contre un, peuvent tirer six coups,
Voilà ce que je pense,
Et comme moi toute la France,

Fable XXXVIII.

Le Lion et les Serpents.

Parmi les animaux, il est un vieil usage,
De venir tous les ans au lion rendre hommage,
Soit par devoir,
Soit pour encenser le pouvoir.
Certaine année,
Sa Majesté fut étonnée
De ne pas voir, parmi ses courtisans,
Les serpents.
Mais, se dit-elle à part, me seraient-ils hostiles?
Ramenons au bercail ces dangereux reptiles.
Par quels moyens?.. donnons-leur un gala.
Faibles lions, triste moyen que celui-là.
Vous ne savez donc pas que langues venimeuses
Ne sont heureuses,
Soit chez l'homme, ou chez l'animal,
Qu'en se livrant au mal.
Loin de leur faire des caresses,
Des compliments, des politesses,
Traitez les serpents en serpents,
Si vous voulez les rendre moins méchants.
Mais si vous faites le contraire,
Jusqu'à la mort ils vous feront la guerre,
Ou de leur souffle venimeux
Flétriront votre honneur, crime plus odieux.
Le dangereux serpent, démon plein de malice,
Hypocrite, rusé, rampant, partout se glisse;

Dans votre sein, lions, ne le réchauffez pas :
Plus on leur fait de bien, plus on fait des ingrats.
    Ceci nous prouve à l'évidence
Qu'on doit toujours tenir les serpents à distance.

FABLE XXXIX.

L'Ours noir.

    Un ours noir se fit berger ;
    Il avait appris à bêler :
    A prendre certaine attitude :
A faire les yeux blancs, se donner l'air benin.
    On eût dit un vrai saint
    Dans la béatitude.
On voyait tous les jours augmenter son troupeau,
Et tous les jours aussi disparaître un agneau.
Il est facile à l'ours de tromper l'innocence,
S'il sait de la vertu revêtir l'apparence.
    Mais les brebis reconnurent bientôt
    Que l'ours était un faux dévot.
    Le cœur vigilant d'une mère
    Est rarement trompé ;
Par une belle nuit tout avait décampé
    Pendant que l'ours dormait dans sa tanière.
    Quand il dort d'un profond sommeil,
N'attendez pas son terrible réveil.
Il faut fuir le danger pour sauver l'innocence,
    C'est le conseil de la prudence.

FABLE XI.

L'Ours blanc.

Où vas-tu, mon cher frère ?
Disait un ours noir à certain ours blanc,
Qui s'en allait, flairant,
A travers les épines, à travers la bruyère,
Le nez au vent.
— Je cherche des brebis qu'on m'a dit égarées,
Pour les ramener au bercail,
D'où certain faux berger, portant cet attirail,
Les avait éloignées.
Cherchons ensemble, ami ;
Nous devons assistance
A la faible innocence,
Même à notre ennemi.
Mais d'où vient, d'un mouton, cette peau sur la tienne,
Cette houlette et ce large chapeau
Qui couvrent ton museau ?
Ta morale n'est pas la mienne.
Tu te déguises pour tromper ;
Nature veut que nous vivions de chasse ;
Mais que nous combattions face à face.
Qui revêt, pour séduire, un habit de berger ?
L'ours noir, au plus vite,
Lâche, comme un trompeur, à son tour prit la fuite !
Il faut vivre de son métier ;
Mais des ours travestis il faut se méfier.

FABLE XLI.

Les deux Plumes.

Deux plumes de village, une, celle du Maire,
 L'autre du Secrétaire,
  Se brouillèrent un jour :
  Si fragile est l'amour !
La plume qui sortait de l'Ecole normale,
  Voulait seule régner :
  Je suis reine de l'encrier,
 Répétait-elle à sa rivale.
 Je sais que je dois te servir ;
Mais entre nous, soit dit en confidence,
 D'administrer j'ai la science ;
Tu ne l'as pas, donc tu dois m'obéir.
  Plume sans orthographe,
 Contente-toi de mettre ton paraphe
  Sur mes actes et sur mes discours,
  Soit dit une fois pour toujours.
— As-tu bientôt fini, donneuse de férules !
  Ecrivassière de formules,
 Qui reçois, à l'année, huit cents francs,
 Pour surveiller, instruire nos enfants,
 Il te sied bien de faire la savante ;
  Orgueilleuse, arrogante,
 Je t'apprendrai, ce ne sera pas long,
Que tu dois le respect à mon rang, à mon nom !
  Qu'arriva-t-il de cette guerre ?

Au cabaret, le lendemain,
La plume de Monsieur le Maire,
Celle du Secrétaire,
Furent trouvées dans un verre de vin,
Humant, d'une ardeur sans pareille,
Le doux jus de la treille,
En se jurant fraternité,
Jusqu'à la mort fidélité.
On composerait cent volumes,
Qu'on n'aurait pas tout dit de la guerre des plumes.
Que nous soyons ou non égaux,
Ne publions pas nos défauts :
Vivons en bonne intelligence,
Pour gouverner c'est la science.
Puisse la paix dorénavant
Sortir du vin et non du sang !
Plumes de Rois, c'est notre vœu le plus ardent.

FABLE XLII.

Le Miracle.

Dis-moi, maman, ce que c'est qu'un miracle ?
— Veux-tu, mon fils, jouir de ce spectacle ?
Jette ce caillou dans les airs,
Comme le Créateur y jeta l'univers ;
S'il s'y soutient, s'il sillonne l'espace,
S'il revient tous les ans juste à la même place,
Comme y vient le soleil, le globe où nous vivons,
Tu n'auras plus besoin d'autres explications.

Ce caillou, dans tes mains, n'est autre qu'une fable;
Mais, sache, enfant, que Dieu, d'un petit grain de sable,
A créé l'univers, les astres lumineux
    Qui sillonnent les cieux.
  Voilà, mon fils, le grand miracle
Que Dieu seul du chaos pouvait faire sortir.
  Adore et prie au pied du tabernacle,
    Jusques à ton dernier soupir.
Tu n'auras pas toujours les conseils de ta mère;
Mais demande au Seigneur qu'il te guide et t'éclaire;
En toute occasion réclame son appui :
    C'est ton meilleur ami.
Des miracles de Dieu douter, c'est impossible;
Que le doute jamais ne corrompe ton cœur;
Réponds à qui voudrait te mettre dans l'erreur :
    A Dieu tout est possible.
Le jour, la nuit jette les yeux au ciel;
    Là le miracle est éternel.

FABLE XLIII.

L'Instituteur communal en 1867.

Deux adultes sortaient de l'école du soir;
    Utile et louable devoir.
Je veux être soldat, disait le petit Pierre;
C'est mon goût, c'est mon choix, ce sera ma carrière.
  — Jean, auras-tu le même cœur;
  Serviras-tu, comme moi, ta patrie,
  Pour lui donner, s'il le fallait, ta vie ?

Au cabaret, le lendemain,
La plume de Monsieur le Maire,
Celle du Secrétaire,
Furent trouvées dans un verre de vin,
Humant, d'une ardeur sans pareille,
Le doux jus de la treille,
En se jurant fraternité,
Jusqu'à la mort fidélité.
On composerait cent volumes,
Qu'on n'aurait pas tout dit de la guerre des plumes.
Que nous soyons ou non égaux,
Ne publions pas nos défauts :
Vivons en bonne intelligence,
Pour gouverner c'est la science.
Puisse la paix dorénavant
Sortir du vin et non du sang !
Plumes de Rois, c'est notre vœu le plus ardent.

Fable XLII.

Le Miracle.

Dis-moi, maman, ce que c'est qu'un miracle ?
— Veux-tu, mon fils, jouir de ce spectacle ?
Jette ce caillou dans les airs,
Comme le Créateur y jeta l'univers ;
S'il s'y soutient, s'il sillonne l'espace,
S'il revient tous les ans juste à la même place,
Comme y vient le soleil, le globe où nous vivons,
Tu n'auras plus besoin d'autres explications.

Lui rapportent, au moins, mille ou douze cents francs.
Mais plus que tout cela sa place a l'avantage
D'obtenir, en dormant, un riche mariage,
    Qui couronne son avenir.
Ces dires ne sont pas contes faits à plaisir.
Il est à désirer, comme dans ces beaux rêves,
Qui nous bercent d'amour, qui font battre nos cœurs,
    Que nos instituteurs,
Pour Dieu, pour le pays, fassent de bons élèves :
    C'est le vœu général ;
    Le reste nous est égal.

FABLE XLIV.

L'Ambition et la Politique.

Il fut un temps de paix et d'innocence,
Où les hommes vivaient en bonne intelligence.
Ceci ne faisait pas l'affaire du démon,
Qui, pour faire le mal, créa l'ambition,
A laquelle il joignit sa sœur la politique,
    Engeance diabolique.
Il leur donna le plan de la tour de Babel,
Où les hommes voulurent escalader le ciel.
    Dans ce travail insensé, téméraire,
    Diverses langues on parla :
On ne s'entendit plus, la tour dégringola.
    Qu'arriva-t-il ? la guerre,
    Les fédérations,
    La royauté, la république,

Les fusils destructeurs, les foudroyants canons,
Fruits de l'ambition et de la politique.
  Tant que règneront ces deux sœurs
   Dans les conseils des hommes,
    Tous autant que nous sommes,
   Redoutons les malheurs.
Mais, malheureusement, ces deux enfants du diable
Auront, sur nos destins, un ascendant durable.
  Les combattre c'est temps perdu ;
C'est défendre désirs pour le fruit défendu.

    —————

FABLE XLV.

La Jalousie.

   —

  Plume savante, suis-mon conseil ;
Dans tes écrits, ménage l'ignorance,
  Quoiqu'ennemie de la science.
— Moi ! descendre si bas, jamais rien de pareil.
— Il y va cependant de la paix de ta vie ;
 Je m'y connais : je suis la jalousie.
   Elle avait bien raison.
  La jalousie est un mortel poison,
  Mais Esope inventa la fable
  Que La Fontaine immortalisa,
Sous son style instructif, fécond, inimitable,
En vers harmonieux, il nous moralisa.
Sans prétendre jamais, maître, qu'on vous égale,
Nous avons ajouté quelques fleurs à vos fleurs.

Où vous avez semé, génie, esprit, morale,
Nous ne sommes que des glaneurs.
Jamais dans notre cœur entra la jalousie.
En lisant La Fontaine, orgueil de sa patrie,
On peut être jaloux de ses vers ravissants ;
Mais quand il fait vibrer sa poëtique lyre,
L'écho de ses fables soupire ;
Pour l'égaler vous êtes impuissants !
J'obéis à l'écho, cher lecteur, je m'arrête ;
Je suis un vieux soldat, ni jaloux, ni poëte ;
Dans ma vie agitée de travaux, de labeurs,
Mes fables ont été mes plus chères douceurs.
Si j'ai chanté, comme dame cigale,
J'ai suivi les conseils des prudentes fourmis.
Le travail, la morale,
Ont toujours été mes amis.

FABLE XLVI.

La reconnaissance.

Dans un grenier, séjour de la misère,
Un petit savoyard pleurait ;
Il avait faim, il pensait à sa mère,
Et pour elle il priait.
A genoux sur son lit de paille,
Il embrassait la petite médaille
Que son bon curé lui donna ;
Sa foi, son espoir étaient là.

Une petite souris blanche
Grignotait, sur sa planche,
Son morceau de pain noir,
Pour ses quatre repas du matin jusqu'au soir.
— Grignote, ma petite, oh ! sans crainte grignote,
Disait-il dans les pleurs :
J'ai perdu ma marmotte;
Égaux sont nos malheurs.
A ces mots la souris se blottit dans la boite,
Que défunte marmotte habitait;
Le petit savoyard la caresse, la flatte ;
Dans son langage elle disait :
« Cher bienfaiteur, — tu m'as nourrie
« Lorsque tu n'avais pas suffisance pour toi :
« En paix je vivais sous ton toit :
« Je te dois l'amitié, mon dévouement, la vie.
« Je suis gentille, aux passants fais-moi voir.
« Assurément on nous fera l'aumône.
« Qui ne sait que le ciel bénit la main qui donne ;
« Oh ! l'on nous donnera, j'en conserve l'espoir.
« Ensemble nous irons dans ta pauvre chaumière
« Donner, plus tard, nos aumônes à ta mère.
« Ensemble aussi quand il faudra mourir,
Dieu viendra nous bénir »
Oh ! qu'elle est grande ta puissance,
Divine reconnaissance !
Méritez-la donc, grands seigneurs,
Si près de nous sont les malheurs.

FABLE XLVII.

Le Financier et le Jardinier.

Comme tu perds ton temps, disait un financier,
            A son vieux jardinier!
Tu sarcles trop longtemps, laisse un peu pousser l'herbe,
Surtout quand mon jardin est verdoyant, superbe.
    — Maître, écoutez, sauf un meilleur avis.
Vous avez des monts d'or, grâce à vos bons commis.
Mettez près d'eux gens sans délicatesse;
        Quand vous compterez votre caisse,
        S'il ne vous manque pas un sou,
        Je veux qu'on me coupe le cou.
        Dans mon jardin c'est même chose;
Si je laisse pousser chardons près de la rose,
        Cette belle fleur languira,
                Se flétrira.
Si je laisse pousser, dans mes salades, orties,
Salades, j'en suis sûr, seront bientôt pourries.
Infidèles commis mangeront votre bien;
Si je ne sarcle pas, je ne récolte rien,
        A moins de quelque grand miracle;
            Donc il faut que je sarcle.
        Le financier, un peu confus,
            S'en alla compter ses écus.
Il eut le bon esprit, à ce que dit l'histoire,
            De gratifier
            Son jardinier
            D'un bon pour boire.

Sarclez, sarclez, cultivateurs,
On n'a jamais trop de sarcleurs (1).
Sarclons mauvais conseils qui perdent la jeunesse,
En flétrissant leur cœur, bien avant la vieillesse.

Fable XLVIII.

La Louange.

Pour louer le soleil levant,
Aux dépens de celui qui dans l'ombre se couche,
Ne faisons pas le chien couchant ;
Mieux vaut ne pas ouvrir la bouche.
Jugement trop précipité
Dit rarement la vérité.
Attendons pour louer le soleil qui se lève,
Que sa course s'achève.
Quand il pointille à l'horizon,
Et qu'il se lève sans nuage,
Ce ne peut être une raison
Qu'il se couchera sans orage.
Pour mettre les parfums, le feu dans l'encensoir,
Flatteurs, attendez-donc le soir.
Il n'est pas prudent qu'on se presse ;
C'est le conseil de la sagesse.

(1) Les sarcleurs sont des ouvriers qui détruisent les mauvaises
herbes dans les terres.

FABLE XLIX.

Le Juif-Errant.

Le Juif-Errant passait en France
Dont il a conservé la douce souvenance :
  Il racontait le récit
   Que voici.
  « C'était la fête d'un village ;
 » On entendait les joyeux violons,
 » Des cabarets le bruyant tapage,
» Des cloches d'un trépas les lamentables sons.
» Ainsi, le même jour, en France, on danse, on pleure,
  » Tout juste à la même heure,
 » Sans s'occuper des peines du voisin:
  » Voilà le cœur humain !....
 » Dans les Palais, dans la chaumière,
 » Jouir, c'est la plus grande affaire ;
» Dès qu'aux musiciens on donne le signal,
» Les cloches du trépas n'empêchent pas le bal.
 » Pour un moment, ne saurait-on suspendre
  » Les cloches, ou le violon ?
» Ce serait beaucoup mieux, le tout est de s'entendre ;
» Mais quand les deux partis veulent avoir raison,
  » L'accord est difficile,
  » Si bien que de fil en aiguille,
  » De propos en propos,
» Depuis le campagnard jusqu'au pouvoir suprême,
  » On arrive aux gros mots.
 » L'homme est partout le même ;

» Ceci nous prouve évidemment,

» Que, du petit au grand,

» Presque toujours nous faisons le contraire

» De ce qu'il faudrait faire.

» Descendez du pouvoir jusques aux villageois,

» On ne veut pas céder, eût-on tort mille fois.

» Voilà pourquoi, depuis le premier père,

» Nous avons toujours vu les horreurs de la guerre.

» Convoitise, jamais,

» Ne saurait nous donner les douceurs de la paix.

» A l'oreille des Rois ne cessons pas de dire :

» L'ambition est de nos maux le pire ;

» Repoussez-la, comme un subtil poison;

» Elle égare le cœur, l'esprit et la raison.

» Qui donc perd les états, nos familles prospères ;

» Est-ce la paix, ou bien les guerres ?

» Ah ! lorsque dans la paix nous cultivons nos champs,

» Ne les arrosons pas du sang de nos enfants!

» Et quand le ciel en feu déchaîne les orages,

» Qu'il déclare la guerre à nos riches moissons,

» Ne préférons-nous pas la paix à ces ravages;

» D'un radieux soleil les bienfaisants rayons ?

» La voix terrible du tonnerre,

» C'est la voix du Seigneur qui descend jusqu'à nous,

» Pour nous épouvanter des horreurs de la guerre.

» Dieu l'a dit, Dieu le veut: *La paix soit avec vous.* »...

Pour l'Exposition sans doute,

Le Juif-Errant reprit sa route.

Dans le suivant récit,

Voyons ce qu'il en pense et dit.

FABLE L.

L'Exposition universelle en 1867 : ce qu'en pense le Juif-Errant.

Paris, cette ville admirable,
Venait de convier les rois de l'univers
A quitter leurs états, à traverser les mers,
Pour venir visiter la ville incomparable,
    L'universelle exposition ;
Pacifiques combats, louable ambition.
    C'était une adroite tactique,
    Pour attirer les empereurs et rois
    Dans un artistique tournois,
    Pour connaître leur politique.
Mais est-il bien prudent d'étaler les beautés
De ce brillant Paris, anciennement Lutèce,
Ravissant, aujourd'hui, de luxe et de jeunesse ?...
Si de vous l'enlever les rois étaient tentés ?
    Avec franchise et courtoisie,
Lorsqu'aujourd'hui vous leur tendez la main,
    Ne craignez-vous pas, dès demain,
    Le poison de la jalousie ?
    Il est si rare de trouver
    Un seul ami loyal, sincère ;
    Comment pouvez-vous espérer
    L'amitié des rois de la terre ?
Le Champ-de-Mars, dont vous avez fait choix
Pour étaler tant de magnificence,
Ne laissera-t-il pas fâcheuse souvenance
    De vos victoires d'autrefois ?

Victoires qui plus tard, hélas ! il faut le dire,
    Ont rendu le premier Empire
    Plus petit qu'il était avant,
Quand il fallut tomber de grandeurs à néant !
    Trop de luxe c'est rien qui vaille ;
    C'est la ruine d'une maison :
    Quand on s'y livre hors de raison,
 On est bien près de coucher sur la paille.
    De ce magnifique congrès,
Ce miracle des arts, ces somptueuses fêtes,
    Des rois, les conversations secrètes,
    Aurez-vous enfin les secrets?...
    Paris, reprends ta mâle allure.
Assez de fleurs offertes aux monarques puissants.
A travers ces parfums, ces nuages d'encens,
    Qu'ils aperçoivent ton armure.
Le Français, tu le sais, est sensible à l'honneur ;
    Jamais il ne connut la peur :
Il n'a pas reculé *quoique seul au Mexique ;*
Il porte le front haut devant qui le critique.....
Pourquoi donc ces fusils, ces monstrueux canons —
Qui sont là, sous les yeux des peuples de la terre?
Est-ce espoir de la paix, est-ce un défi de guerre?
    Réponds, Paris, nous attendons......
    Tu gardes le silence ;
Lorsque le monde entier est gros d'événements,
    Tu festoyes, tu danses
    Sur des charbons ardents !...
    Pour que la paix ne soit point une fable,
    Mettez vos fusils en faisceaux ;
    Fraternité sur vos drapeaux ;
A ces conditions la paix sera durable.
Mais si mèche allumée fume auprès du canon,
    Malgré votre exposition

Vos fêtes, vos banquets, quoique vous puissiez faire,
Beau Paris, vous aurez la guerre.
Puisque vous savez tout, à ce qu'on dit,
Tâchez de nous donner un prochain démenti.
Tout luxe engendre la mollesse,
Enerve les soldats,
Démoralise les états.
La vraie grandeur c'est la *justice* et la *sagesse*.
Lorsque sur vos drapeaux ces mots seront écrits,
Vous n'aurez plus besoin de canons, de fusils.
C'est là qu'il faut que l'on arrive :
En attendant tenez-vous bien sur le qui-vive.
Garder un bandeau sur les yeux,
Dans un danger rien n'est plus dangereux.....
Paris, cette ville frivole,
Prit enfin la parole.
— Dieu nous a dit, la paix soit avec vous;
Mais si les étrangers nous déclaraient la guerre ;
Si leur ambition nous forçait à la faire,
Provocateurs, redoutez-nous.
Comme des insensés, à la raison rebelles,
Vous avez inventé vos armures cruelles
Pour reprendre partout la mort,
Et pour vous agrandir par le droit du plus fort.
Vous en dire plus long, ce serait inutile.
Si vous voulez gouter de la garde mobile,
En guerre, ou pacifiquement,
La France vous attend.

Fable LI.

Le Travail.

— L'âge nous dit: repose-toi.
— Mais cependant si je puis être utile,
Faut-il rester stérile,
Quand du travail le ciel nous fait la loi ?
Combattons la paresse,
Même dans la vieillesse.
L'esprit ne saurait vieillir ;
L'esprit, c'est l'âme,
Cette immortelle flamme
Qui monte vers le ciel : c'est le dernier soupir !...
Dans le travail l'âme grandit, s'épure,
Pour comparaître devant Dieu.
Pour l'homme, le travail c'est l'action du feu
Qui ne souffre pas de souillure.
Selon nos facultés, notre âge, notre rang,
Travaillons donc sans cesse
Pour acquérir la morale richesse,
L'honneur, des biens terrestres le plus grand.

FABLE LII.

Une Question, une Réponse en 1867.

-×-

Que penses-tu, mon vieux guerrier,
    De l'Empire premier,
    De la loi militaire ?
— Il faut, pour la juger, que nous ayons la guerre.
Quand la France aura dit : aux armes ! honneur le veut !
La loi sera jugée au baptême du feu.
Oh ! combien d'orateurs ont échauffé ma bile,
Aux articles ayant trait à la garde mobile.
La Chambre n'aurait pas discuté si longtemps,
Si nos anciens soldats avaient encor vingt ans.
Au grand jour du danger déployons l'oriflamme ;
Sous le drapeau français n'ayons qu'un cœur, qu'une âme;
Et quand nous entendrons du tambour le rappel,
Vieux et jeunes soldats répondront à l'appel.
    Tous les enfants de France,
    Quelle que soit leur naissance,
    Garde mobile, ou non,
Courront où grondera le foudroyant canon.
    Voilà la loi nationale.
    Quand on battra la générale,
Si dans un grand danger quelque jour on la bat,
    Tout Français doit être soldat.

Fable LIII.

L'Entrevue de Saltzbourg en 1867.

Pourquoi Berlin, St-Pétersbourg,
Fulminez-vous au nom de Saltzbourg ?
Pourquoi nous cachez-vous la secrète alliance,
Qui de vous deux ne font plus qu'un ?
Pourquoi mettez-vous, en commun,
Canons, fusils contre la France ?
Ne peut-elle donc plus visiter ses amis
Sans vous porter ombrage ?
Mais ne faites-vous pas mille fois davantage
Pour lui créer des ennemis ?
Pourquoi donc ces annexions
Et ces confédérations,
Si ce n'est pour la guerre ?
Pour les moins clairvoyants, ce n'est plus un mystère.
Si vous voulez sincèrement la paix,
Laissez princes et rois gouverner leurs sujets. .
Ne forgez pas des fers aux peuples d'Allemagne;
Vous n'êtes pas encor ce que fut Charlemagne.
Sous la peau du lion
Cachez, Berlin, le bout de votre oreille ;
Modérez votre ambition,
Saltzbourg le conseille.
Vendre la peau de l'ours lorsque l'ours est vivant,
Cela n'est pas prudent.
Dans sa division laissez la mappemonde;
N'attirez pas le midi vers le nord ;

Il faut un trop puissant effort
Pour bouleverser le monde.
Quand on s'est emparé des états du voisin,
Il faut les rendre un jour, c'est la loi du destin.
A chaque bataille perdue,
Vainqueurs, ne jetez pas les vaincus dans la rue.
Serait-ce dans mille ans, retenez bien cela,
Ce que vous aurez pris, on vous le reprendra.
La politique à double entente
Cache toujours de perfides projets;
Des révolutions elle met sur la pente,
Enraie le commerce et ruine nos budgets.
Berlin, vous n'êtes pas sincère;
Vous cachez votre jeu;
Vous soufflez sur le feu
Pour allumer la guerre !
Saltzbourg, de ses vœux désire le contraire.
Sachez que nous portons un trop vaillant drapeau
Pour tomber dans votre panneau.
Lorsque notre ennemi pour combattre s'apprête,
Nous ramassons le gant qu'à la face il nous jette.

* * *

FABLE LIV.

La politique des Renards et des Loups.

A la porte d'un poulailler, un loup flairait.
De sa voix la plus tendre,
Aux poules il disait :
Bonne nouvelle à vous apprendre.

Hâtez-vous de m'ouvrir,
De vous parler j'ai le plus grand désir.
Vous êtes à la veille
De signer un traité défensif,
Offensif,
C'est un secret qu'on ne peut dire qu'à l'oreille.
Je suis envoyé de la part
De mon ami, maître renard :
Vous le savez, c'est une tête habile et forte,
Ouvrez-moi donc au plus vite la porte.
Une nouvelle convention,
Si vous y consentez, déchire la première,
Du poulailler nous ouvre la barrière,
Vous assure à jamais notre protection.
Un vieux coq entonna de sa voix roque et dure :
Méfions-nous ; les renards nous ont trop déplumés,
Calomniés et dévorés ;
Vite fermons nos deux verroux, notre serrure.
Loup qui fréquente l'ennemi,
Ne saurait être notre ami.
Pour éloigner cette race méchante,
Je ne dors que d'un œil, et nuit et jour je chante.
. . . .
Comme les coqs soyons actifs, prudents ;
Fermons à double tour notre porte aux méchants ;
Que nous soyons homme, ou volaille,
Les loups et les renards, sont pour nous rien qui vaille.
L'un est cruel ; l'autre trompeur, malin ;
Ils se tiennent, tous deux, par la patte ou la main.
Or, quand à pas de loup renard vers nous arrive,
Crions, comme les coqs, à toute voix : qui vive !
Précaution, hélas ! bien souvent trop tardive.....
Quand le drame est joué, derrière le rideau
Renards et loups partagent le gâteau.

Il faut qu'on le confesse,
Le charlatanisme nous berce.
Si, comme les poltrons,
Nous fermons les yeux et dormons,
Il est souvent trop tard, quand nous nous réveillons.

FABLE LV.

Les Chats et les Rats en 1867.

On dit que des bandes de rats,
Par une marche audacieuse, hardie,
Cherchaient à pénétrer dans une hôtellerie
Entourée, surveillée par des milliers de chats.
Comment franchir ces sentinelles scélérates,
S'écrièrent les moins hardis?.....
Vous n'êtes que des conscrits,
Dit un vieux rat, passons entre leurs pattes.
Loin de les empêcher,
Sans une égratignure on les laissa passer,
On dit que c'est tout comme
Ce qui se passe, aujourd'hui, devant Rome,
Où certains rats
S'entendent, on ne peut mieux, avec messieurs les chats,
Comme larrons en foire,
Quand il s'agit de prendre et partager la poire.

Fable LVI.

L'Œuf.

En mangeant un œuf frais, un gourmand villageois
Se plaignait de sa nourriture.
L'œuf qu'il humait, lui dit : pourquoi pareil murmure ?
Mais tu fais un repas de rois,
Lorsque dans ta bicoque
Tu me manges à la coque.
Bien souvent on a dit :
Tous les mets semblent bons avec de l'appétit.
Laisse aux seigneurs les bonnes tables ;
Un œuf, un oignon cru, bon pain, sont préférables.
Travail, frugalité,
Qui donnent la santé,
Voilà le bien suprême.
A la table où s'assied qui porte diadème,
Voit-on souvent cela ?
Ces trésors sont rarement là.
Femme, enfants, un ami ; quand vient un jour de fête,
On met la poule au pot ; café, dessert frugal ;
Après la chansonnette :
Rencontre-t-on ceci dans un gala royal ?
C'est plutôt le contraire.
N'envions pas les somptueux repas :
Le bonheur, ici-bas,
N'est pas dans les palais ; il est dans la chaumière.
Quand bien même on serait en révolution,
Tes poules et ton champ en paix te nourriront.

Cesse donc de te plaindre
Quand tu n'as pas à craindre
Les courtisans, les faux amis
A ta table assis.
Quand les cris de tes poules annoncent ma naissance,
Remercie la Providence
Qui, le long de l'année, te procure le bien
D'ajouter un œuf frais au pain quotidien.

FABLE LVII.

L'Homme-Singe.

Un singe gambadait dans un jardin royal :
Je t'avertis, lui dit un chien de garde,
De déguerpir d'ici : si non regarde.
Ces redoutables crocs, grimacier animal.
— Mon imbécile chien, admire donc ma face ;
Vois ma bouche, mon nez, mes yeux,
Puis dis-moi lequel de nous deux
Doit aujourd'hui quitter la place ?
'apprends,
Par des matérialistes savants,
Que l'homme est un autre moi-même ;
Des esprits forts ont résolu ce grand problème :
C'est à mon chaste amour
Que l'homme voit le jour.
Donc je suis le créateur de l'homme,
J'en ai l'esprit, j'en ai la forme.

En toutes lettres c'est écrit ;
Dans certains cours la jeunesse applaudit.....
L'origine est flatteuse;
La jeunesse, vraiment, doit en être orgueilleuse :
De cette descendance elle doit les honneurs
A messieurs les libres penseurs
Qui se creusent la tête
Pour nous prouver que l'homme est le fils d'une bête !
Libres penseurs, où nous conduisez-vous ?
— Dans la maison des fous.

FABLE LVIII.

Le Diable boiteux.

Sur le chemin qui mène à Rome,
On dit que la discorde un jour jette une pomme.
Le démon veut la ramasser ;
Mais, pour y parvenir, il faut d'abord passer
Sur l'impartiale justice,
Fouler aux pieds les lois
Et l'immortelle Croix !!!.....
Pour le démon triple supplice :
Impuissant, furieux,
Clopin-clopant, boiteux,
Il retourne aux enfers en blasphèmant les cieux !.....
. . . .
Mais, en fuyant, son souffle impur diabolique,
A créé la discorde et des méchants la clique.

FABLE LIX.

Causerie, au cabaret, d'un vieux soldat et d'un conscrit, en 1808.

Avant de vider la bouteille,
Dis-moi, vieux troupier de la vieille, (1)
Toi qui ne trompes jamais,
   Si nons aurons la paix ?
   — Par ma vieille cocarde,
    Mes trois chevrons,
    D'un sergent les galons,
J'en doute fort, conscrit mon camarade.
Écoute donc. Que veut Paris ?
Le Rhin, qu'injustement l'étranger nous a pris.
Que veut le bon peuple de Vienne ?
   Il veut, quoi qu'il advienne,
  Se venger d'un sanglant affront,
Conquérir, par les armes, un laurier pour son front,
   Après sa dernière campagne,
    Et dès le lendemain,
     Berlin
En maître veut régner sur toute l'Allemagne.
   Saint-Pétersbourg n'attend que le moment
De se joindre à Berlin, pour marcher en avant ;
   Pour satisfaire son envie,
De joindre à ses états l'indolente Turquie.
L'Angleterre, toujours, nageant entre deux eaux,
Au vainqueur, quel qu'il soit, prêtera ses vaisseaux.

(1) Nom donné aux soldats de la vieille Garde impériale.

L'Italie indécise,

En guerre avec l'Église,

Que fera-t-elle au moment du danger ?

La France attend, avant de la juger.

L'Espagne ne sait plus où donner de la tête ;

Sous le poids d'une énorme dette,

Points noirs à l'horizon,

Voilà sa position.

La fédérative Allemagne,

Ce pays de Cocagne,

Livre à Berlin le Nord ;

Mais le Midi prétend virer de bord.

Tout cela sent la poudre :

On sait qu'il ne faut qu'un éclair,

Qui sillonne dans l'air,

Pour allumer la foudre.

En nous quittant, choquons nos verres pour la paix,

Pour ses bienfaits ;

Simon, quoiqu'il arrive,

La France est là, calme, forte, attentive.

APPENDICE.

Bourdon, 1er juillet 1867.

A monsieur le Vicomte Charles-Marie-Louis
BLIN DE BOURDON.

Monsieur le Vicomte,

J'ai l'honneur de solliciter une nouvelle grâce.

Si quelque jour cet ouvrage est livré à l'impression, me permettrez-vous d'exprimer toute ma reconnaissance à la mémoire de votre vertueux père, par quelques strophes que je traçai, dans les larmes, le jour douloureux où j'appris que Dieu avait appelé, dans le ciel, l'homme de bien; l'homme qui fut l'ami, la providence des malheureux; devant lequel toutes les portes, même celle du trône, s'ouvraient, lorsqu'il s'y présentait, pour solliciter une grâce en faveur de quelque infortuné?

N'ai-je pas été honoré, pendant vingt-cinq années, de sa confiance, et de la vôtre, Monsieur le Vicomte, qui me conservez cette précieuse estime qui fait le charme et le bonheur de ma vie?

Agréez mes sentiments les plus dévoué,, les plus respectueux.

SIMON.

HOMMAGE A LA MÉMOIRE

DE

Monsieur le Vicomte Marie-Louis-Alexandre BLIN DE BOURDON,

Officier de la Légion d'Honneur,
35 ans Député du Département de la Somme, Préfet du Pas-de-Calais,
de l'Oise, Maire d'Amiens.

Oh! vous que nous avons aimé,
Comme on aime un ami, comme on aime un bon père,
Pour faire le bien sur la terre,
Votre cœur, par le ciel, avait été formé.

Nous ne vous verrons plus, homme par excellence !...
Pour vous exprimer nos douleurs,
Nos regrets, notre amour, notre reconnaissance,
Nous n'avons que nos pleurs.

Dieu vous avait placé sur le front la couronne
De la divine charité ;
Quand pour faire le bien sur la terre il la donne,
Il la bénit au ciel, pour toute éternité.

Si vous avez rempli des postes honorables,
C'était par dévouement, par amour du prochain ;
Pour tendre aux malheureux la main ;
Ces titres sont impérissables.

Sous ce marbre... il est là !... ci-gît Blin de Bourdon :
Ces seuls mots ont suffi pour cette sainte vie !
Le passant se découvre, il s'agenouille, il prie !
    Il dit, en inclinant son front :

    Des malheureux il fut le père.
Rendre service, aimer, fut sa plus douce loi.
S'il préféra, toujours, aux palais la chaumière,
C'est qu'il aima, toujours, son prochain plus que soi.

    Vérité, que le cœur inspire ;
    Touchante et funèbre oraison ;
    Au souvenir de ce noble et beau nom,
    L'écho dans tous les cœurs soupire.

Dieu, Patrie, l'Honneur, tel fut votre drapeau ;
De Saint Vincent de Paul, émule sur la terre,
Du Monarque Français vous eûtes la prière,
Et du Peuple des pleurs sur votre saint tombeau.

AU LECTEUR.

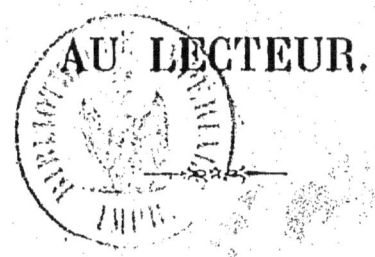

Soixante et dix-huit ans, lecteur, voilà mon âge;

Faut-il briser ma plume à ma dernière page ;

Ou bien, comme les Bardes, anciens prêtres gaulois,

Chanter de nos guerriers les immortels exploits ?

En France, la chanson chaleureuse, guerrière,

Au cœur de nos soldats eut toujours l'art de plaire.

Puisse donc celle-ci, sur l'aile des échos,

Porter encor ma voix sous nos vaillants drapeaux !

Vous, a con fi é ses Dra peaux, Ils ont fait la gloire de

no tre pa ys Gardez en mé moi re Dieu les a bé

nis

al segno Pour finir

Hommage à M. Le Vicomte Raoul Blin de Bourdon

CHANT NATIONAL.

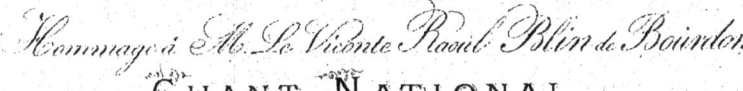

Le Vieux soldat de l'Empire 1er à ses anciens & Jeunes Camarades

Paroles de **A. SIMON**
Chevalier de la Légion d'honneur.

Musique de **J. LARDINOIS**
ancien Capitaine au 2me Dragons,
Chevalier de la Légion d'honneur.

Chant

Martiale.

Piano
ou Orgue.

ff Stacatto

p

Jeu nes sol dats noire Es pé ran ce Va leu reux Fils de

nos hé ros no tre lo yale et no ble fran ce

CHANT NATIONAL.

Le vieux soldat de l'Empire 1er à ses anciens et jeunes camarades.

Jeunes soldats, notre espérance,
Valeureux fils de nos héros,
Notre loyale et noble France
Vous a confié ses drapeaux !
    Ils ont fait la gloire
    De notre pays ;
    Gardez-en mémoire,
    Dieu les a bénis.

Sous l'étendard de Henri-Quatre,
Nos pères couraient aux combats,
Ils savaient plaire, aimer et battre,
Nous sommes fils de ces soldats.
    Leur drapeau, naguère,
    Vaillamment porté,
    Par toute la terre,
    Nous l'avons planté.

22

C'est notre sang qui le colore,
Le blanc n'en est point effacé ;
Sa pureté rappelle encore
Tous les exploits du temps passé.

A l'honneur fidèle,
Que notre étendard
Toujours nous rappelle
L'immortel Bayard !

Napoléon, grand capitaine,
Tu foudroyas nos ennemis ;
Mais, avant toi, le grand Turenne,
Meurt en héros pour son pays.

Patrie, remonte
Jusqu'à ton berceau;
Jamais une honte
Sous notre drapeau!

Guide au combat notre courage,
Drapeau qui guidas nos aïeux :
Mourir pour toi, si l'on t'outrage,
Mourir ainsi, c'est glorieux.

A toi notre vie,
A toi tous les cœurs!
Amour, Dieu, Patrie,
Sur nos trois couleurs !

Serrons nos rangs, plus de nuance ;
Soyons unis et pour jamais ;
Nous sommes *tous* enfants de France,
Nous avons *tous* le sang français.

Servir sa patrie,

D'amour et de cœur,

C'est plus que la vie,

Soldats ! *c'est l'onneur !*

Tu l'as prouvé toi, vaillante armée,
Soldats dont nous sommes si fiers :
En Chine, au Mexique, en Crimée,
Immortels dans tout l'univers !

La jeune Italie,

Grâce à ton canon,

Doit son rang, sa vie

A Napoléon.

Si, quelque jour, un cri de guerre
Etait jeté par l'ennemi,
Le glaive en main, la France entière
Croiserait le fer avec lui.

De ce choc terrible,

On verrait sortir

La France invincible

Et son nom grandir !

TABLE DES MATIÈRES.

Livre II.

Livre IV.

AMIENS. — TYPOGRAPHIE ALFRED CARON FILS.